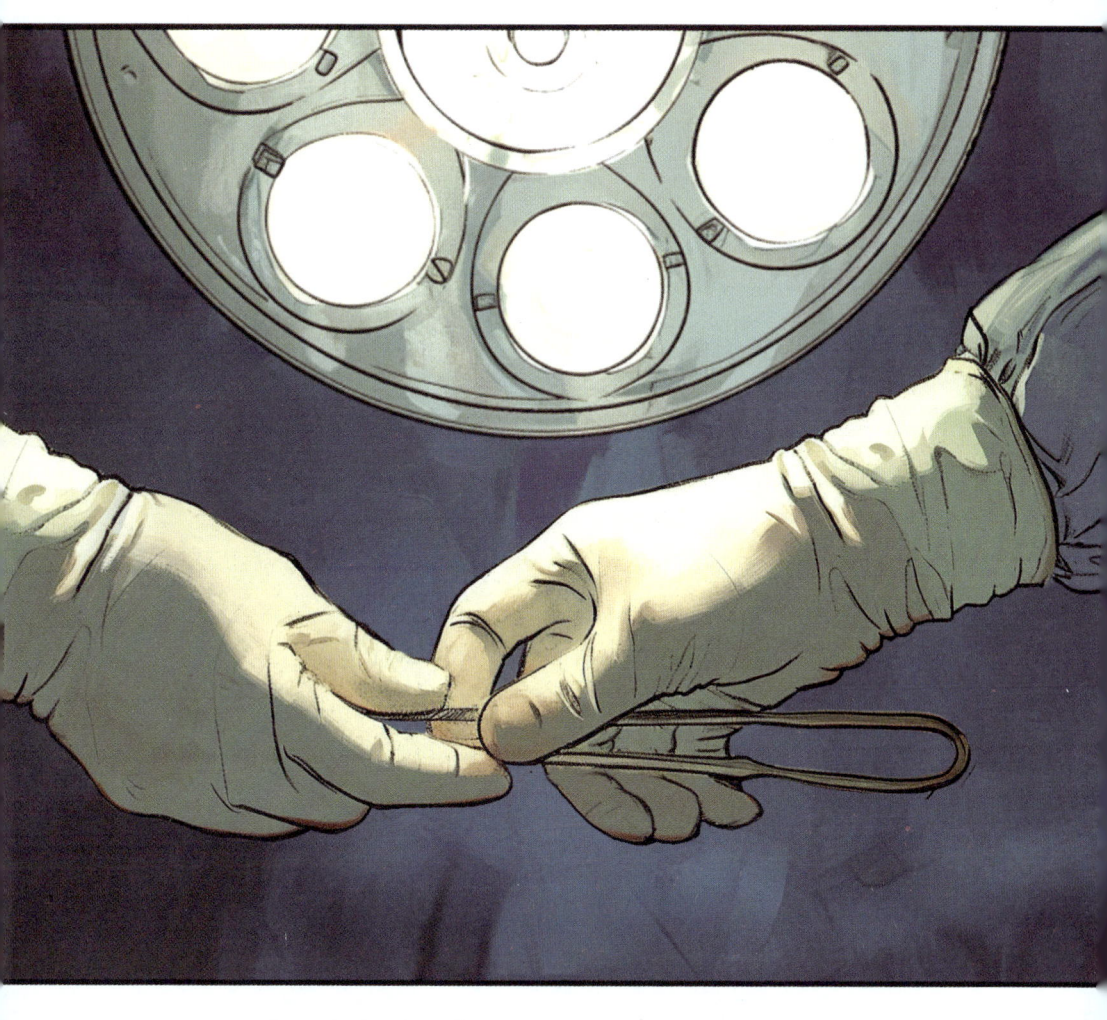

对医生来说，每场手术都是一场战役。

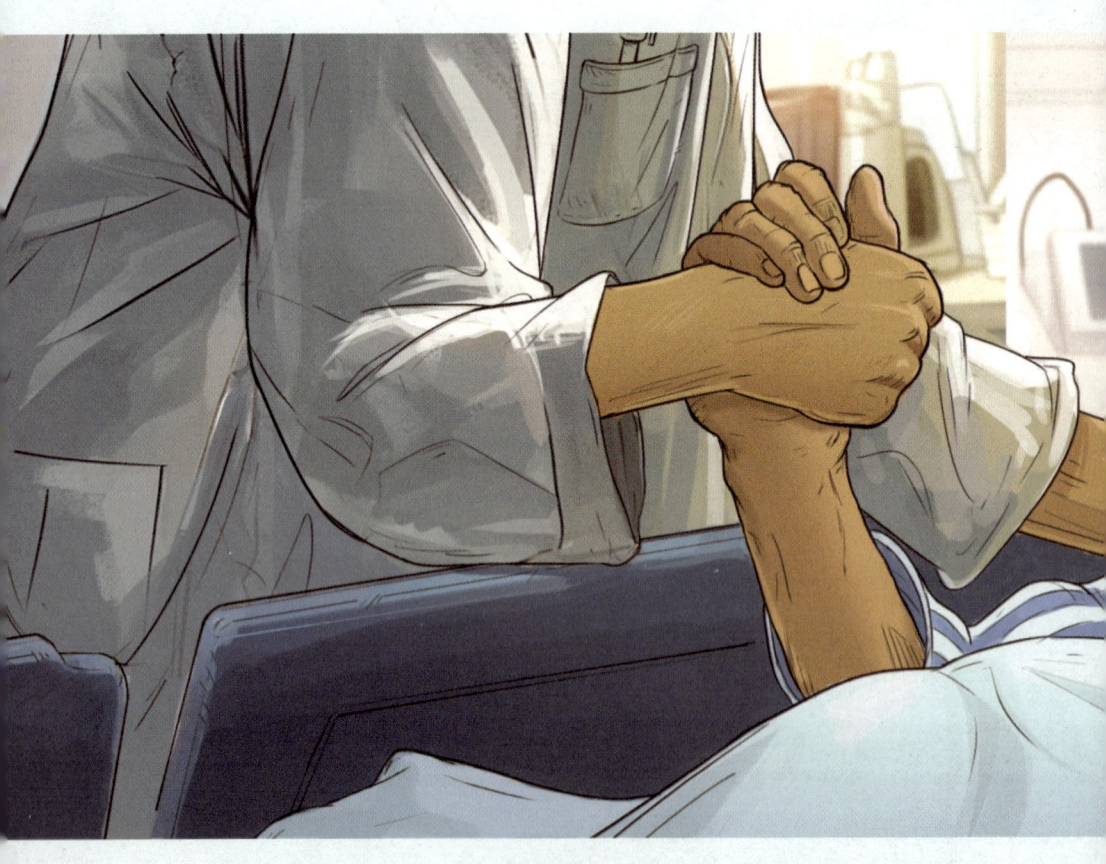

21床的家属叫我出去，哽咽着说："算了，让他走吧。"

三个月,我总共出车753次,有效出车681次。

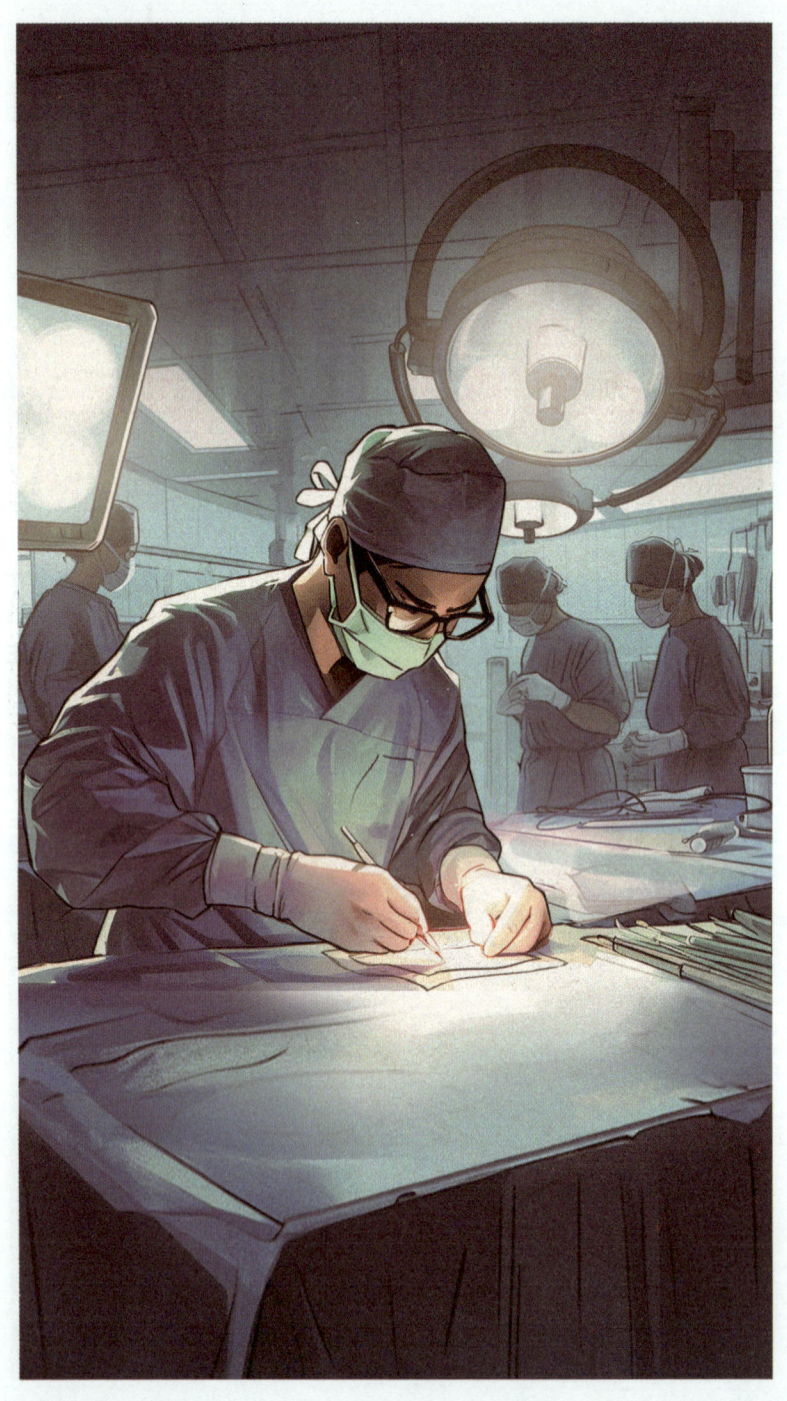

我只希望能用自己的绵薄之力，带给别人希望。

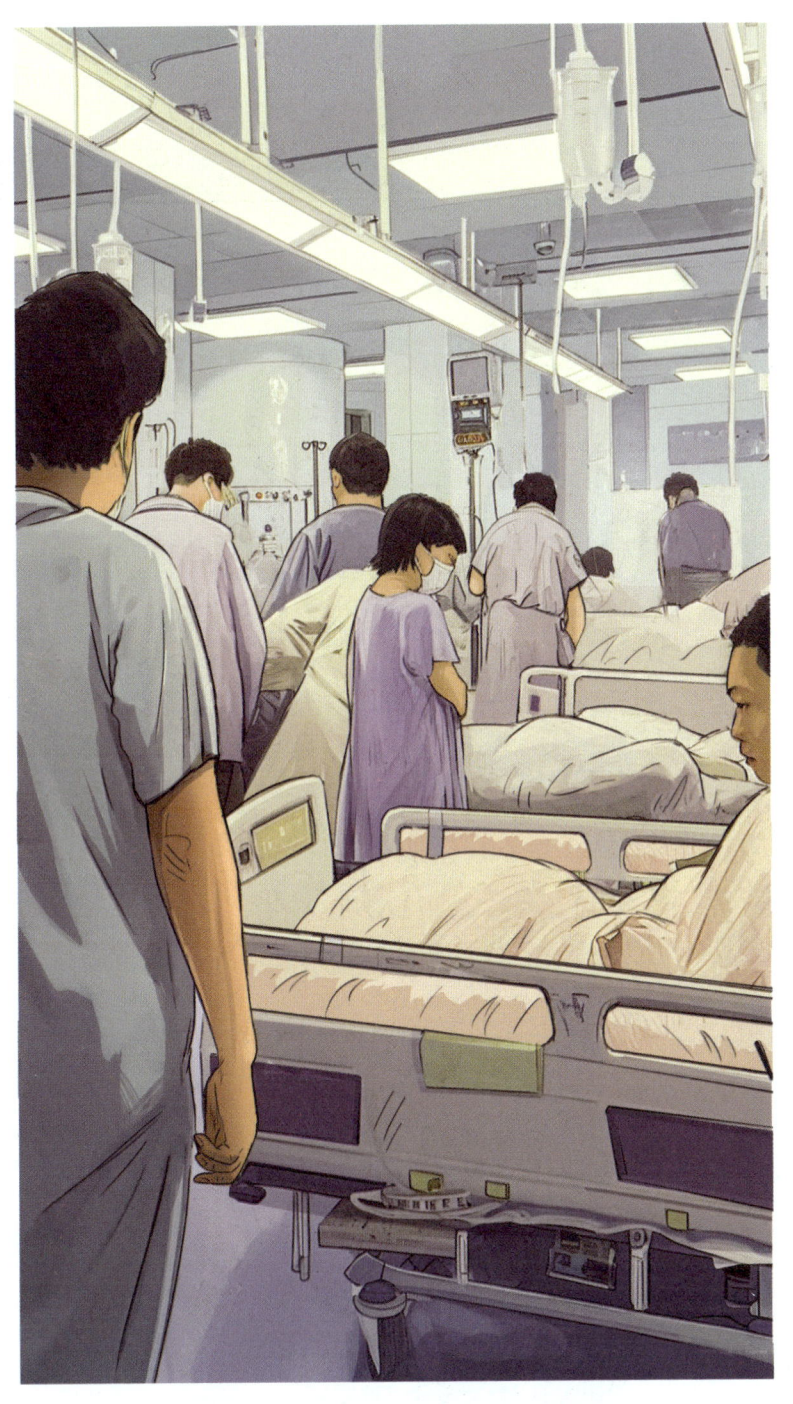

医院的走廊人来人往,所以我们要好好活。

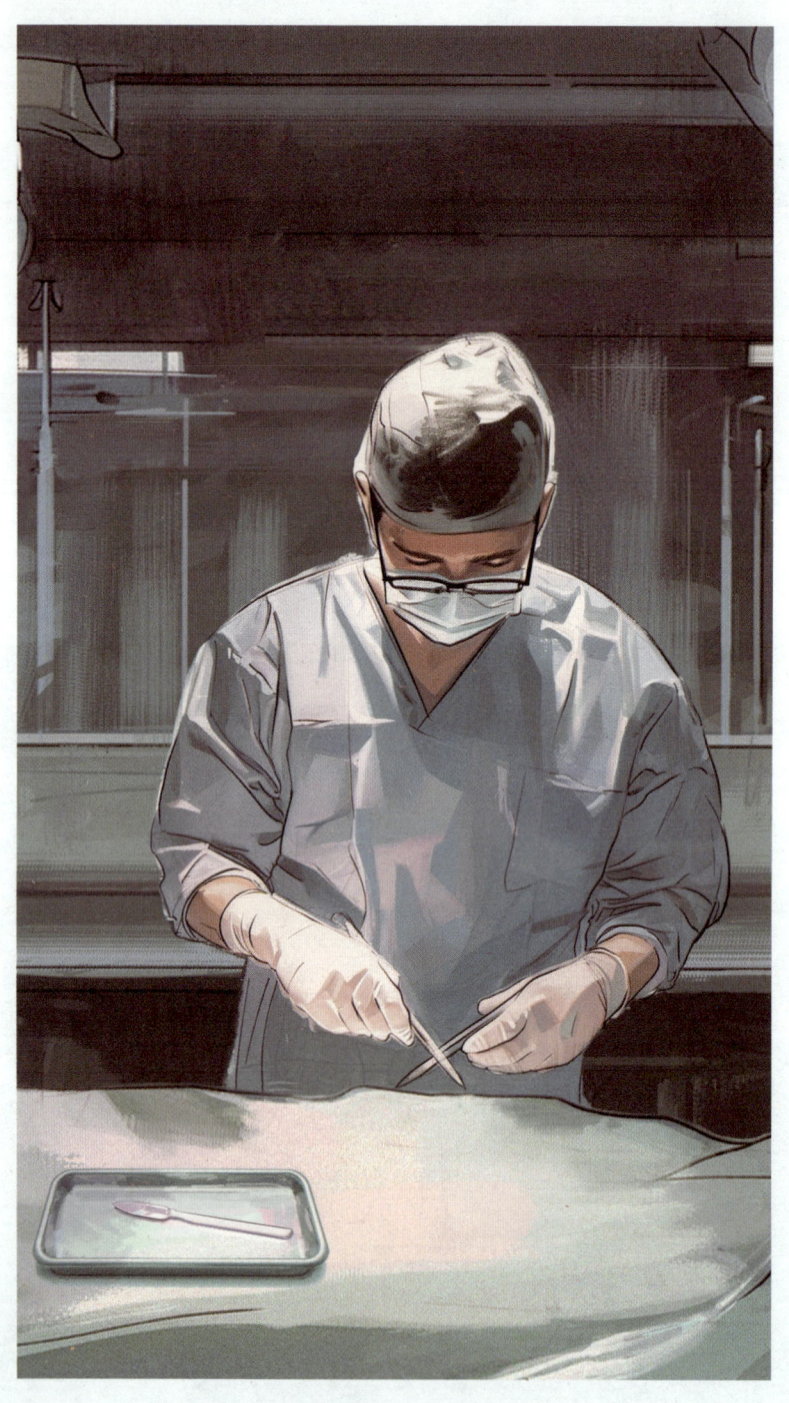

其实,每个人的故事都惊心动魄。

全民故事计划

亲 历 者 说
其实,每个人的故事都惊心动魄

唯有医生看透的人性

亲历者说

病房生死录

全民故事计划 著

© 中南博集天卷文化传媒有限公司。本书版权受法律保护。未经权利人许可，任何人不得以任何方式使用本书包括正文、插图、封面、版式等任何部分内容，违者将受到法律制裁。

图书在版编目（CIP）数据

唯有医生看透的人性 / 全民故事计划著. —— 长沙：湖南文艺出版社, 2024.8
ISBN 978-7-5726-1708-9

Ⅰ.①唯… Ⅱ.①全… Ⅲ.①纪实文学－作品集－中国－当代 Ⅳ.① I25

中国国家版本馆 CIP 数据核字（2024）第 069775 号

上架建议：畅销·纪实文学

WEIYOU YISHENG KANTOU DE RENXING
唯有医生看透的人性

著　　者：全民故事计划
出 版 人：陈新文
责任编辑：吕苗莉
监　　制：于向勇
策划编辑：布　狄
特约编辑：张　雪　张晓虹
营销编辑：时宇飞　黄璐璐　邱　天
封面设计：利　锐
版式设计：李　洁
内文排版：谢　彬
图片绘制：伟　达
出　　版：湖南文艺出版社
　　　　　（长沙市雨花区东二环一段 508 号　邮编：410014）
网　　址：www.hnwy.net
印　　刷：三河市百盛印装有限公司
经　　销：新华书店
开　　本：680 mm×955 mm　1/16
字　　数：292 千字
印　　张：20.5
版　　次：2024 年 8 月第 1 版
印　　次：2024 年 8 月第 1 次印刷
书　　号：ISBN 978-7-5726-1708-9
定　　价：59.80 元

若有质量问题，请致电质量监督电话：010-59096394
团购电话：010-59320018

大家好，我是全民故事计划的主编蒲末释。

全民故事计划创办于2016年1月，是国内最早一批非虚构平台之一，由出版人吴又、作家蔡崇达发起，这个计划发起的初心，旨在"用真实故事，记录中国当下的日常风貌"。

由亲历者讲述，用最质朴的语言，将他们的人生中最惊心动魄的故事写下来。自创办以来，全民故事计划收集到了近一千个打动人心的真实故事。讲述者来自全国各地，从事不同职业，有医生、护士、刑警、消防员、快递员、外卖员、流水线工人等等。

在众多作者中，医生与护士有着职业的特殊性——在医院见惯了生死。在与他们的接触中，我总能感到人性中"悲悯"的一面。

我记得第一次接触肿瘤科医生秋爸时，他说话的口吻一直很平静，在肿瘤科，医生要适当压抑自己的情感，因为昨天还在跟你说笑的病人，可能第二天就突然离世了，再去查房时，床头上的病例单已经换上了一个新的陌生的名字。

在急诊科轮转时，对第七夜来说，每一个凌晨都是提心吊胆的，深夜来急诊科的病人各种各样——被家暴的、喝农药的、喝酒闹事的。每天"上演"的剧情，比电视剧还精彩，作为医生，她自己都长期被失眠困扰，难以"医者自医"。

在小县城医院产科做护士的初一，上班的第一年，接诊的一个女孩，还在上高中就意外怀孕，女孩的父母都在外地打工，是她奶奶带她来做引产的，穿着校服的她，瘦瘦小小，自始至终，都没掉一滴眼泪。

老段从事着多年心理治疗师的工作，在被大众称为"精神病院"的医院里，对病人说得最多的一句话是："不要怕。"然而让老段印象最深的，是接诊的一个年轻女孩，她入院的那天是她弟弟生日，一家人围着弟弟拆礼物。一直到现在，父母都没想起来，弟弟生日的前一天，是她的生日。

…………

作为医生和护士，除了救死扶伤，更多的是希望病人能够安然出院。

本书中有二十三个真实故事，作者团队由急诊科医生、肿瘤科医生、心理治疗师、妇产科护士、救护车跟车护士组成。这些故事为你揭开医院里那些不为人知的也最真实的一面。活着，勇敢地活下去，就已经是一件了不起的事情。

全民故事计划主编　蒲末释

2024 年 1 月 25 日

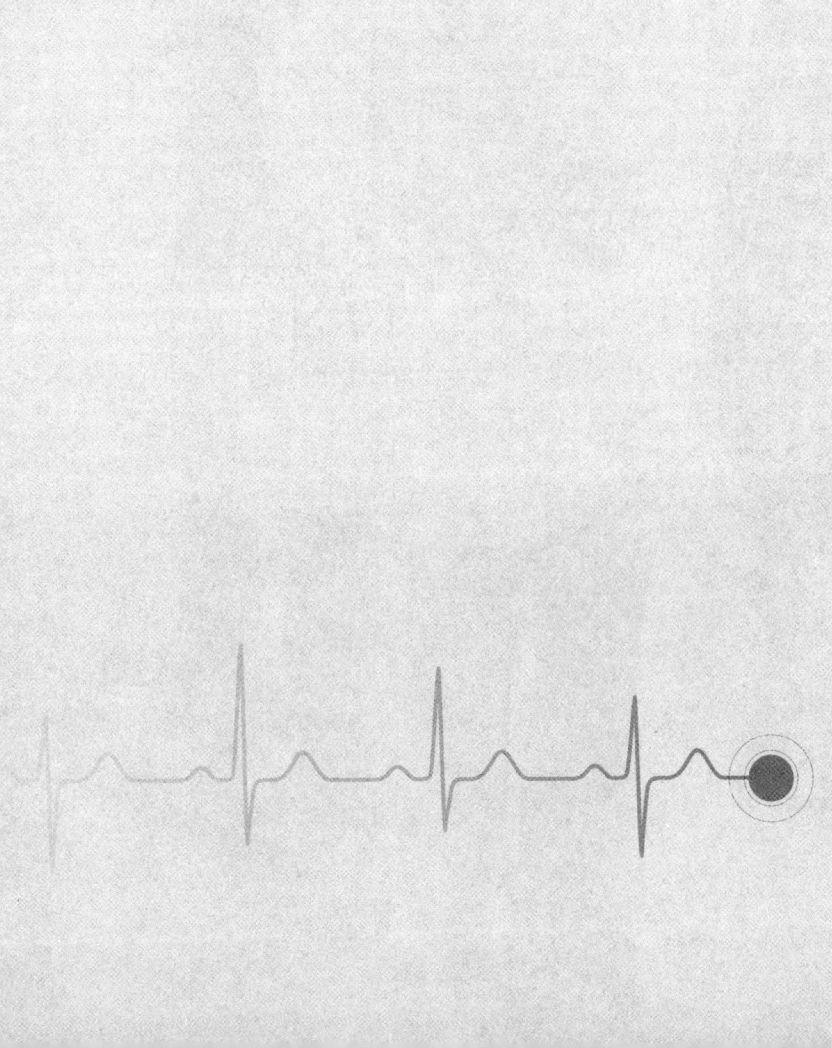

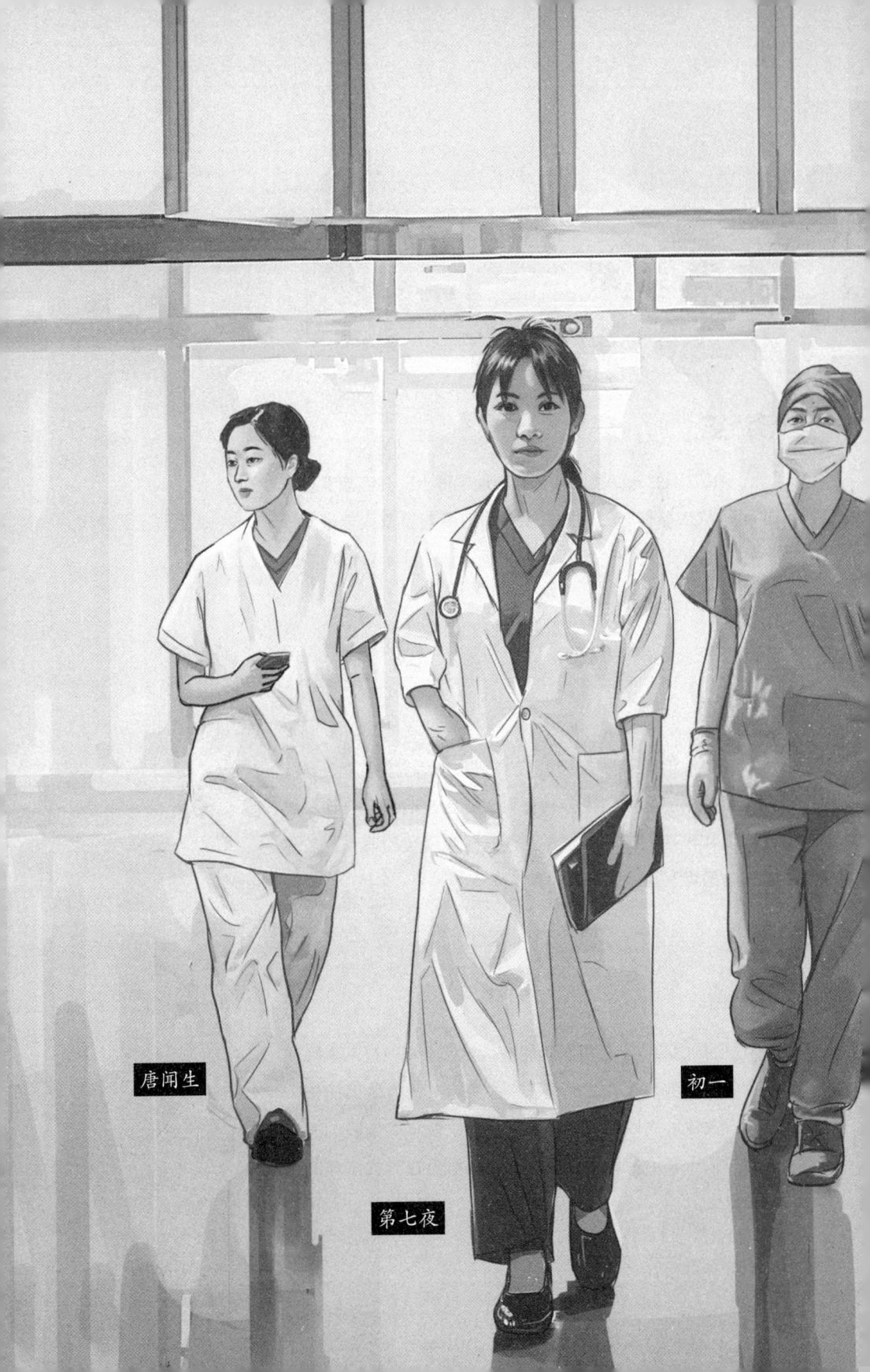

作者介绍

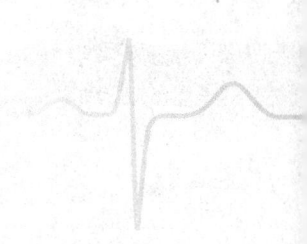

奕 笙

1987年生人，医学硕士，心理学博士，在西安某部队三甲医院从事临床工作十二余年。既参与过重大非战军事行动，也到过边防哨所基层连队巡诊送药。希望能用自己的绵薄之力，带给别人更多温暖与希望。

第七夜

拥有十年临床一线经验，工作以来先后在内科、外科、妇产科、重症医学科等多科室轮转，后长期从事急诊一线工作。常年在临床一线工作，擅长医疗现实的写作，关注疾病与患者及其家庭背后的真实故事。

秋 爸

35岁，工作于三甲医院肿瘤科，近十年一直从事晚期肿瘤的一线救治工作，见证了众多患者与恶性肿瘤的抗争过程，关注肿瘤晚期患者的心理状态以及不同家庭的悲欢离合。近十年治愈的患者寥寥无几，努力在寻找工作的价值和意义。

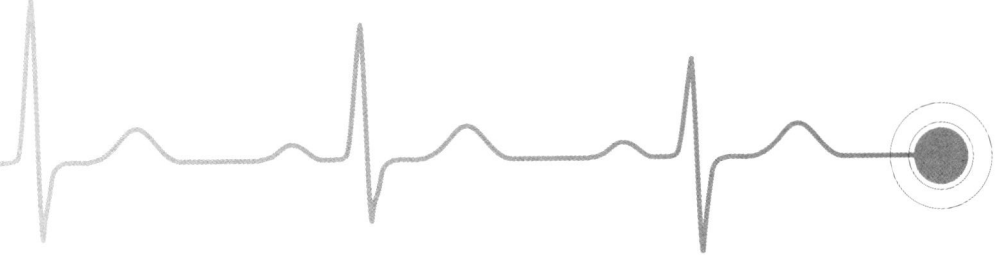

老 段

中级心理治疗师,曾在精神科重症病房从事临床心理治疗工作近五年,见过成百上千的心理案例,如实记录那些治疗背后的所见所闻。

初 一

22岁,小县城手术室护士,2020年进入医院,曾在ICU等多个科室轮转学习,每日穿梭于不同的手术间,正常情况下日均跟进三四台手术,只希望每一个病人都能安全地从手术室出去。

唐闻生

护士,2020年进入医院,三年来已在骨科、心内科、皮肤科等多科室轮转学习,负责门诊输液、外伤处理、病房的整体化护理等工作。曾在急救科工作三个月,参与过近百次急救工作,见证了许多患者的故事。

目录

01 第一个故事　第九十九个百草枯中毒者 /001
奕笙
急诊科医生

"我听说除草剂对人没毒，喝了能有半瓶吧。我没想着死，就想气一下我男朋友。"

02 第二个故事　我比谁都想活下去 /011
第七夜
急诊科医生

癌痛是一种噩梦。剧痛会让人把床沿抓烂，满地翻滚，用头撞墙或者自残，有的人实在扛不住，便请求安乐死。

03 第三个故事　长大以后就好了 /027
第七夜
急诊科医生

这个瘦高的男孩抱着旺旺蹲在地上，哭得眼睛都睁不开。针头被他扯掉了，针眼处还在不断渗血。

001

04
第四个故事　**妈妈，我们回家** /043

秋爸
肿瘤科医生

在这些混乱的语句中，我听到了"回家""难受"之类的话，还有一个词她总是重复——"滴道"。

05
第五个故事　**宫外孕女孩** /055

初一
县城医院护士

她忽然抬头看着我："赵轶，我还没结婚，现在把身体弄成这样，你会不会觉得我不是个什么好人？"

06
第六个故事　**守在精神病院门口的母亲** /067

老段
心理治疗师

她总是笃定地告诉每一个人："儿子要来接我出院了。"

07
第七个故事　**恶意** /077

第七夜
急诊科医生

小雅刚住进 ICU 的那几天，莉莉每天都来医院，陪伴并安慰着小雅父母，那是何等温情的画面。

08
第八个故事　**小县城产科里的秘密** /093

初一
县城医院护士

她低下了头："我已经通知过我朋友了，她在来的路上，要签字的话我自己签就行。"

09 第九个故事　有病的是家长，不是孩子 /105

老段
心理治疗师

我突然想起，那天在钢琴房，阿曼还跟我说，她入院那天是弟弟生日，一家人围着弟弟拆礼物。

10 第十个故事　一个血泡的难题 /115

秋爸
肿瘤科医生

"脚上长个血泡，多大个事，一个硕士、两个博士处理了五天。……这事非得这么办吗？"

11 第十一个故事　急诊里的边缘人 /127

第七夜
急诊科医生

我换上了 N95 口罩，要求他立刻联系家属，这个病短期内治不好，而且肺上那么大的空洞，随时可能出现严重的大咯血，这些是要人命的。

12 第十二个故事　精神病院里的小商贩 /143

老段
心理治疗师

老李话没说完，就看到门口有护士推着药车进来，他把手工丢开站起来朝活动室大声喊了起来："吃药了，大家打水排队吃药啊！"

13 第十三个故事　想成为网红的男人 /157

唐闻生
救护车跟车护士

孙哥喝了一瓶农药后，精神状态仍旧良好，他哄着葛姐从地上起来，还去厨房炒了两个菜，一个青椒炒花菜，一个白菜粉条。

14
第十四个故事

第七夜
急诊科医生

亲爱的小孩 /169

一开始是小声的抽泣,后来变成了号啕大哭,甚至有了没完没了的架势,仿佛天下最凄苦的事情都让他尽数遇到。

15
第十五个故事

老段
心理治疗师

她会替我活下去 /183

她就像个小大人一样哄着阿华,阿华不吃,她就一直举着碗,翻来覆去地说刚刚从我们这里听去的套话,说着说着就跑题了。

16
第十六个故事

秋爸
肿瘤科医生

她将剪刀挥向了自己 /195

如果是家用的剪刀,不一定能一次剪断,剪刀剪肉的感觉,这辈子她都不会忘掉。

17
第十七个故事

第七夜
急诊科医生

要房子,还是要儿子 /205

"久病床前无孝子",可久病床前同样也没有慈父母,特别是这样一个没机会做心脏移植,天天住在医院也只能一步步走向死亡的患者。

18
第十八个故事

秋爸
肿瘤科医生

医院里的保洁阿姨 /223

马阿姨叹口气说:"我自己什么病我知道,我花我自己的钱,不用他们的。"

19
第十九个故事

初一
县城医院护士

我在 ICU 做护士的 90 天 /235

老张一脸苦涩地说:"临了时受了那么多罪,却没能挺过来,确实挺遗憾的。"

20
第二十个故事

第七夜
急诊科医生

想再多看你一眼 /247

房子卖了,你们到时住哪儿?娃儿落地了,没了妈难道还要没了家?

21
第二十一个故事

秋爸
肿瘤科医生

住在癌症病房里的谐星 /259

我给老李换了最后一次药,看着老李的胸部一起一伏。我知道,这还是老李,生命还没有翻篇。

22
第二十二个故事

唐闻生
救护车跟车护士

我们都要好好活 /271

老赵发出"咝咝"的声音,过了许久,反驳地"啧"了一声,认真地说:"这个我没忘。"

23
第二十三个故事

老段
心理治疗师

精神病院里的钉子户 /289

等我跑到那块农业作业的区域时,佟叔已经被找到了。他其实哪儿也没去,就蹲在背坡的小溪边,那地方刚好是护工站位的视线死角。

医院每天在发生什么样的故事?

听**医生们**亲口说。

在本书里，我们将带领你一一走过 **ICU**、**急诊科**、**精神科**，讲述有关**生死**的人间故事。

"我听说除草剂对人没毒,喝了能有半瓶吧。我没想着死,就想气一下我男朋友。"

01
第一个
故事

第九十九个
百草枯
中毒者

奕笙
急诊科医生

"我听说除草剂对人没毒,喝了能有半瓶吧。我没想着死,就想气一下我男朋友。"

01

我在西安一家三甲医院急诊科工作。到我们这儿看病的人，很多是被别的医院判了"死刑"，来寻找最后的希望的。

8月的一天，我值夜班。第一个患者是个19岁的女孩。她脸色红润，有说有笑，没有一点抢救指征。用医学术语形容就是"一般情况好"，而她却躺在了抢救室。

我以为她来错地方了，打算立刻让她出院。后半夜从各地来的重病人会很多，病床紧张。这时同事告诉我，女孩和男朋友闹别扭，喝了农药。

"你喝了多少？我们要根据你喝的多少，来计算用药量。"我问她。

她边玩手机边回答："我听说除草剂对人没毒，喝了能有半瓶吧。我没想着死，就想气一下我男朋友。"

她所说的除草剂是至今尚无药可解的百草枯，不到10毫升就能致命。

"医生，我什么时候能出院？你们医院收费太高了，我爸妈都是农民，挣钱不容易，不想在这儿浪费。我来之前已经在我们县医院洗过胃了。"

女孩一脸的稚气和无所谓，出神地看着手机，偶尔笑出声来，应该是在和男朋友逗着玩。

我不知道该怎么跟她母亲交代病情。看着她们有说有笑的，我唯一能做的就是少打扰她们，这样温馨的场景所剩不多了。

给她下完医嘱，我来到第二个患者的床前。

他30多岁，因为突发脑出血入院，看穿着打扮家境应该不错。妻子守在床边，用手轻轻抚摸他的额头，见我来了便不停询问最新的检查结果和用药情况。

"昨晚突然就说头痛，一会儿就晕倒了。这么年轻怎么会脑出血呢。大夫，你一定要救救他，我有两个孩子，一个6岁，一个才4岁，你一定要救救他。"

我跟她讲了讲脑出血常见的发病原因，让她耐心等待检查结果。

这时中毒女孩的母亲跑过来，说想出院回家。"已经洗过胃了，你们还想给她做什么昂贵的检查，不到一晚上就花三千了。"

我不知道该怎么跟她沟通，心里又急又躁。她根本不了解情况。

百草枯的靶器官是肺，短期内不会有明显的症状出现，主要是胃黏膜灼伤引起胃痛，到后面肺的功能会越来越差，逐步纤维化，患者最后多因呼吸衰竭而死。针对百草枯，目前还没有很好的解药。医生能做的只是减轻患者痛苦，减慢病程，从死神那里争取时间，但患者往往到头来人财两空。

跟她解释后，我让她尽快筹钱，为女儿多争取一点时间。

她一脸愁容。我想她已经听明白了，转身准备带另一个重病患做检查。她突然拽住我的白大褂。"医生天职是治病救人，你让我去哪里筹钱呀，能不能给她治好了再给你交钱？我老公在外地打工，他挣钱太不容易了，你就先给孩子看病吧。"

"阿姨，您没听懂我的话吗？孩子情况很不好，如果费用有保证，我们能为她赢得一些时间。"我有点替她着急，欠费到一定程度，医生是没办法继续治疗的。

"那她的病到底重不重？不是已经洗过胃了吗？一个除草剂能有那么厉害？"

02

脑出血患者的CT检查结果出来了，出血位置极其危险，位于脑干，瞳孔已经散大。我们给他插管接上了呼吸机，用多巴胺维持血压。

他的妻子趴在床头，紧握他的双手，不停呼唤他醒来。她紧盯着监护仪上的各种读数，好像那些数字能带给她希望。

我正忙着处理其他患者时，她跑过来："医生，他刚才动了，是不是醒了，你快过去看看。"

我箭步走过去。他还和刚才一样，瞳孔始终是散开的，血压开始下降。刚才腿脚抽搐只是一种反射罢了。

他活下来的希望已经极其渺茫了。我让她把两个孩子带过来，顺便通知一下双方父母。她意识到情况不妙，失声痛哭。

"你一定要坚强，做好最坏的打算。他的出血位置是低级生命中枢，现在靠呼吸机维持，血压靠药物……"我感觉自己说不下去了，有些哽咽，这些年看惯了生死，但依然这么不专业。

她最后的防线被击溃，整个身子瘫软下去，趴在丈夫身边，号啕大哭。我觉得自己闯了祸，但是又必须这么做。

"医生，他刚才真的动了，腿真的动了。我感觉他想起来，跟我说话，我不能就这么放弃他啊。"

我不知道该说什么，只能叹口气走开。她好像想起了什么事情，突然冲出了抢救室。

这时候，来了几个年轻人："快准备一张病床，我们老爷子突然胸痛。"

我问病人在哪里，一个面容稚嫩的年轻人告诉我病人还在后面，让我赶紧通知护士。

几个年轻人推着一名患者进来了，看起来是个有身份的人。跟着他的还有一位女医生，她说："大夫，我已经给他用了药，但效果不怎么好。"我问了他的病史，仔细查了体，判断他可能是急性冠脉综合征，准备进行心肌损伤方面的检查。

老爷子女儿走过来，礼貌地跟我打招呼："医生，这么晚了还值班，辛苦了，我爸爸怎么样？"

我简单给她介绍了病情。她好像有什么话要说，又打住了。我回到电脑前，老爷子的检验结果已经出来了，各项指标还算良好。我简单开了些营养心肌扩张冠脉的药。

03

10点左右，一个老太太把一沓收费明细拍在我面前："我说你们医院收费也太黑心了吧，收了我两百多块的抢救费，医生连我老伴心脏都没听，肚子也没摸，你们抢救什么了？还做了这么多检查，动不动四五千，别的医院一周都花不了这么多。"

我已经见惯了这样的场面，感觉很疲惫，不想和她争执。她便找其他人理论，不一会儿就传来激烈的争吵声。

这时，一名患者的呼吸骤停，我和护士赶紧给他接上呼吸机。患者的儿子冲过去，要求保安强行带走老太太："阿姨，我爸病情很严重，经不住这么吵闹。你家老爷子算是保住了命，我爸这儿还危险着呢。"

老太太骂骂咧咧走开后，脑出血患者的妻子带着两个孩子回来了，三个人静静地守护着那个命悬一线的人。

过了一会儿，她跑来找我："医生，我想带他回家，让他走得舒舒服服的，不用插那么多管子，也不用胸外按压。我看刚才那个病人肋骨都被按断了，我不想他受那种罪。"

我不知如何是好。建议她放弃治疗吗？虽然明白这样的患者醒来的机会很小，但万一奇迹发生了呢？

回到病房和老公说了几句话后,她带着两个孩子,像奔赴战场一样,回到我面前。"医生,我要求出院,由此带来的后果,我们自己承担。我虽然不是学医的,但是人的瞳孔散大意味着什么,我还是知道的。

"我们双方父母都受过良好的教育,一致意见是让他走得平静些。他活着的时候光知道挣钱,每天各种应酬,昨天下午还和几个朋友一起去喝酒。他一直有高血压,可是从来没管过,都是我们关心不够。医生,你让人把监护仪和呼吸机撤了吧,我们去叫救护车。"

"叫一辆有呼吸机的车吧,这样他能安全到家。"我补充道。她点点头,抹去脸上的泪痕,走出急诊室。

04

12点左右,我去查看老爷子的情况。他睁开眼,笑着对我说:"我以前是军区卫生部长,你们医院和大学的地皮就是我给划的。你们的校首长前两天还来干休所慰问我们。抗战胜利70周年了,你看我身上还有当年和鬼子拼刺刀留下的伤疤。"

他揭开上衣让我看。只见右季肋区沿肋缘有一条很长很整齐的伤疤,缝线的痕迹还在,看起来像是做胆囊切除手术留下的切口。

"您当时受了这么重的伤,战斗一定很惨烈吧?"

他有些激动:"我可是从死人堆里爬出来的。现在的年轻人,不知道那时候有多艰苦。"

老爷子女儿说这里的环境太嘈杂,能不能给她爸安排个单独的病房。"你看一会儿家属闹,一会儿抢救病人,氛围太可怕了,我这心脏都受不了,何况我爸呢。"

我跟她解释，老人的情况还算稳定，可能是心血管方面的问题，需要继续做些检查。同时请心脏内科的郭医生过来急会诊。

郭医生很快来了，他是心脏内科博士，刚从美国留学回来。

等他检查完后，我问他能否收入院治疗。他思考了一会儿，说："他的情况目前看不是很重，一般不收入院，病床很紧张，心肌梗死窗口期的患者太多了。"

老爷子女儿跑过来，急切地想让郭医生将老爷子收入院治疗。"大夫，我爸对我们全家特别重要。"

通过协调，只有重症监护室有一张病床，家属是不能随便进去的。老爷子女儿有些不满："我们家属怎么能不陪在身边呢？他都那么大年纪了。"我说里面有医生护士二十四小时值守，他们都很专业。她犹豫半天还是决定暂时不住重症监护室。

老爷子妹妹也来了，一来就大声抱怨。

我从嘴角挤出一点笑容向她解释："我们知道老爷子情况特殊，已经向领导做了汇报。心内科也来人会诊过了，安排了住院。你们家属因为不能进去陪，就没有办手续。干部病房我也打过电话了，一会儿他们就来了，我们已经以最快的速度来处理了。"

05

凌晨两三点，中毒女孩的母亲拦住正在查房的我，问她女儿情况到底怎么样。

我有些惊讶，因为我已经跟她解释过很多遍了。这位可怜的母亲到现在都没有意识到女儿的情况有多危险。"阿姨，她喝的农药剂量太大，远远超过了致死剂量。"

她终于彻底明白了，大哭起来。哭声响彻急诊大楼，但没有一个人回头。

"你的意思是她活不成了啊，她才19岁，刚考上省城的大学。你一定要救救她，她爹在外地挣钱呢，不会欠你们医药费的。"

女孩在病床上大哭起来，大概是听到了我们的对话。

"妈妈，我不想死，不是说除草剂毒不死人吗？我不想死……"

我像犯了错的小学生，灰溜溜地回到医生工作站。

天快亮的时候，女孩自己跑过来问我："医生你告诉我，这个农药到底会不会毒死人？我已经洗过胃了，县医院的医生说没事的。"

我只能苦笑着劝慰她："没事的，这里条件比县医院好多了，你用了很多药，慢慢会好的。等下给你爸爸打个电话，让他回来陪陪你。"

她那个远在南方的父亲，此时可能已经起床前往工地，正在竭尽全力为这个刚考上大学的女儿挣学费。

女孩回去后，我查了一下记录，近一年来，我们医院已经收治了近百例百草枯中毒患者。这些人多半是跟家人吵架后气不过，想吓唬一下对方，并不是真的想轻生。

我给上级医师发了条微信："老师，上次那个喝了百草枯，转到监护室的女孩，最后治好了没有？"

一直没有收到回复，后来我意识到才5点多，老师应该还在睡觉。我感觉自己有点晕了。

天微亮的时候，医院领导来了，是来看老爷子的。我急忙赶过去汇报病情。领导对治疗还算满意，然后跟老爷子解释："我们医院患者很多，床位很紧张，向老首长表示歉意。但急诊科的急救条件是最好的，对您的治疗肯定是最有帮助的。"

"理解理解，我们打鬼子那会儿，连块纱布都缺，更别说青霉素了，好多人都感染死掉了。这里的医生、护士晚上都没睡，你们都费心了。我那不省心的女儿这么早把你折腾过来，真是不好意思。"

后来，护士长接到通知，把老爷子转到了干部病房。

我终于长出了一口气，准备写交班的材料。

接班医生来了。这一晚，我感觉好漫长，像过了一辈子。推开急诊室大门，一阵热浪袭来，我这才意识到此时是夏天。这时，手机震了一下，我收到一条微信。

"那个姑娘家里花了几十万，拖了三个月，还是去世了。最后一直插着呼吸机，生命很没有质量。这个百草枯，目前没有很好的药物治疗，如果喝的量小，及时洗胃，还有希望。当然家里经济条件允许，进行肺移植也许还有机会。"

医院外面的十字路口处，交警在车水马龙中自若地指挥来往车辆。大街上一切如常，好像某个角落的生死从来没有发生过。

癌痛是一种噩梦。剧痛会让人把床沿抓烂,满地翻滚,用头撞墙或者自残,有的人实在扛不住,便请求安乐死。

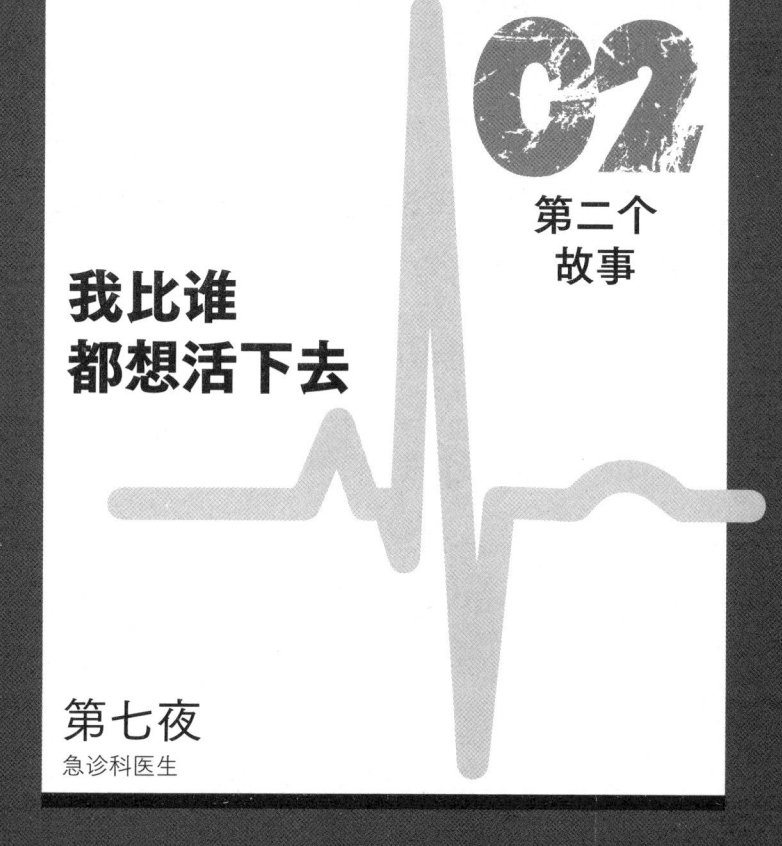

02
第二个
故事

我比谁
都想活下去

第七夜
急诊科医生

癌痛是一种噩梦。剧痛会让人把床沿抓烂，满地翻滚，用头撞墙或者自残，有的人实在扛不住，便请求安乐死。

01

在处理完急症患者后,我回到外科诊断室,在一片牢骚声中,继续接诊先前堆积的门诊病人。

一张挂号单被双手递到我的跟前,随即,耳边响起了异乎寻常地平和、礼貌的一句话:"医生,麻烦你,我做了手术,来换个药。"

"什么手术,换什么部位?"

对方递上了病历,我看到出院证。直肠癌,第三次手术。第一次手术是四年多以前,直肠癌根治术;第二次因为肿瘤转移到卵巢,又切除了卵巢;不久前因为复查时发现肿瘤转移到大网膜和腹壁上,又做了第三次手术。

肿瘤患者见得太多,我慢慢也就有些麻木了,但面对这样年轻,且短短几年里肿瘤就不断复发转移,不断手术切除腹腔内脏器的癌症患者,还是不可避免地有了些恻隐之情。

我算了下时间:"今天先换药,四天之后再拆线。"

"你今天就先给她把线拆了,今天我们都到医院来了,又排了那么久的队,今天必须把线给她拆了。"

一个中老年家属的声音像炸雷一般响起,原本嘈杂的诊室瞬间被炸得鸦雀无声,连原先因等待太久而不耐烦不停在抱怨的患者和家属都个个噤若寒蝉,所有人都有些惊愕地看着这个暴躁的家属。

"你自己得这个病,到底想拖累多少人,做多少次手术了,今天到你表姐家里玩,你表姐特意请假陪你来换药,你今天必须把线拆了,不要再拖累任何人!"男子脸色因暴怒涨得通红,额部的青筋暴起。

"有你这样当父亲的吗？慧灵得了这样的病，一直在艰难抗癌，你倒好，有这样说自己女儿的吗？"慧灵的表姐拉着她的手，对我说："医生，你别理他，他脾气一直就这样，今天就先换药吧。"

"这样的手术如果提前拆线的话，伤口很可能开裂。"我解释。

这一开口，直接将家庭矛盾转化为医患矛盾，他用力拍打办公桌："今天到了，就必须给她把线拆了，我不会再让她来医院，伤口开了就开了，要死就等她去死。"说完，他还拉着女儿的胳膊，强行将女儿往换药室的方向拖去，一边拉扯，一边骂道："你自己想想，你得了这个病，到底要拖累多少人你才罢休。"与此同时，慧灵的表姐也着急了，她一面护着慧灵，一面拉开暴怒中的慧灵父亲。

在医院工作久了，脾气暴躁、蛮不讲理的家属我也见了不少，可是这样的父亲，倒是第一次见到。我也忽然对这个叫慧灵的患者多了几分惋惜：不仅要艰难地和顽固的肿瘤抗争，还要面对着这样暴躁顽固的父亲。

看着眼前的状况向不可控的方向发展，我对着慧灵的父亲说："这样吧，折中一下，为了不让伤口开裂，今天先拆一部分。"这下有了台阶可下，加上周围人的不断劝阻，慧灵的父亲也没好再说什么。

就这样，慧灵和我去了换药室。

"医生，刚才的事情，你别往心里去，我爸爸这个人比较急躁，但是他很关心我的。"

在简短的交谈间，我听到了有些熟悉的口音，开口问道："你在新疆待过吗？"

"嗯，我在那里出生长大的，在那里上完研究生后，来这边参加工作，今年刚好是第三年。"

和她聊天的感觉很舒服，她整个人异常地平和，没有其他癌症病人身上那种无论如何都掩盖不了的暮气沉沉。而且比起其他人，她更加温柔亲切，像一个磁场，吸引着周围人靠近。我和她虽然初次见面，却有点一见如故的感觉。

平日里我们很少把个人的联系方式留给患者，不想在下班后也变成他们的"私人健康顾问"。可是那次我主动留了她的手机号，并加了她的微信。

慢慢地，我知道了她的故事。

02

她在北疆出生长大，在乌鲁木齐上的大学，工作了一段时间后，因为一直的理想是当一名优秀的教师，她辞去工作去读研。也是读研的第一年，她遇到了喜欢的男孩，二人很快便进入热恋中，也一度到了谈婚论嫁的阶段，两人约好等她研究生一毕业就结婚。总之，那会儿的一切都是那么美好，充满理想，爱人相伴，前途大好。

可是一切都在研二那一年被按下了暂停键，因为反复腹痛，她在当地一所医院被诊断为肠结核，抗结核治疗很长一段时间都没什么效果，后来转到更好的医院，确诊为肠癌，而且已经有转移。她很快就接受了手术，术后又开始放疗化疗。

因为治病，她休学了一年，在病情控制住后，她又重返校园，继续攻读自己的专业，顺利拿下了硕士学位。可是这时候，男友的家人勒令两人分手。刚刚经历过生死的考验就没有那么多的时间去悲天悯人，自怨自艾。她平静地接受了和男友分手的结果。

经历过这些后，她想换一个地方重新开始，到一个没人知道自己过往的地方。研究生毕业后，她便离开了家人，独自前往重庆工作，工作的学校在离我这里最近的一个城区。因为性格温和开朗，在这里，她很快便有了很多新朋友。这里有她挚爱的讲台，一群有时偷懒但求知上进的学生，一切又开始向好的方向发展。

虽然初次见面，但不可否认，慧灵身上有一种让人觉得亲近的魔力，这样一个人，在日常生活中，必然也是备受朋友同事喜欢的。没过多久，这里便有爱护她、关心她的人出现，面对对方的追求，她是动心的，也渴望能像正常人一样，和喜欢的人组成家庭，生儿育女，健康地活到退休，甚至更久。

可是厄运再次不期而至。

一年前的暑假，在复查时她得知肿瘤发生转移了。没有别的选择，虽然还没有结婚生育，她也只能接受医生的意见，选择再次手术，这一次，还要一并切除子宫和双侧卵巢。她知道切除了这些对一个年轻女性而言意味着什么。

一个月前，因为肿瘤转移到腹壁和大网膜，她需要接受第三次手术。这次已经开学，这是她在这边工作三年以来第一次向单位请假，请长假需要病情证明，可是为了不让学校知道自己的病情，她花了很大的功夫，在淘宝上买了假病历，让周围人以为她是因为肝炎才请假去治病的。

"为什么要去搞假病历，不说出实情呢？这样学校多少都会照顾你一些。"

她笑了笑："可能你第一次见到我，觉得我年纪轻轻的就得了这样的病，多少有些可怜吧。我不愿意让领导同事知道，是因为我是一个劫后重生的人，只想安静生活，不想被怜悯、同情包围。"

人与人之间的气场很奇怪，有些人相处多年却始终觉得处起来浑身别扭，可是有些人即使初相识，却也有种"犹如故人归"的微妙感觉。可是这样的相见恨晚，从一开始就充满了隐患，从走近她的那一刻开始，我就知道有些结局其实早就已经注定，那一天早晚都会来。可是，她身上某些特别吸引人的磁场，让我尽管知道结果会是什么，还是选择去接近她，了解她。

那会儿我一直单身，有大把闲暇的时间，我们两人所在的城区毗邻，大约一小时车程。每次她到表姐家去时，只要我不上班，便会相约碰头，一起吃饭喝茶。和她在一起时，我很少想到她是个癌症患者，和她相处起来，有种说不出的放松和愉快。或许是有别人不曾有过的经历，她比这个年龄段的姑娘更加慈悲豁达，我纠结苦闷的时候，和她聊两句，总会有豁然开朗的感觉。

有一天我忽然接到她的电话，电话里她的声音有些兴奋，约我去她家有要事商议。

到她家小区门口，发现来接我的是一个清瘦斯文的男士，我心里一下明白是怎么回事了。在这个男士的带领下，我到了慧灵的家。

简单的一居室，室内倒也收拾得温馨整洁。一进家门，慧灵妈妈便开始热心地忙活着倒热水，拿点心水果，待把我们都安顿好，她又回到厨房忙着包饺子，边包边乐和地说着："我一大早就去了市场，买的食材都是最新鲜的，肉馅也是自己剁的，比机器绞的好吃……"有那么一瞬间，我有种回到自己家的感觉，中学那会儿，每次要回家时，妈妈也是一大早就开始准备各种好吃的。

这个男士是慧灵的同事，单身，平日喜欢养猫，看书，烹饪，慧灵觉得我们俩可能有戏，便制造了这样的"机会"。虽然说是场"鸿门宴"，但在慧灵和阿姨热情的招待下，特别是当那几大盘热气腾腾的水饺端上桌时，那些年漂泊在外的我，第一次感觉到了家的味道。

那晚在慧灵家过夜，待那个男老师走后，我看着慧灵，不怀好意地笑笑："以我纵横相亲场数年的经验来看，他今天能来吃这顿饭，其实醉翁之意不在酒，他是冲着你才来的。话说回来，那个老师如果真像你说的这样，真的还是很不错的，是个很会生活的人，你真没考虑过他？"

她的笑容顿了顿，轻叹了口气："我已经不愿去想这些，也不敢去奢望这些，读研究生那会儿发现了这个病，手术后又是化疗，我以为可以得到新生，毕业了就来到这里工作，以为可以重新开始。去年暑假，因为癌症转移,我又切除了子宫和卵巢,可这病还是没有控制住。哪怕对方不介意,我也不想再拖累其他人。眼下,尽可能活得长一些,多和家人朋友在一起,能多在讲台上讲课,我就已经很满足了。"

一时间,我不知道该怎么接话,看到我的脸色也跟着变得沉重,她岔开了话题,说了好多学生们有趣的事情。那天晚上,刚好她的一个女同事来找她,一阵寒暄过后,她向慧灵抱怨了自己对父母、工作的诸多不满,可在和慧灵聊天之后,像是得到了某种启发,她又一扫前面祥林嫂般的姿态,兴高采烈地和慧灵说着自己近期的出游计划。

慧灵好像总是可以让周围的人感到快乐平和。

03

再一次见她,是2016年春天了,那会儿我刚迷上了户外活动,周末不上班时,必会跟"驴友"出去徒步。有次徒步的路线在慧灵所在的城区,而且是比较休闲的路线,便打电话,想约上她一起。

电话里得知,她因为病情加重,转到肿瘤医院治疗了。

我虽然一开始就知道,她的病情会进展到这一步,没有所谓"奇迹",可是真的到了这一天,自己的心情也跟着变得沉重。我放弃了徒步的计划,来到了肿瘤医院。

我在医院门口买了一大束花,到了她所在的病房。因为之前没告诉她我会过来,见到我时,她有些意外,但随后,她笑了起来,笑得很开怀。

她比三个月以前瘦了些,也憔悴了很多,脸色是病态的苍白,因为化疗,头发也脱落得厉害。她抱着花,低头嗅了嗅。那束花挺普通,可被她抱在怀中,却也有了"犹带彤霞晓露痕"的生机盎然。

她开心地拿出手机，让我看前段时间录制的视频。她兴奋地说着："前段时间学校里搞了一个青年教师的讲课比赛，我得了第一名，后来有家企业看中了，专门录制了视频，用来做企业的培训课件。"

视频里的她穿了件红毛衣，化了妆，看上去很精神，气色很好。我第一次发现，她其实很漂亮，也非常优秀，如果不是这个病，她应该有个非常完满的人生。

"就是当时肝区很痛，虽然之前吃过止痛药，但是讲到后面还是觉得有点难以忍受，最后的环节发挥欠佳。"说到这里时，她有点遗憾，但是仍然有些小激动。

虽然一开始我们都心照不宣地回避了病情这个话题，可是不经意间，谈话还是回到了这个问题上。

她的眼神有些落寞，看着床旁的一张CT单，说："我已经忘记了接到癌症确诊通知书时的心情，或许是不愿想起那一刻，我已经忘记了癌症在不断复发转移，我也在不断治疗的痛苦，因为它已经成了我生活中的一部分。"

"3月初开始，肝区和后背都痛得厉害，晚上吃了止痛药也会被痛醒。"说这些话的时候，她的语气异常平和。好像这些都不是她经历过的。癌痛是一种噩梦。剧痛会让人把床沿抓烂，满地翻滚，用头撞墙或者自残，有的人实在扛不住，便请求安乐死。可是此刻我实在想不到该怎么安慰她，任何"你要坚强"之类的话都会显得过于苍白无力。

"我知道癌症可能又转移了，这次又不知道要治疗多长时间。可是现在离放假还早，我实在没有办法再瞒下去了，只能给学校说明病情。以前我害怕别人知道这些，不是因为我要强，而是怕面对别人或是同情或是悲悯的眼光。健康人理解不了一个不断在复发转移的癌症病人，我怕那些惋惜同情击垮我心里最后一点和疾病抗争的信念。"

"可是因为要来治病，不得不和学校说明情况，但感觉情况也没那么糟，"她笑了笑，"这些天，很多同事、朋友，还有学生都来看我。现在的我，只感觉到来自四面八方的爱护，只感受到父母的爱和不舍，坚强不再是别人对我的期许，只是我要奔向美好明天的必备心态，经历过生死的考验就没有那么多的时间去悲天悯人，自怨自艾。"

在这里治病的期间，只有她妈妈照顾她，阿姨已经60多岁，头发都已花白，身体也谈不上多硬朗，比起三个月前初见时，显得更沧桑了。但仍和初见时一样的是，阿姨很热情，对人也非常友善。照顾病人是一件非常辛苦的事情，慧灵的父亲因为不喜重庆的气候，加之性格暴躁，半年前就回了新疆，阿姨便一个人接过了照顾慧灵的任务。

准备出发时，阿姨低头换鞋子，我看到她的两只袜子都破了洞。我忽然感觉有些心酸，都说一个中产家庭距离破产也只隔着一场大病。特别是癌症，很多项目都需要自费，而且三甲医院的报销比例本身就很低。可是我从来没有听慧灵抱怨过什么。

出病房前，我拿出了之前准备的礼金，虽然知道是杯水车薪，但好歹也是自己的一点心意。可是她和阿姨无论如何都不愿意接受。几番推辞后我也只好作罢。

我们一起到三峡广场吃午饭，她强烈推荐这边的一家陕西餐厅，前些天她带来看她的同事去吃过，感觉味道很不错。因为都在新疆生活过很长时间，也都还有不少共同话题，这顿饭吃得倒是很愉快，就像寻常的家人聚餐一般。

因为化疗的关系，她吃得很少，大多数时陪着我们一起说笑。饭后，她和阿姨执意拒绝我去结账，像先前拒收礼金一样坚决。

"你能来看我，我真的觉得很开心。你大老远来看我，我和妈妈请妹妹吃顿饭而已，何必见外。"她温柔地笑着，说完，还从包里拿出一个手工钱夹，"这是我在这里住院期间自己做的，送给你。每次看你银行卡、钞票都是乱放，好好整理一下。"

知道她下午还有液体要输，我一直劝说她们先回医院，可娘儿俩还是执意把我送到车站。上了车,还在窗外嘱咐我看好东西。车子慢慢启动了,看着身后越来越模糊的人影,我心里感慨良多。认识她半年,随着交往的不断加深,我慢慢地觉得对自己来说,她更像是个姐姐,有种润物无声的力量,永远宽容,鼓励、温暖着身边的人。

她的病情暂时得到了控制,又回到了学校,学校给她安排了相对轻松的岗位,不过,她每隔一段时间,还是要回到肿瘤医院复查和治疗。

没过多久,我开始恋爱。恋人、朋友、工作、娱乐,生活越发充实,慢慢地,我和慧灵联络得也少了,只是逢年过节时,发微信或者打电话问候对方。

再一次见面,是2017年元旦,那天她去表姐家玩,得知我在上班,她特意到医院来看我,还带了些新疆特产。大半年不见,她比之前更消瘦了,这次,她已经开始戴假发了,因为多处转移,她更换了化疗药,偏偏那种药的副作用之一就是引起色素沉着,让人的肤色变得异常晦暗。远远地,她已经能让人感觉到是个患重病的病人了。只是那双眼睛依然温暖明亮,始终让人觉得亲近。

那天中午吃完饭,离我晚上值班还有一些时间,外面在下雨,她建议我们一起到附近的商场逛逛。

像所有爱漂亮的女生一样,她试穿了一些衣服,在试衣镜前反复地看,可是都没有相中。最后她看中了一款米色的羽绒服,那羽绒服质地考究,做工精良,让人穿上之后立刻容光焕发起来。

她在试衣镜前停留了很久,反复看着试衣镜中的自己,对着镜中的自己嫣然一笑,并让我帮她拍了张照片。很久之后,她的目光黯然地落在衣服内侧的吊牌上,上面标注着衣服的价格。最后,她抱歉地对导购小姐笑笑,小心地将衣服穿回模特身上。

"真的不考虑了吗?"我小声问道。

她轻轻地笑了笑:"我到这里工作的第二年,家里为了照顾我,全款帮我在这里买了套房子,已经花了他们的很多积蓄,得了这个病,开支太大了,现在已经开始入不敷出了,我也不想再增加父母的负担。"

离开商场前,她还是给妈妈买了一件外套:"过节了,让妈妈也沾点喜气。"

之后,我们在商场道别。那也是我最后一次见到她。

她很少更新朋友圈,其他朋友很久更新一次不会觉得有什么,可是对慧灵,如果太久看不见她更新朋友圈,我心里就会有种不祥的预感。

04

2018年春节期间,我看到慧灵更新了动态:"我是一名被上帝之手烙上'癌症'的人,但在这之前,我是一名可爱的人民教师,有我爱的三尺讲台。一切来得那么突然,我绝望过,痛苦过,但我还有爱我的家人,还有好多的愿望等着我去实现。面对高昂的医疗费我不想增加父母的负担,也不想成为一个向社会伸手的人,所以我选择自食其力。其实做这个决定挺艰难的,但没有办法,费用开支太大了,而我不想轻易对病魔妥协。在生病期间,我慢慢爱上了手工制作,爱上了缝制手工包,一针一线都是我对美好生活的向往。来我的小店看看,或许你会发现惊喜,来和我聊两句,或许你会豁然开朗。"

慧灵开了自己的微店,专门卖自制的手工包。我进她的微店逛了逛,看到这些包都很漂亮别致,都是她自己设计的,每一款都是独一无二的。

之前她发给我一些图片,让我选择一款喜欢的,她送给我。可是这些都是她在病中一针一线制作的,我又如何能心安理得地收下,便直接在她微店里选中了一款,下单付账,这样她也没办法拒绝收款了。

网络众筹已泛滥成灾,朋友圈里每天都能看到这样那样的众筹,的确有很多因病致穷无力承担费用需要筹款的人，但也有很多人一旦生病，不管自己条件如何，是否真不能承担费用，第一时间想到的就是"轻松筹"。

可是慧灵，即使在重病时仍然自食其力，从没向社会伸过手。

收到手工包那天，我给她回了消息，同时问了她病情。这次她没有回应我关于病情的问询，只说道："你快结婚了吧，婚礼的时候，一定要告诉我。我这几天在医院治疗，等好转一些了就回家，材料那些都在家里，我给你准备一个漂亮的婚庆包，等你婚礼上用。"

能在这样的日子里找到自己喜欢做的事情，也是一种幸福吧。现在的我，除了向同事推荐下这些别致的手工包以外，也只有祝福。

5月中旬的一天，我收到了她的微信，她情况不好，肿瘤转移到很多地方了，小肠梗阻，没办法吃东西喝水，也不能再做手术，胆道也被堵了，全身皮肤都变得深黄。她也不打算再治疗了，想回到离家最近的医院的肿瘤科姑息治疗，少些痛苦。

慧灵在这几年经历过多次大型手术，术后又不停化疗，中间的痛苦是常人难以想象的。可是她从未言说过，一直在和疾病抗争着，其间多少绝望无助，难舍又不甘，外人自然无法理解，只看到她的乐观和坚强。可是现在她再也扛不住了。

那一天还是要来了，最不想看到的情景还是发生了。

我早前在那家医院肿瘤科实习过，联系了当年的带教老师，请他帮忙多照顾下。这家医院的肿瘤科已被改名为宁养院，医生会尊重患者的意愿，不会为了延长患者的生存时间，而强加给患者更多创伤性检查以及治疗，更多地采用以减轻痛苦为主的姑息治疗方式。这样，在生命最后的这段日子里，能让她尽可能少些痛苦。

那阵子我工作压力很大，加上在准备晋级考试，一直对自己说着，等着忙完了这阵子，就去看看她，可是后来，考完了试，也因为这样或者那样的事情，始终没去。其实归根到底，是自己实在没勇气去面对。早前科里有个年轻女孩，在外地打工时发现得了肝癌，因为家境不好，直接放弃了治疗，长期在我们科室开镇痛药注射。有个护士和这个肝癌女孩特别聊得来，基本每次都是她给打针。可是很快，那个女孩的肿瘤破溃大出血，救护车拉来的时候人已经不行了，刚好那天也是那个护士值班，她当场就泣不成声。见惯了生死又如何，当这个病人是你熟识的，甚至产生过特殊感情的，那一刻，你我皆凡人。

早前在微信里得知，她因为肠道梗阻，已经很多天没有再吃过一点东西了，胆道梗阻的情况逐渐加重，周身皮肤始终是深黄色的。有时发微信，她也觉得手机很重，举起手机很困难。癌症末期的病人，多处于恶病质状态，由于肿瘤的长期消耗，再加上无法进食，许多病人都瘦骨嶙峋，没了人相，很多癌症晚期的病人也伴随着永无止境的剧痛，撕心裂肺的哀号，小说里中了"生死符"，大概就是这样一种求生不得求死不能的状态。

我不敢去想，记忆里温和爱笑的慧灵，最后要面对的是这些。

那阵子比较忙，没怎么看微信。直到6月底的那个夜班，科里难得清静，刷之前的状态时，我看到了慧灵最后一条朋友圈，是莲花关怀团队写的讣闻，文字下面配着的是一张遗像。

她数天前已在医院病逝，三天前已火化。

那个夜班我一晚没睡，只觉得心里堵得慌。但是也正如讣闻里说的：慧灵经历数年病痛和治疗，数年坚持和前行，她求解脱而解脱，受接引而去，于往生向好。慧灵的事，令人深怀遗憾，她却幸得解脱，唯有亲友放心不下，但事已至此，不可追，亦不可复。

下夜班后，给慧灵的微信发了消息，她不在了，或许这个号她妈妈还在帮忙打理。

庆幸，没过多久，这个微信有人回复，是慧灵妈妈。回复的内容却是："非常感谢你的帮忙，我们到了这个医院，你的老师对我们非常照顾。慧灵走那天，刚好是你的老师在值班。之后我就到殡仪馆，一直为慧灵念佛。第二天下午我回医院找他，想向他道谢，可是他不在，我等了他三个小时，都没见到他。我想你该结婚了，慧灵生前一直念着这个事情。你结婚的时候一定要告诉我，我来贺喜。"

瞬间泪奔。

她转院回来，到她离世有将近一个月的时间，我找足了理由，始终没有去见她一面，而她生前心心念念的却是希望能见证到我的幸福，以及去感恩生命最后阶段里那个给她关怀和帮助的主管医生。

这些年，她们母女俩一直相依为命，现在慧灵走了，阿姨在这里也再无亲人。我再三在微信里让阿姨保重，并转去了礼金，请阿姨务必收下。这场疾病足以散尽家财，慧灵走了，阿姨的生活还要继续，我现在能做的，也只有尽点心意。

还是像之前一样，阿姨没有点开微信上的转账，并告知我，钱她一定不能收。她已开始学佛念佛，要求大家不送花圈，不烧纸烧香，不送礼物礼金，也不哭，有时间就高兴地去道别，为慧灵念阿弥陀佛，她就很开心。

我不知道慧灵的妈妈从什么时候开始修佛的。佛家上讲"无缘不度"，或许是看到在重病中煎熬挣扎的女儿，祈求女儿的业障能由她来承担；或许是在医疗手段已无法治疗时，在看着女儿的生命体征一点点消逝时，学佛念佛可以减少女儿的一些痛苦；或许是在她苦难丛生的生活里，有了自己的信仰，精神上也有了寄托，余生往后，也想得通，看得开。

在办完慧灵的后事不久，阿姨一个人办理完了慧灵的丧葬补助、社保退款等事宜，只身回到了新疆，和慧灵的爸爸继续后面的生活。

而我，也再没有见过她。

这个瘦高的男孩抱着旺旺蹲在地上，哭得眼睛都睁不开。针头被他扯掉了，针眼处还在不断渗血。

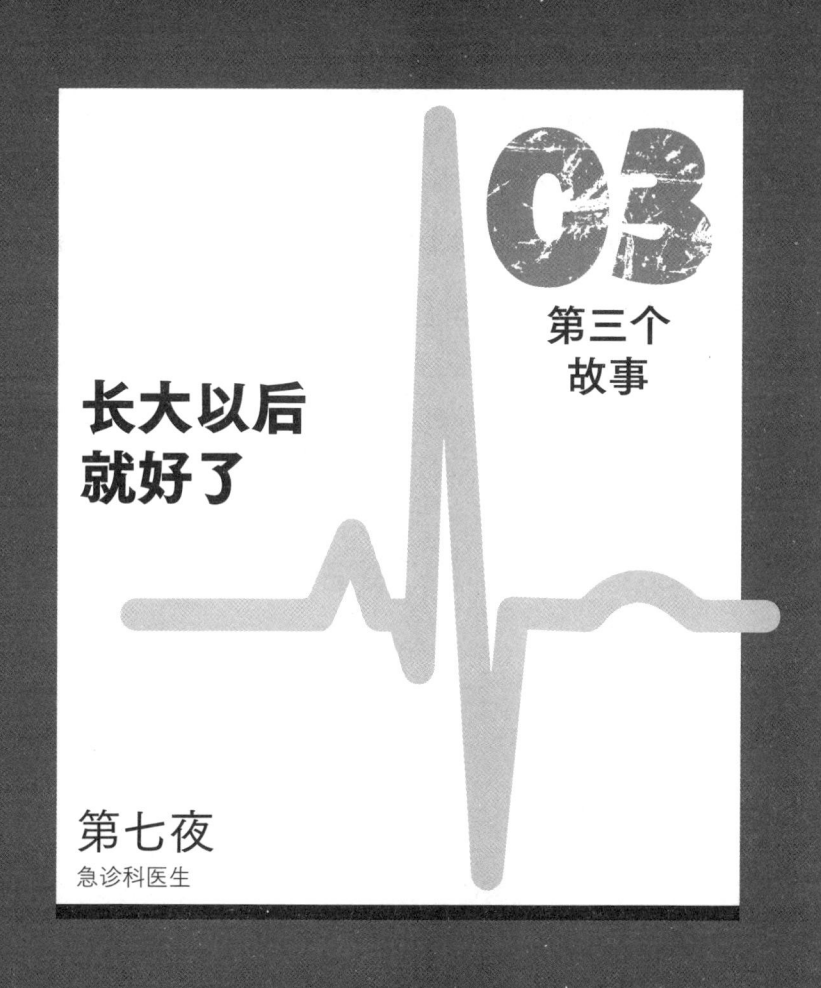

03
第三个故事

长大以后就好了

第七夜
急诊科医生

这个瘦高的男孩抱着旺旺蹲在地上,哭得眼睛都睁不开。针头被他扯掉了,针眼处还在不断渗血。

01

小骏是夜里10点30分左右被送到急诊室的。他的班主任、生活老师和几个室友都来了。

一群人围着小骏急得不行,一见到接诊医生,便都忙着说小骏的情况:他们才下晚自习,小骏是住校生,一回到宿舍他就把自己关到卫生间里不出来。

宿舍有个男孩内急,不住地拍门让小骏赶紧出来。可小骏过了好久才开,卫生间里一股很重的大蒜气味,小骏的手里还有一个空了的农药瓶。室友吓坏了,急忙通知了老师,这才把小骏送过来。

和周围老师同学一脸急切的样子相反,躺在平车上的小骏一脸漠然,对医生的问诊也置若罔闻。

小骏刚满14岁,在上初二,皮肤很白,是那种在常年不见阳光的阴暗中捂出的白,他的眼神空洞迟钝,完全不是这个年龄的少年该有的样子。

我反复问了他几个问题他都一声不吭,好在他老师把那个农药瓶带过来了,我看了下,是一种剧毒的有机磷农药。瓶子已经空了,他到底喝了多少也不知道。眼下只能先给他安排洗胃。

小骏被安置在洗胃室后,我们迅速脱去了他的外套,并用花洒反复冲洗他的身体。他的衣服上也被溅了不少农药,必须要防止这些农药进一步通过皮肤进入身体。

虽然一直不说话,可对我们的操作他还算配合,可在给他插胃管洗胃时他却开始剧烈挣扎,嚷嚷着说那药他没有喝进去,那瓶药大半都被他冲进马桶了，只有一小半让他泼在了衣服上。

我愣了一下，小骏说的可能是真的。按照他老师的说法，这药他"喝了"半个多小时了，服用了这样大的剂量，他却没有出现非常严重的临床症状。

我先前也碰到过这样"吓唬"家属的患者，可这时候宁可"错杀"也不能放过，我还是坚持让护士给他安了胃管，用电动洗胃机给他洗了胃。

到底还是个小孩子，从我们执意插胃管开始，他就不住地哭，说自己没喝下去，可管子还是从鼻腔下去了。我特别检查了下小骏的胃冲洗液，液体还算清凉，没有闻到明显的农药味，我也算松了口气。

有机磷中毒虽不像百草枯那样"给你后悔的时间却不给你后悔的机会"，可中毒剂量大或者抢救不及时，同样会危及生命。

正值盛夏时节，穿的都是些贴身衣物，农药多少都还是会通过皮肤渗透到身体一些。

洗完胃没多久，小骏就出现了流涎、流涕、四肢肌纤维颤动等有机磷中毒常见的临床表现，还说自己头晕得厉害。严重的有机磷中毒会导致患者呼吸肌麻痹，出现谵妄、抽搐和昏迷等症状，甚至因呼吸循环衰竭而死亡。

好在通过皮肤渗透到身体的农药剂量毕竟有限，对机体的影响没有直接口服那样大。已经给他用上了解磷定和阿托品，他的生命体征都还平稳，可仍需要密切的随访观察。

小骏的父母在工业园区的一家电子加工厂上夜班，得到通知后立刻来了，到医院时还穿着工装。我简明扼要地给他们说明了情况以及后续可能存在的风险和并发症。由于不清楚小骏服毒的原因是什么，也怕后续的治疗情况有变，我隐去了小骏自诉没有吞下农药，只是把农药倒在身上的细节。

怕吓到他们，老师并没有在电话里说明实情，只说小骏有些不舒服送到急诊科了。知道儿子是服了剧毒农药被送来的，夫妻俩半晌都没反应过来，两人都瞪着眼张着嘴，好一阵都一声不发。直到被我带去了病房，看到脸色苍白、虚弱不堪的儿子，才相信儿子的确是中毒了。

洗完胃的小骏被安置在留观病房，他的身体偏向一侧，脑袋有气无力地耷拉在床边，不住地吐着涎水。他的同学都回去了，此刻只有班主任在照顾他，小心地帮他擦去嘴角的残留物。

和我预料的不太一样，走进病房的小骏父亲并没有在第一时间感谢及时将儿子送医并小心照料的班主任。

父亲黝黑健壮，像一座黑塔一样伫立在儿子跟前，他没有说话，可这样沉默的压制让小骏的身体开始战栗。

14岁的小骏，身形随了父亲，比同龄的孩子高出了不少，可在父亲面前，他蜷缩着身体，像一只被烤熟的虾。他完全不敢和父亲对视，开始剧烈地咳嗽，像是在逃避，还有点寻求同情和保护的意思。

我忘了这样压抑难挨的气氛大概持续了多久，它毫无防备地被一个巴掌声打断了，随即传来的是小骏父亲怒吼的声音："老子一天天起早贪黑的，好吃好喝地供着你，为了方便你读书还特意买了城里的房，你一天天长本事了，书不好好读，还敢喝农药，老子脸都让你丢光了。"

小骏父亲的暴吼让门窗上的玻璃也跟着瑟瑟发抖，就像此刻的小骏，他用没输液的那只胳膊把他挨过巴掌的脸护住，妄图遮掩在外人面前受辱的情绪，用嘴巴咬住手指，似乎想拼命压制住哭泣，可最后他还是失败了。

没有被镇压住的抽泣更是惹恼了父亲，又是一巴掌抽下，只是有胳膊的保护，这次没再打在脸上。"还哭，不中用的东西，除了哭你还能干什么！"

我和班主任都看不下去了，上前劝阻，小骏母亲也护住儿子，半揽着儿子的头，不住地抹眼泪，一个劲地安慰儿子别哭。可她的举动再次激怒了丈夫，他撂下一句"就是你从小惯的，慈母多败儿"后，便到外面抽烟去了。

我以小骏一般情况还不错，不需要留那么多人在医院为由，让小骏父亲回去了。看得出来，小骏非常怕他，有他在这里，小骏的处境只会更糟。

洗胃的当天夜晚,我观察得更勤一些,没有新病人的间隙就上小骏的病房看一眼。

每次进病房,我都看到母亲向小骏哭诉着为人父母的不易:"我们为了你舍不得吃舍不得穿的,就希望你成绩好,我和你爸这辈子就这样了,这个家以后都指望着你,千万别干傻事……家里还背了好多年房贷,我跟你爸在厂里一点错都不敢犯,为了多挣点全勤,肚子痛得再厉害都不敢请病假,我们辛辛苦苦全是为了你有个好前途,只要你出息了,再苦再累我们也觉得值了……明早我就去学校把课本给你带过来,我问医生了,说不严重,住几天就能出院了,期中考试成绩那么孬,在医院这几天也要抓紧学,不能再落下了,我们的希望全在你身上啊……"

全程都是母亲在絮叨,很久之后,我才听到小骏有些哽咽的声音:"就是怎么都考不好,觉得对不起你们,不敢面对你们才喝了药,可是喝了第一口我就后悔了……"

这间留观室空间狭小,但门窗相对,空气流动性一直很好,可不知怎的,我感到有些莫名的窒息。

小骏的父母不敢一直请假,便委托亲戚帮忙照料小骏。亲戚来的时候带了条叫不出品种的黄狗,小骏一见它就又哭了,说旺旺是他从小学就养的狗,上初中后搬到城里了,父母怕他养狗耽误学习,死活不同意把旺旺带来,就丢给了乡下的亲戚。

旺旺一见他欢快得不行,尾巴摇得像风车一样。它平时特别温顺,可只要看到护士去给小主人输液,忠心护主的它就冲着护士吼个不停。

医院当然不让宠物进来,可大家看到小骏的情况,倒也没勒令他们把旺旺带走,有它陪在这里,这个孩子才能有点笑脸。

和母亲要求的一样,在医院的这几天,他大部分时间都在看书,旺旺温顺地趴在地上,每次有护士来输液,它就又变得警惕起来。

第四天复查的指标还算不错,可以安排出院的事情了。是小骏父亲来结的账，提前给他说过小骏的情况用不了保险，所有费用都只能自费，他阴沉着脸一言不发。

结完账回病房时，他看到趴在床上输液的儿子正腾出手来给旺旺喂火腿肠。他怒不可遏地一脚就将旺旺踹到了墙角。先前还在开心吃食的旺旺痛得惨叫，不住地打滚。

小骏顾不上还在输液的手了，直奔墙角，抱着伤情不明的旺旺号啕大哭起来。这一举动再度惹怒了父亲："一天到晚就知道折腾你妈老汉，真是倒了血霉生了你这个讨债鬼，考那点分你就准备以后讨饭去吧。"

盛怒的他把小骏堆在床旁的那一堆教科书狠狠地摔在了地上："你读个什么昏书。"

那一脚踢得实在太重，几分钟过去了，旺旺还在持续哀号。这个瘦高的男孩抱着旺旺蹲在地上，哭得眼睛都睁不开。针头被他扯掉了，针眼处还在不断渗血。

我不知道怎么安慰这个男孩，只能帮他把书本捡起，又用棉签帮他按住针眼。

"再坚持一下吧，再长大一点，能离开他们就好了。"这是我对小骏说的最后一句话。

C2

我想起半年前接诊的那个喝了百草枯的小女孩，她死的时候和小骏同岁，在喝百草枯之前就有过两次自杀经历，前两次都救回来了，喝了百草枯之后就再没回得来。

我没有去追问她屡次求死的原因，不过每次和她父母短暂的接触都让人很窒息，和小骏的父母很像。

接诊婷婷是11月的一个工作日，她是在宿舍割腕之后被送来的。

在急诊科工作，不夸张地说，隔三岔五就会碰到各式各样割腕的，基本都是女性，而且是年轻女性。追其原因，也几乎清一色的是"为情所困"，婷婷也不例外。

和其他轻生者不同，我遇到的割腕者，多半和男友或者老公发生了矛盾。她们割腕不是为了轻生，而是为了吓唬伴侣。

我经常在值夜班时碰到被男友哭天抢地抱来急诊科的年轻姑娘，男友一脸惊恐地说女友割腕了，让我们赶紧救人。

可大多数时候，把这些"晕倒"的年轻姑娘安置在清创室后，一检查伤口，才发现不过是个很浅的划痕而已，连缝针都省了，消个毒包扎一下就是，而吓唬的目的已经达到。

即使桡动脉被割破，比起其他大血管，桡动脉的出血量也有限，所以割腕自杀能死的，我只在影视剧中见过，在急诊科工作多年，我连一个割腕导致失血性休克的案例都没见到过。

婷婷应该是个左撇子，她割的是右腕，伤口很深，一探查发现好几根肌腱都断了。到底是对解剖结构完全没认知，她能忍住疼痛划出那么深的伤口，却完美地避开了桡动脉，不过这断开的好几根肌腱已经严重影响了手部的活动。

婷婷是附近一所职高的学生，她在宿舍割腕前一直给妈妈打视频电话。她妈妈在成都打工，看到视频里的女儿情绪崩溃，不住地寻死觅活，也着急疯了，劝女儿千万别做傻事。她当下就跟单位请了假，坐最近的一班高铁回家。

她还在车上的时候，女儿就联系不上了，急得六神无主的她生怕女儿真的想不开，可女儿一直不愿把平日里关系交好的友人的联系方式告诉她。这一路上，她也只能干着急。

好在成都到这儿的高铁就一个小时,她下了高铁就找到女儿的宿舍,一进门她腿都软了。女儿软塌塌地躺在床板上,手腕被划开了,她急得抱着女儿大哭,哭了一阵才想起来打120。

婷婷妈到了医院也还是不住地抹泪,看得出她心急如焚,可面对着接诊的医生护士她始终一副小心翼翼的模样,还不时作揖,求我们一定要治好女儿。

我劝她别着急,婷婷压根就没出什么血,更不会有生命危险,不过断了好几根肌腱,虽然能再缝起来,但断端会以疤痕的形式连接,这重组的肯定是赶不上原装的,断端疤痕的承受力和弹性会比原来都差,很容易再断裂。手术后需要石膏固定制动三周,再加上后期肯定会有粘连的因素,受这些肌腱支配的手指活动可能也不如原来那样灵活。

婷婷的肌腱断了好几根,接起来挺麻烦的,我本来想让她去骨科办住院,在手术室里打完臂丛麻醉后去做手术。

我坦言,婷婷的情况只能自费,住院费、手术费、麻醉费、化验费加到一起,费用不会低。

婷婷妈说没关系,孩子好就行了。她边说着边在那只粗糙的人造革皮包里找婷婷的证件。她穿着一件很旧的黑色毛衣,袖口已经开线了。不知道她是什么工种,手上好几条裂口像东非大裂谷一样。

我正在填住院证的手也跟着迟滞了一下。婷婷断裂的肌腱回缩得不算太厉害,不需要做很长的切口去寻找断端。这个手术在急诊科的清创室里打个局麻应该也能做下来,不用去手术室打臂丛麻醉,没有住院患者必须要做的实验室检查,在急诊科处理多少可以省些费用。

局麻下做这个手术并不容易,才找到了回缩的断端准备吻合,可婷婷情绪很激动,在手术台上不住地哭,稍微用点力,断端又回缩了,只能从头再找。

为了让她配合得更好一些,我和她聊了会儿天,想让她放松点。在交谈中我得知，在她很小的时候，她父母就离婚了，那之后父亲几乎没怎么现过身，母亲为了养活她，只能常年在广东打工，平日她住在外婆家，只有暑假和过年才能看到母亲。她上职高后母亲到成都工作了，离得近了，但可以陪她的时间还是有限。

在有一搭无一搭的交谈中，婷婷放松了很多，她配合得越来越好，我也成功地接好了三根肌腱。

可一提到这次割腕的"肇事者"，她又像个突遭变故的幼童般放声大哭起来。她一激动腕部一用力，最后一根肌腱又回缩了，手术做不下去了，我只能听她哭诉。

一开始她充满委屈和不甘，说自己从小就没有爸爸，除了妈妈没人对她好过，直到他出现了，这世上才有一个真正对她好的男人。

她还问我有男朋友没有，在得到肯定的回复后，她很老成地告诉我：小心自己的男友，天下男人都一样，得到了就不珍惜，就和她爸爸一样；这男人追你的时候花好月好，可一到手了就原形毕露了，电话不接，微信不回。

我笑着问她："为这就割腕了？"婷婷再度受到了刺激，放开嗓子号哭，像复读机一样重复着："为了他我去死都可以，就他一个男的对我好。"

在婷婷断断续续的啼哭中，我终于接好了所有被她划断的肌腱，给她打上石膏制动后，我建议在急诊科留观几天，观察下手部血运的情况，再用点抗炎消肿的药物，而且她情绪很不稳定，在医院也方便照看。婷婷妈忙不迭地点头。

在留观室的这三天，婷婷妈无微不至地照顾着女儿，女儿右手活动不便，她衣不解带地帮女儿擦脸，洗脚，喂饭，喂水，像在照顾一个完全没有自理能力的幼童一样。

婷婷也全心地依赖着妈妈，手术后的她非常乖巧，对治疗非常配合，没了刚到急诊科时涕泪横流、蓬头垢面的模样，被妈妈精心照顾的婷婷，原来也是一个漂亮文静的小姑娘。

婷婷的伤口没什么问题，第三天下午换了药我就打算让她离院了。可婷婷拉住我，说能不能在医院再待几天，在医院里每天晚上妈妈都陪她挤在病床上，这几天是她离妈妈最近的日子，她出院了妈妈也要回去上班了，母女俩又要分开了。婷婷用左手拉着我的胳膊，眼神里有几分哀求的意思。

婷婷妈到底是没能如女儿愿，那边已经催她赶紧回去了，上有老下有小的她离不开这份工作。

母女俩就是在医院门口分别的，我至今都记得婷婷看妈妈坐车离开时凄怆彷徨的神情。我以为作为留守儿童，这样的分别对她来说不过是习以为常的事，可已经17岁的婷婷，还是像幼年时那样，哭着追逐载着母亲远去的出租车。

我忽然意识到，婷婷这次轻生，不见得只是为了恐吓男友，多少也有为了得到母亲的关注和陪伴的因素。

03

接诊志远是2018年夏天，23岁的志远是同父异母的姐姐打120送来的。刚到急诊科，他姐姐就忙着说志远的情况。

她一个多小时前看见弟弟发了朋友圈，他失恋了，产生了轻生的念头。她一开始没有管，弟弟已经不是第一次这样了，每次都让人虚惊一场，这样"狼来了"好几次，家里人也更懒得搭理他了。

可后来她看到弟弟在朋友圈更新吃安眠药的照片，知道弟弟来真格的了，立即赶到弟弟租住的地方。她有那边的钥匙，开门进去后发现弟弟倒在厨房，煤气管被他拔了，满屋都是煤气味。当时天色已经有些暗了，她心一急就开了灯，可没想到直接就爆炸了，好在门是开着的，两人受伤都不重。

就诊者是她弟弟，所以一开始我也没注意她，听她这么一说，我才发现她的刘海和眉毛是被火燎过的，脸上和双手也有轻微烧伤的迹象。

听她说完了弟弟的病史，我才知道这个叫志远的年轻人，不仅面部、前胸、双上肢都有烧伤，而且看他皮肤的颜色都有些樱桃红，又开过煤气，肯定存在一氧化碳中毒的情况，好在他现在的意识情况还不错，一想到他还吃了安眠药，一堆问题集在一起，处理起来还真的有些棘手。

更让我措手不及的是，志远的姐姐将他送到医院后就打算离开了，说这几年她已经尽到了做姐姐的义务，他老是这么折腾，自己也不能陪他玩，今天就差点被这不省心的弟弟拉去陪葬了，她还有自己的小孩要照顾，没钱也没空在医院陪他耗着。

虽然我反复建议她一块留院观察，毕竟部分一氧化碳中毒的患者起先没啥症状，可有些会出现迟发性脑病，严重点的能昏迷。可她还是像甩掉了烫手山芋一样急吼吼地回了家。

志远的生命体征还算平稳，我先给他安排了洗胃，又请了烧伤科和ICU来会诊，可没人愿意收他。烧伤科医生说他最严重的问题还是在内科方面，又是药物中毒又是一氧化碳中毒，要收也只能收在ICU。

监护室的医生说入住ICU费用太高，自杀又不能走医保，志远还没有一个肯出面的家属，最后准扯皮。

两个医生就在洗胃室门口讨论的这些，并没有避讳患者本人，写了会诊意见后两人便离开了急诊科。

彼时正在洗胃的志远虽然说不了话，但他一直都是清醒的，先是看着姐姐离开了，又看到两个过来会诊的医生都不肯收治他，他的眼圈渐渐红了。他的眼睛就这么睁着，看着我们一眨不眨，那绝望无助的模样像是一条快病死的小狗，还被人抛弃在荒郊野岭。

就这样，志远"砸"在了我手里，只能在急诊科治疗。好在发现得及时，经过一系列对症处理之后，志远倒是没什么生命危险了，不过他身上的烧伤面积不算小，每天的换药工作也着实是个不小的工程。

他母亲来医院看过他一次，交了两千块的住院费便急着离开。我建议她留下来照看志远，虽然他生活还能勉强自理，但这会儿有个亲人在身边多少还是能好一些。

可她果断拒绝了，说他爸不是个东西，和她结婚前就抛弃妻女，她以为结了婚有了儿子能安定下来。可没想到娃儿还没满岁，他还是狗改不了吃屎，又和外面的女人纠缠不清。

现在两人又各自组建了新家庭，她也有一家人要照顾，不能一直待在医院陪儿子。临走时，她给儿子买了包水果，说了句"你好自为之"，便再没出现在医院。

两千块钱自然是不够的，志远住院期间，我们也去催过费用，可每次一开口，志远就紧张到口吃，从不敢和我们对视，还不住地绞着手指，好像我们再逼一步，他就可能再走上绝路。

好在他的情况没什么特殊用药，即使欠了费，也还能在医院继续治疗。

他被烧伤的地方一直有些渗液，每次换药时敷料都会粘在伤口上，直接撕下敷料会非常痛，每次换药时都要在他伤口处倒些生理盐水浸泡一会儿。

等着泡伤口的空当，我会出去处理其他患者，急诊科太忙，我没有功夫一直守在清创室。他每次倒也配合，安心在清创室等着。有两次处理完其他患者再回清创室时，他已经戴着外科手套自己把外面的敷料揭下来了。

看到我时，他有些不好意思，一个劲地说："你们那么忙，还给你们添麻烦，真是对不起。"他还反复强调，这些天看我换药，他也学会了，他想后面自己换，不想再给我们找麻烦。

初次接触志远时，我对他本能地有些反感，急诊科经常收到各种花式作死的巨婴患者，他们的存在给家庭和医院都带来了很大的负担。可志远对所有的医生护士都非常地客气，一言一行里都是藏不住的卑微和讨好，像个寄居在远房亲戚家的孩子那般小心客套。

熟络了之后，我也了解了志远的一些经历，他很小的时候父母就离婚了，父母再婚后都有了新家庭，只有几岁的他像个皮球一样被踢来踢去。他小时候在爷爷和外婆家都住过几年，可两边的孩子都多，父母又都不肯给抚养费，两边老人抚养压力一大，自然也把怨气发到了他身上，即便是再怎么争着做家务，他们也从不给他好脸色看。

他小时候一听《孽债》的主题曲就会哭："爸爸一个家，妈妈一个家，剩下我自己，好像是多余的。"

大专毕业的他工作自然是不好找，最后只能勉强做了一份销售的工作，可是性格内向的他压根不适合销售行业，终日求爷爷告奶奶也做不出什么业绩，就靠着一点底薪，生活一直捉襟见肘。

工作后他也交了女友，和女友交往的这大半年是他感觉最幸福的一段时间，他终于有家的感觉了。可他工作一直没起色，买房更是遥遥无期，女方家长反对得厉害，女方母亲更是以死相逼让他们分手。

和女友分手后的他彻底绝望了，觉得被这个世界彻底抛弃了。他整晚地失眠，需要靠安眠药才能入睡，他也深夜里在朋友圈表达过几次轻生的念头，其实也是希望女友可以看到，可以回到他身边。他不希望这个苍茫的人世间，只有他一个人在孤零零地生活着。

可是女友到底是没有回头。连续好多天都没有入睡，他的精神濒临崩溃，他服下攒下的安眠药，又开了煤气，想永远告别这个世界。可没想到姐姐过来了，这世界到底是有人在乎他的，也是那一刻，他不想死了，想努力活下去。

虽然烧伤面积不小，好在都是浅二度，不需要植皮，后期慢慢换药就好，他没有明显的烧伤疤痕，只是相当长的一段时间里，会有比较明显的烧伤后皮肤色素沉着。

出院后的志远找了一份送外卖的工作，我们也经常收到他配送的消夜和奶茶。又是几个月后，他如约还清了住院的欠款。

04

  2021年临近春节时，一个20岁不到的年轻人来急诊科要求拆线。他的小腿因为骨折安了内固定，两周前刚取出。

  他好像比一般人更怕痛，每拆一针都要不住地皱眉。我问他是车祸导致的骨折吗，他说不是。

  是一年前被人骗了五千块钱，回家后被父亲不住地责骂，说他一无是处，活着就知道祸害爹妈，怎么还不去死。

  他一时气不过，推开窗户就从四楼跳下去了。那次跳楼虽然被救回来了，但是"战损"着实不小，腰椎、骨盆、右胫腓骨都骨折了，脾脏也破裂了，在ICU住了一周多，术后恢复了好久才能勉强自主活动。

  右小腿的内固定一年之后就要取出，所以才来医院开了第二次刀。

  我问他跳楼后受伤住院一共花了多少钱，他有些难为情地说用了五万多。

  好家伙，五千块引发的事故，用了高出十倍的价格才平息。而且拆个线都怕疼的人，当初居然也有勇气从四楼跳下去。

  我这番感叹让这小伙也有些尴尬，他说自己跳出去的一瞬间就后悔了，可已经腾空的他没有返回的机会了。还好命不该绝，他现在已经没和父母生活在一起了，经过这次教训，他说自己一辈子都不会再干傻事了。

  我忽然想起了小骏，那个喝了第一口农药就后悔了的孩子。四年多了，他已经到了该上大学的年纪，不知道他是否也像这个小伙一样离开了父母，告别了那令人窒息的环境。

在这些混乱的语句中,我听到了"回家""难受"之类的话,还有一个词她总是重复——"滴道"。

04

第四个故事

妈妈,我们回家

秋爸
肿瘤科医生

在这些混乱的语句中,我听到了"回家""难受"之类的话,还有一个词她总是重复——"滴道"。

01

夏天一个寻常的下午,耳边的知了声让时间变得很慢,医院里到处都是无精打采的。石家庄炎热的太阳把一个个熬不过苦夏的患者送来医院,我接到护士站的电话:"王医生,接2床新病人。"

我轻叹一口气,不知这位病人难不难处理,已经很久没按时下过班了。

我从病房工作站中看到了病人的基本信息:张娟,女,47岁,子宫内膜癌晚期。

47岁,她在我们科算是年轻人了。

我拿起听诊器走向2床,推门进去看到的是一家三口,母亲瘦得皮包骨头,躺在病床上。父亲矮壮身材,光头,穿着一件胸前印着虎头的T恤,正试图把一只硕大的行李箱塞进床头柜里。女儿看起来20岁出头的样子,拿一张湿巾擦着病床边的扶手。

那位父亲首先看到我走进病房,憨憨一笑化解了他身上的江湖气。

照例是我先开口:"刚来的是吧,我姓王,是你们的主管大夫。"

这位大哥咧开嘴,操着一口东北口音说道:"没错,刚来的。王主任,您好,您好。"

我急忙摆手道:"我可不是主任,门诊给你们开住院单的那个是,姓张,以后有事找我找他都可以。这个大箱子塞不进去的,你可以放在门口那个储物柜里,2号是你们的。"

说完我便俯身查体,大姐解开病号服的扣子,一根筷子般粗细的引流管从右上腹穿出,引出墨绿色的液体,这是一根胆道引流管。左下腹还有一个粪袋。我把大哥叫出病房，到了楼道，我问他："您爱人知道自己的病情吗？"

他叹一口气，答道："肯定知道啊，都做了两次手术了。第二次住院的时候她自己看到检查单子上写的字了。后来也瞒不住，就都说了。"

于是我又回到床边，从引流管问起，把张娟从刚确诊到来我这里的所有病史问了个清楚。问的过程中，女儿总是不停打断父亲，纠正父亲的错误，显然，她对病情更加了解。张娟在病床上点着头，不时补充。

一年前，张娟开始出现跟月经无关的阴道出血，在一家基层医院按妇科病治了两个月，症状反而加重，然后到大医院确诊了子宫内膜癌。第一次手术，切除了子宫和双侧卵巢，不久又出现肠梗阻和全身黄染，又去北京做了肠梗阻手术和胆道穿刺引流。然而手术做完后，肚子胀痛的症状很快又出现了。经历了两次现代医学的刀光剑影，张娟肚子里早已不是本来的样子了。

说到这里，张娟说道："我寻思着不能死在北京啊，就签字出院回家了。"

带着一根管子和一个粪袋，她来到石家庄，出现在了我的面前。

02

显然，手术刀并没有切掉最后一个癌细胞，张娟的肿瘤已经不可能根治了，接下来便是我们肿瘤内科医生的工作了。其实就是需要我们来陪她走完这最后一段。

"把你们从确诊到现在的病历资料拿一下，越全越好。"我说。

女儿从书包里拿出一沓厚厚的病历，分日期和住院次数订好了，放到我面前。又从行李箱里拿出一卷卷CT、核磁影像，这一卷卷片子就好像神秘的卷轴，记录着张娟近一年的时光。

询问病史，我发现张娟已经三天无法进食，肚子胀得像个气球。全腹压痛，我判断肠梗阻再次出现，于是给她呼叫了床旁X光，电脑屏幕里是一段段极度膨胀的大肠和小肠。护士给她做了胃肠减压，她的鼻腔又多了一根胃管。

那天下午，整理完她的病历已经是晚饭时间，在住院部楼下，我遇到了张娟的丈夫。这位东北大哥先看到了我，熄灭手里的烟说道："您下班啊！挺辛苦啊。"

我说："是啊，我们下班没点。"

这位大哥陪着我往医院大门口走去，边走边聊。

大哥说他们一家五六年前从黑龙江一路南下，走了很多城市，最后到了石家庄，张娟开了个小超市，大哥自己跟人合伙搞点工程。这年头搞工程的人太多，我也没有细问。女儿在石家庄结了婚，一家人也算安顿下来。本来是来挣钱的，没想到张娟这一病把这几年的积蓄花完了，"还拉了不少饥荒"。最后他告诉我："大夫你们看着治，治成啥样我们都认。"

张娟的病情并不复杂，简单说就是，子宫内膜癌术后复发，合并目前的肠梗阻，在胆道引流和静脉输入营养液的情况下维持着生命。再简单地说就是恶性肿瘤进入终末期，生命开始倒计时。不吃不喝躺在床上，每天因为腹痛六小时打一针吗啡，而且，她很清醒，能够感受自己的所有痛苦。

为了解决她的吃饭问题，我们决定找普外科会诊，看看是否能够再次进行肠梗阻手术，通过置入胃肠营养管输入肠内营养，这样可以减少大部分营养液的输入，她也不用再忍受两针吗啡之间的剧烈腹痛了。

外科的老师风风火火地来到病房，看完片子后跟我说："看样子，梗阻的肠管不止一处，手术不小，但是未必做不下来，家属配合吗？"

"咱们一起谈谈吧。"这么大的手术必须要在术前把利弊讲清，不然医疗风险太大。

我把张娟的女儿和丈夫叫到谈话室,将手术目的和风险仔细地讲给家属听。她的丈夫面带笑容不住点头,可女儿却皱着眉说道:"这个手术做下来能保证我妈一定比现在好吗?如果风险我们承担了,手术下来目的没达到,是不是白受罪,钱也白花了?"说实话,她的语气有些咄咄逼人。

听完这话,我和那位老师不约而同地坐直了身子,从那一刻起说话滴水不漏——没有人能做这个保证。家属都不愿意赌一把,医生们会更加谨小慎微。最终谈话没有什么进展,张娟女儿表示要"考虑考虑",我们知道,"考虑考虑"就是"不"的意思。而她的丈夫依然是略带歉意地微笑着不说话。

晚上查房时,张娟女儿找我说:"你们除了手术,就没有别的方法了吗?"她的语气和眼神让我有些不舒服。

我回答:"治疗手段跟你们讲了,但是风险大你们不接受,你妈肚子里的肿瘤到处都是,压迫了肠管,内科手段应该起不了多大作用,现在只能是每天灌肠、输营养液,其他的只能对症处理了。"

她说:"我说话急,您别不爱听。您别看她对象成天和和气气,干啥都说行,其实现在只有我在乎我妈的死活,他们俩是二婚,他根本不在乎我妈。我们现在实在太难了,我家孩子刚1岁多,本来还指望我妈能给看看孩子,结果现在……钱花完了,她对象也拿不出来,现在的钱都是我婆家出的,我在他们家也快没法做人了。"

我见过太多肿瘤病人的家庭惨剧了,一人得病带来的是整个家庭的剧变。家家有本难念的经,可她们家的经已经念不下去了。

我长叹一口气,对她说:"好吧,既然这样,家里人就多陪陪她吧。看看她还有什么想干的、想见的,毕竟她太年轻了。"

当天晚上我值班,光头大哥来到办公室又要和我聊两句。

他和张娟是在山海关遇见的。

那时候张娟"之前那个对象在外头有人了",刚离了婚,在山海关小饭馆当服务员。大哥总去那家饭馆吃饭,一来二去就"凑一块了"。然后两个人从山海关搬到唐山卖烧烤,又去保定开小超市,最后来到石家庄,反正在哪儿都是"出苦力,挣小钱"。

之所以来石家庄,是因为张娟的女儿从当地一所大专毕业之后留在这儿结了婚,张娟想一来闺女生了孩子能帮衬帮衬,二来想着在省会城市也许能多挣点。

谁知她这一病,整个家庭元气大伤。

大哥自己也离过婚,他很坦诚。"王主任,"他还坚持叫我主任,"我每个月得给我亲儿子一千块钱,我也不怕你笑话,我还有点钱,我吧想给孩子买个房子,不能都投到俺对象这个无底洞里。我这种情况,两头都得顾。"

这个拼凑的家被肿瘤撕得更碎了。

03

时间在痛苦中一天天过去,张娟女儿开始经常抱着孩子在医院陪床,估计是家里实在拉不开栓了。孩子哭,姥姥疼,2床是病房里最受关注的,周围病房的病人和家属也都时不时过来帮把手,可这始终是个没有笑容的家庭。

我们科每天查两次房,但张娟病情逐渐恶化,一天两次显然不够。有一天,张娟指着头上挂着的一瓶液体问我:"王大夫,这一大瓶白的是啥啊?每天都得输到后半夜。"我告诉她这个是脂肪乳。"能输快点不?还经常输着输着就不滴了。"

"你的血管已经快不行了,脂肪乳输快了容易出现血管炎,还是得慢慢滴。要不你置上PICC管①吧,这个滴速可以快一些,也不伤血管。"

PICC管是一根输液管,一头从肘部的外周静脉刺入,末端直达上腔静脉,保护血管,方便输液。我告诉张娟,这根管两千多块钱,可以用半年。

张娟说:"我估计活不到半年。"

她想了会儿:"不装了,白花钱。再说你看我这一身管,这管那管的,哪根也不管用,病也好不了。"

最后她说:"营养液也不输了吧,活着也没啥意思。"

我看向她女儿,希望女儿能宽慰一下妈妈,可是女儿表情也很淡漠,只是用手绢擦了擦妈妈嘴角的污渍,除了叹气再没说什么。

直到有一天查房,张娟面无表情地对我说:"王大夫,这都快一个月了,我看我也就这样了。我想回家。我想出院。就这样吧。"

她女儿也私下里找我:"王医生,我们想回家。回东北,黑龙江。"

病人临终时想回家是最寻常的愿望,可是这个癌症晚期、肠梗阻的病人想从河北回黑龙江谈何容易,我问道:"你们想怎么回?"

"坐火车,卧铺,中间倒一次车,三十多个钟头准能到家。"

我说:"你妈现在离不开止疼针,火车上疼起来怎么办?"

女儿眼圈红了,接着问:"那就等她不知道疼的时候走。"

"昏迷了再走?三十多个小时,没有医护在身边,可能还没出河北人就没了。"

"那就带上医护,我们坐救护车。"

"救护车是拉急救病人的,跨市的转运就很少,更何况你们那么远,而且很贵。"我把"很"字拉得很长。

"黑救护车呢?您给我们找个黑救护车吧!"

---

① 外周中心静脉导管,经外周静脉穿刺留置于中心静脉的导管。——本书脚注均为作者注

"我不认识黑救护车司机,不正规,你们也别找他们了,他们更贵。"

两行泪水从她的眼中流了下来。生命、钱和母亲的临终愿望,这些东西让一个20多岁的姑娘泣不成声。

我赶紧安慰她:"你别急,我再想想。"

04

让一个医生绞尽脑汁的常常是如何给病人缓解病痛,而这次我需要费尽心思想的却是如何让这个异乡的病人活着回家。

张娟肠梗阻,不能口服吗啡片或是羟考酮片这类止疼药,于是我准备把她的吗啡注射液更换成芬太尼透皮贴,这是一种可以贴在胸口止痛的强效毒麻药品,药效持续七十二小时,足够回东北了。更换止痛方案后,效果不错,她的疼痛控制得很好,我也燃起了希望。

可是第二天,护士长来找我了。"王医生,听说你想让张娟回黑龙江啊?贴着咱们的透皮贴回去?你懂法规吗?毒麻法规考试你是怎么过的?"

国家对毒麻药品管制很严,吗啡注射液注射完毕后需要专人归还用完的安瓿①,甚至还要拍照,签字,而芬太尼用完则要把透皮贴归还毒麻药房,不住院的病人还要抵押身份证。

没有身份证又坐不了火车,死循环。

我师父听说了我的想法,对我说:"就算是毒麻药房让你带着透皮贴走,这种身体状况的病人三十多个小时不做营养支持,坐火车一路颠簸能行吗?做医生要考虑全面,不要抓着一点不放。"

---

① 盛注射液的小瓶子。

那天晚上查房，我把这一天发生的事情告诉了张娟女儿。我很无奈，她也哭了。

过了两天，病房里来了一位胖胖的老太太，花白头发，身体还算结实。这是张娟的妈妈，从黑龙江来的，坐火车，三十多个小时。那天，张娟尽管还是很虚弱，但总算有了一点生机，嘴角扬起了笑容。张娟说，她妈是来接她回家的。

老太太偷偷跟我说："您就是王大夫吧，谢谢，给您添麻烦了。"

我问她："您真是来接她的？"

"我岁数是大了，可不糊涂。她坐直了都费劲，咋回啊。就在这儿吧，我来了，也算她回家了。其实你说家里有啥啊？人都走完了，就我一个老婆子了。"

老人从老家带了一些豆腐，非要送给我，说："这是从东北带过来的，我们那儿吧，豆子好，磨出来的豆腐也好吃，鲜豆腐发甜，可香了，娟子就乐意吃这个。可是上火车哪能带鲜豆腐啊，我就炸了炸，炸了也好吃，您拿回去尝尝吧。"

我知道这是老人给女儿带的，家乡的味道总能让人有叶落归根的安定感。可是老人不知道，插着胃管的张娟不能再尝到家的滋味了。

老太太对张娟说："娟子啊，好好治，王大夫说了，再稳定两天就让咱回家。"

晚上，我带着老人给的一小袋炸豆腐回家，老婆用酱油、醋、糖、葱丝凉拌了来吃，确实很香。

之后的一天，张娟说不想再输液了，她的女儿问我能不能安乐死。

她们绝望了。

再后来，张娟开始出现了意识不清的症状，她已经认不出身边的家人。双肺感染让她气道里充满了黏痰，吸痰管从鼻腔进入气道，吸出了大量的黄色痰液。

张娟也开始含糊不清地说着大家听不懂的话语。

在这些混乱的语句中,我听到了"回家""难受"之类的话,还有一个词她总是重复——"滴道"。我听不懂,问她女儿,她女儿告诉我,"滴道"就是家。

05

该来的总会来。

张娟死于一天下午。护士们熟练地将张娟的胃管、胆道引流管、留置针拔掉,把心电监护从身上取下,用酒精纱布轻轻擦拭污渍,给她穿好准备好的衣服,再用床单覆盖。流程进行得很快,太平间的平车也到了走廊。

甚至,已经有病人等着要住进这张病床了。

穿戴整齐后,张娟女儿问我,说她妈要求海葬,不知道国家有没有海葬的规定,该走什么程序。我对海葬一无所知。

过了几天张娟丈夫来办出院手续,我问他:"海葬办了吗?"

"唉,海葬啊,人死了,烧成灰,往海里一撒,就是海葬。多少也能漂回东北点去。"

在填死亡证明的时候,看了张娟的户口本,我才知道,"滴道"是黑龙江省鸡西市的一个区,也就是她没回去的那个家。

他忽然抬头看着我:"赵轶,我还没结婚,现在把身体弄成这样,你会不会觉得我不是个什么好人?"

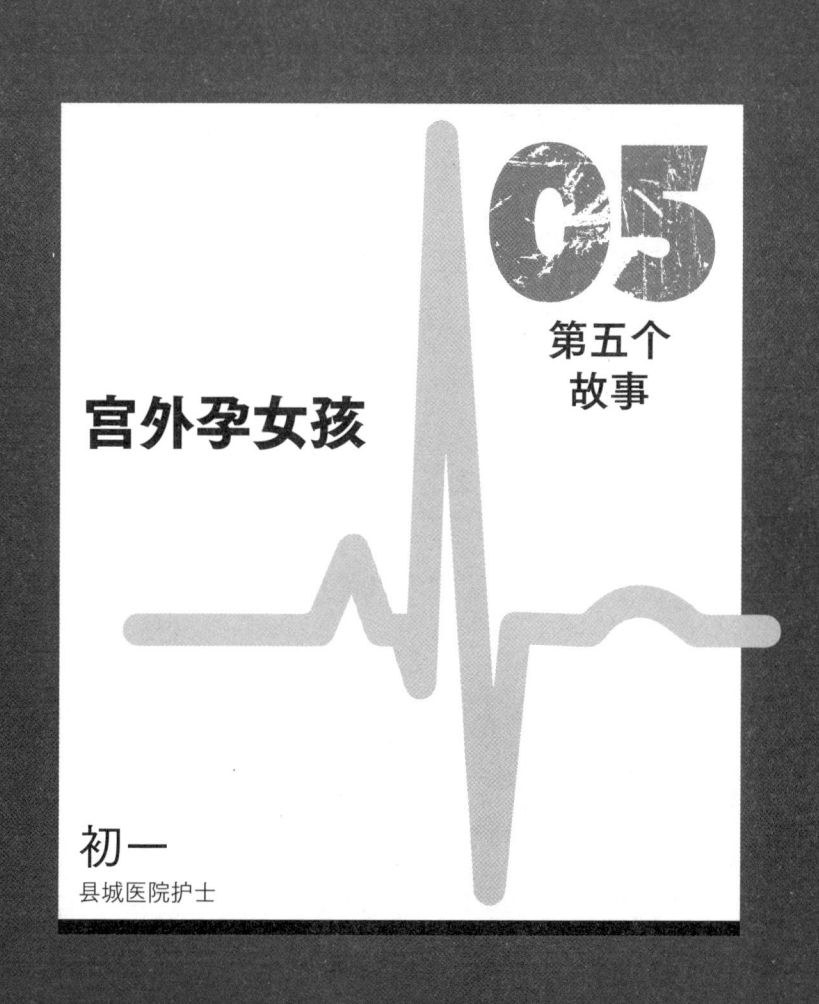

05 第五个故事

宫外孕女孩

初一
县城医院护士

她忽然抬头看着我:"赵轶,我还没结婚,现在把身体弄成这样,你会不会觉得我不是个什么好人?"

01

在妇产科工作久了，我总希望每个姑娘都能遇到一个善良有责任心的人，与其相伴走完一生。

有时候，我会想，若是没有发生宫外孕那件事，严雪或许会活得更洒脱一点，也不会蹉跎那么多年。

遇到严雪是在我工作的第二年。

那时，我在妇产科工作了一年多，虽然已经独立上班，但遇到危重病人还是会害怕，尤其上夜班的时候，因为夜班人少，只有两个护士值班。白班会好一些，上班的人多，可以搭把手。

值夜班那天，接班的时候还有两个术后病人在输液，我和搭班的同事都在祈祷可以度过一个平静的夜班，至少不要遇到危重病人。

可上班久了，你不得不相信墨菲定律，越是担心发生某件事，反而越容易发生。特别是半夜三更来看妇科的，大部分情况是宫外孕破裂出血或是黄体破裂。

接完班，前半夜还算安静，没什么特殊的。同事张琳结束了12点的巡视，跟我说病人都睡下了，也没有什么事，她先去休息，如果有急诊忙不过来再叫她。

张琳走了不到二十分钟，急诊科便打来电话，让我们准备收病人，怀疑是宫外孕，情况有些紧急。

我通知了值班医生，立即将心电监护、氧气和输液的东西准备好。

救护车将她送上来的时候，她的面色苍白，因为疼痛，整个身体都在轻微颤抖。

　　将她从平车上转移到病床上后，我迅速地给她吸上了氧，考虑到后面手术可能会输血，我给她开通了两管静脉通路。

　　值班医生快速问了病史，给她做了急诊床旁B超和阴道后穹隆穿刺术，确定是宫外孕破裂出血后，让我立即打电话通知手术室，准备急诊手术。

　　跟随患者一起来的是个年轻小伙子，当值班医生让他签手术同意书，谈手术风险时，他问道："一定要做手术吗？"

　　值班医生有一丝无奈："宫外孕破裂出血是会危及生命的，拖得越久腹腔内积血越多，必须立即手术止血。"说完又接着问道："你们是什么关系？"

　　他犹犹豫豫地说："我是她男朋友。"

　　情况紧急，躺在床上的女孩艰难开口："我可不可以自己签？"

　　最后，她自己签下了那份手术同意书。

　　我为她放置好尿管，备完皮便将她送去了手术室。

　　手术室护士将她推进去之后，我正准备回病房，她男朋友走上前来问道："这个手术要做多长时间？她应该不会有什么事吧？"

　　我能感受到他声音里的轻微颤抖，或许这一刻他也挺害怕的。但我也只能安慰他："一般情况下不会有什么的，手术时间要根据具体的情况来看。"

　　我说完便走过去按了电梯，他一个人站在那儿愣了好一会儿。

　　没过多久，手术室便打来电话，说要输血，让我们赶紧去取血。

　　我只好让张琳起来帮我先看着，我去取血。

　　大约三个小时后，她才从手术室出来，刚出来时，医生交代把术中剩下的那袋血也取来输了，因为失血太多，必须及时补充血容量。

　　弄好一切之后，我交代她男朋友细心看着点，刚做完手术，不比寻常，如果有什么事就及时过来叫我。

我看了一下时间，凌晨4点20分，这个时间正是犯困的时候，我也不敢指望他能时时刻刻盯着，不打一点盹，只能自己过一会儿就进去看看。

早上7点，弄完所有的护理记录和交班报告后，我静静地等待着同事来接班。

02

每次上完夜班休息后的第一个白班总是有些昏昏沉沉的。

那天，我刚走进病房她便问我："你是不是赵轶？"

我朝她微微一笑："是的，其实你刚来的那天我就认出你了，当时情况有些紧急，我也没来得及问你，后面你做完手术下来也不太清醒，不方便说这些。"

她叫严雪，是我的初中同学，读书的时候关系还可以，但毕业后我们去了不同的学校，久而久之便断了联系。这也是毕业之后我第一次见到她，却从未想过是在这样的场合。

严雪的爸爸也来了，她的精神看上去好了很多，面色不再像那天晚上一样苍白。

她爸爸坐在一旁，黑着一张脸。我进来的时候没看到她男朋友，出去才发现他坐在走廊的长椅上，低着头，不知道在思考什么。

我才走到护士站，张琳便问道："你跟26床那个严雪认识啊，我看你刚刚在里面跟她说了好一会儿。"

我坐到电脑前，打开护理系统登录页面："初中同学，但已经好多年没见了。"

她坐到我旁边，小声说道："我听吴老师说，她们昨天上班的时候，严雪她爸爸一来到病房便对她男朋友破口大骂，说这么严重的情况为什么不早点通知他过来，要是真出了事怎么办，还差点动手了。"

我叹了口气："或许真的是气急了，但谁也不希望发生这种事情，只能希望严雪赶快恢复，那个男的往后好好对她吧。"

"但愿能如此，宫外孕这种事，对女孩子的身心伤害都挺大的。"张琳说道。

下班后，我去病房陪严雪说了会儿话，她爸爸在旁边，我们也不好聊什么，最后，跟她加了微信我便走了。

几天之后，我又进入新一轮夜班。那天晚上大概11点，我坐在护士站写记录，严雪从病房慢慢走过来，我问她是不是哪里不舒服，她说在病房待久了，闷得慌，出来走走。

我拿了凳子给她，她沉默了一会儿开口道："赵轶，我想问你个事。"

我继续手中的活，示意她说。

"我才20岁出头的年纪，怎么会得宫外孕呢？你说是不是我身体哪里有问题？"

我看着她，缓缓说道："你不用太焦虑，我曾经也遇到过好几个20多岁得宫外孕的，等后面你可以去做个检查看看，如果输卵管有问题，治就行了，又不是什么不治之症。"

"可是我已经切了一侧输卵管，医生说以后怀孕的概率也会减小。"说这句话时，她看上去有点难过。

我安慰她："不要整日想这些，给自己太大压力，你另一边的输卵管是好的，很多人切了一侧输卵管后也能正常怀孕。"

我不知道她有没有听进去，但我注意到了她眼底的落寞。

她忽然抬头看着我："赵轶，我还没结婚，现在把身体弄成这样，你会不会觉得我不是个什么好人？"

我拿起桌上的笔轻轻拍了她一下："想什么呢，好人坏人又不是靠这个来评判的，再说，事情既然已经发生了，那就鼓起勇气直面它，而不是怀疑自己。"

C3

那天晚上，我们聊了许多。

从她的口中，我知道了她男朋友叫杨熙，他们已经谈了快两年，本来打算今年过年回家见双方家长的，却没想到会发生这样的事。

她告诉我杨熙那天晚上肯定是被吓到了，转天她爸爸过来的时候，要不是她劝着，杨熙肯定得挨揍。

我顺口问："他对你好吗？"

严雪沉默着思索了一会儿："还可以，他在我最困难的时候帮了我很多，况且我们都谈那么长时间了，跟他在一起也挺好的。"

她说起了一些往事，听完后我才明白她为什么初三有段时间突然变得那么敏感，也明白了她跟杨熙在一起的原因。

严雪初三那年，她妈妈吵着要跟她爸爸离婚，她爸爸不愿意离，俩人便一直争吵。

中考完没多久，严雪爸爸也厌倦了整日争吵的日子，俩人总算把婚离了。严雪还有个妹妹，那时，她妹妹年纪还小，她妈妈选择了妹妹，严雪则跟了爸爸。

她妈妈带着妹妹搬走以后，家里便冷清了许多，爸爸在外工作，经常很多天见不着人影，严雪上高中后，基本都是一个人在家。

也正是那段时间，她和她爸爸之间的关系不再像从前那般。有时候她爸爸会回家几天，但俩人之间话很少，一到晚上，她爸爸便出去喝酒，每次都喝得不省人事。

有一回，大约晚上10点，她爸喝多了，在楼下打电话让严雪下去扶他。

好不容易才把他弄回家，严雪准备回房间睡觉，她爸爸坐在沙发上，一遍遍说着："小囡，你先不要睡，你听爸爸跟你说，你妈妈不跟我过了，只有你愿意跟着爸爸，你放心，以后我们肯定能过得好。"

那天晚上，她爸爸拉着她说了很多。严雪虽然明白这不过是他说的一些醉话，等第二天他醒了之后俩人又会回到以往冷若冰霜的相处模式。

但那一刻，她希望以后能像她爸爸说的一样，不奢求过得多好，只要日子能步入正轨就行。有时候，她会想，自己不在家的时候，她爸爸喝多了怎么回来，万一他走不上楼梯，一直在楼下躺着，会不会出什么事。

严雪说，从她妈妈搬走之后，她和她爸爸就再也没体验过春节的欢乐与喜庆。除夕夜俩人在家煮面条吃，吃完各自回房间，没有任何交流。年初一睡到饭点，她就到楼下看看有没有开着门的小餐馆，随便打包一份回家吃。

父女俩关系降至冰点是在严雪上高三那年。她爸爸带了一个女人回来，俩人准备结婚。严雪没有一丝反对，她甚至希望她爸爸和这个女人在一起之后能踏踏实实过日子。

然而很多事情往往不会朝着自己预期的情况发展。那个女人带了一个儿子过来，年纪比严雪大一点，一开始大家都相安无事，时间久了，争吵也随之而来。

后来，严雪放假时基本都是回老家和爷爷奶奶住，很少待在家。高考完，严雪的分数刚过本科线一点，正犹豫着上民办本科还是专科。

得知读民办本科要花很大一笔钱的时候，她继母不高兴了，一个劲地怂恿严雪她爸爸，让他去劝严雪读专科。

严雪一开始也不想让大家都为难，但听继母这么说的时候，心里还是有一点气，跟她妈妈视频时吐槽了这件事。

结果第二天早上，严雪妈妈就找上门来，骂了她继母一顿，还差点动起了手。当时严雪爸爸没在家,她妈妈又打电话过去骂了一通,直说他没骨气。

这事过去没多久,那个女人便收拾东西走了,严雪爸爸又和从前一样,整日喝酒。喝多了便骂严雪,说要不是因为她,那个女人也不会走。

严雪最后还是去上了专科,快毕业实习的时候,她认识了杨熙,在无数次跟她爸爸要不到生活费时,杨熙帮了她很多,俩人也顺理成章地在一起了。

听她说完这些,我不禁感叹,原来这几年她经历了这么多。

她看着我,语气有些沉重:"赵轶,你说我是不是不配过正常人的生活,每次在我以为快要步入正轨时,总是会发生一些不好的事,就像这次一样。"

我有些怅惘若失,她当初阳光活泼的样子还萦绕在我脑海中,如今却变成了这副模样。

抬头看了眼时间,也不早了,我让她先回病房休息,还叮嘱她不要总是胡思乱想。

04

一周后,严雪出院了。我不上班的时候,她偶尔会约我出去吃饭,还告诉我她和杨熙明年有结婚的打算。

看着她一脸幸福的样子,我也为她感到开心。

几个月后,我在住院部又遇到了严雪,我问她怎么会来医院。她告诉我,一周前她爸爸喝酒之后出了车祸,肋骨断了三根,做完手术后一直待在ICU,前几天才转到普通病房。

那天下班，我买了一些水果，到病房时，严雪正在喂她爸爸喝稀饭，她忙招呼我坐下。

我没待多久，出来时，严雪送了我一段，我看她满脸憔悴，忍不住问道："只有你一个人守在这儿吗？"

"也不是，我姑姑昨天过来帮我看了一晚，等会儿应该也会过来。"

闲聊了几句我便让她赶紧回去照看她爸爸，不用送我了。

快到春节时，我约她出去逛街，她买了好几套新衣服，我打趣她童心未泯。她说家里已经好多年没有节日的氛围了，今年她爸爸要把爷爷奶奶接过来，好好过个年。

我顺嘴问道："不顺带给杨熙买点，叫他来一起过年吗？"

她脸色一下子变了，刚刚的喜悦之情瞬间消失，语气不带一丝情感："早分了。"

我愣了一下："什么时候的事？我记得你之前说打算明年结婚的。"

她带我找了个吃饭的地方，跟我说了这半年里发生的事。

她和杨熙本来已经把订婚的日子都选好了，但她爸爸出车祸后，杨熙的父母便不同意杨熙继续和她在一起。

一开始只是说他们年纪还小，结婚可以再晚两年，不着急。再后来杨熙他妈妈就直接跟严雪说，她跟杨熙在一起不合适，叫她自己考虑清楚。

我问她："那你就真的跟他分了，杨熙也没说什么？"

"他能说什么，还不是听家里人的安排。"片刻后她又说道，"其实我下定决心跟他分的时候，突然觉得自己释然了，没有那么多不舍。"

严雪告诉我，她听到了杨熙他妈妈跟他打电话，大概就是说严雪是单亲家庭，她爸爸又是个酒鬼，上次就因为喝酒出了车祸，万一还有下次，不知道会发生什么。再就是严雪曾经因为宫外孕切了一侧输卵管，杨熙妈妈让他考虑清楚，如果要结婚，这些都是很大的隐患。

说到最后，她声音小了一点："赵轶，你知道吗，我其实可以不在意他妈妈说的，单亲家庭不是我的错，宫外孕也不是我想得的，我爸爸自从出车祸后也极少喝酒了。但他什么都没辩驳，只答应他妈妈说他考虑一下，后来，他便对我很冷淡，我也明白了他的内心所想。"

那天晚上，严雪没吃多少东西，临走时，我让她打包带一份回去，不然会挨饿。

她笑了笑，说不带了，她爸爸在家做了饭，回去可以再吃点。

这之后的几年，严雪都没有再谈恋爱，我曾劝她若是遇到合适的就试试。

她掀起她的衣服，让我看她肚子上曾经做宫外孕手术留下的疤痕。口子很小，但依然看得清楚。

她说："我要是真的跟别人谈了，人家问起我，我该怎么回答，这种事，瞒着别人也不好，我实在害怕面对那样的场景。"

我不知道该说什么，这个时候，总怕自己词不达意。

她看出了我的无奈与心疼，反而安慰我："不要愁眉苦脸的，这么多年过去了，我一个人也过得挺好的，对目前的生活状态，我很满意。"

我会心一笑："知道了，你开心最重要。"

严雪说，她爸爸已经戒了酒，不再像以前那样浑浑噩噩地生活。这几年，他们之间的关系缓和了许多，前几天她爸爸还说，要翻新一下房子，住起来更舒服点。

她总是笃定地告诉每一个人：
"儿子要来接我出院了。"

06
第六个故事

守在精神病院门口的母亲

老段
心理治疗师

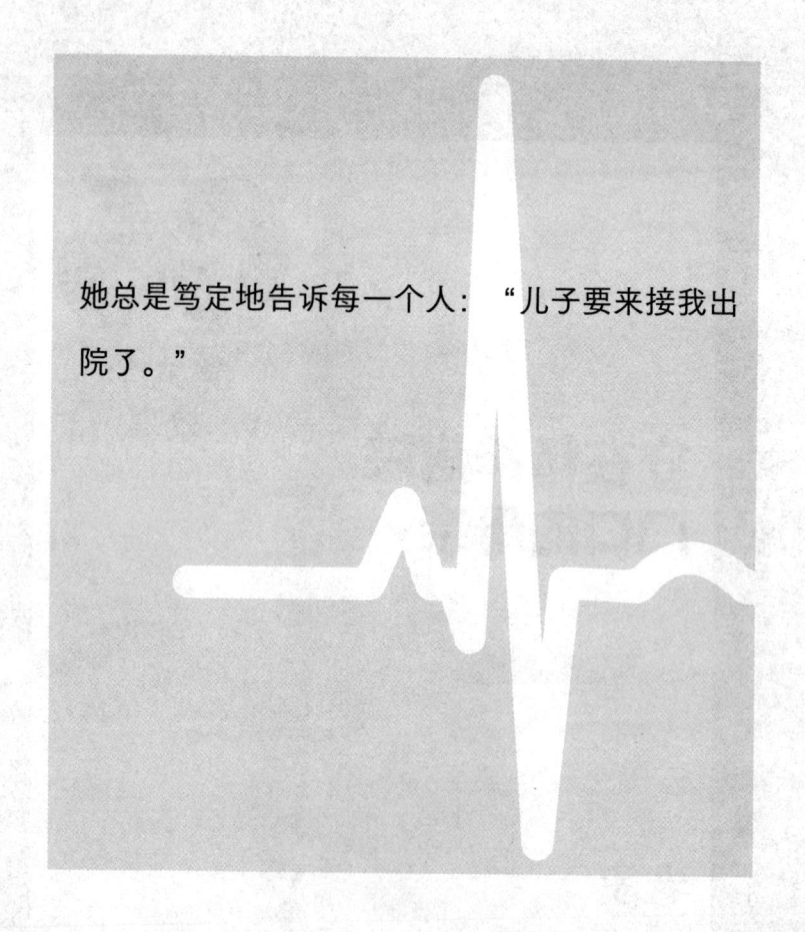

她总是笃定地告诉每一个人:"儿子要来接我出院了。"

01

我们科有一百多个病人,活动区加休息区有两层楼,每次查房都是从找人开始的,但是阿秀不一样。不管是医生护士,还是护工保洁阿姨,甚至其他病人都知道,阿秀的活动区域只有她的床位和离病房门口不到两米的回廊。

我打开门进去,阿秀就坐在门边的凳子上,听到动静,抬起头看了我一眼,再三确认没有别的医生或者其他人进来后,又转过头去,看着窗外发呆。

阿秀今年67岁,顶着一个蘑菇头,暗黄的脸上布满老年斑,两颊及嘴角皮肤松弛下垂,不说话的时候耷拉着眼,给人很阴郁的感觉,就像是现在。

我顺着她的视线看向窗外,茂密的大树遮挡了大部分阳光,隔着焊了一根根不锈钢横栏的铁窗,隐约能看到医院还未开发的农疗区域。那里是一片长满杂草的荒地。

我跟她打招呼,她转过头来,脸上的阴郁少了几分。

"早啊,医生!"她笑起来。

"今天感觉怎么样?"

"挺好的,张医生说我可以出院了,谢谢你们这些天的照顾啊!"阿秀走过来握着我的手,我轻轻摩挲了一下她的手背,上面的血管脉络清晰可见。

关于出院的问题,张医生并未跟我交代,是她的一厢情愿。我只得换了个话题:"你吃饭了吗?"

"没呢,我要出院了,等我儿子接我去外面吃呢!"她说得无比笃定,不容置疑。

"家里除了儿子还有其他人吗?"我开始随意跟她闲聊。

"当然有啊，有儿媳……"阿秀正说着，门口有别的医生进来，她便急急忙忙探身去看。

我刚想说话，阿秀突然拽住我的手，有些犹疑地问道："张医生今天没来上班吗？那……那我等会儿是找你办出院手续吧？"

"张医生调走了，以后有什么事你都可以找我。"

阿秀像是得到了什么保证似的松了一口气："哦，那我等会儿就叫我儿子去找你，他一会儿就到了。"

说完阿秀又侧身冲围在我身边的别的病人连连鞠躬："这些天多谢你们的照顾啊！我就要出院了！"

我看拉不住就任由她去了，谁知道这时候围观者中不知是谁大声插了一句："天天说夜夜讲，你倒是走啊！"

阿秀半鞠躬的身形僵在原地，半晌才起身，像被什么东西击中一般，原本柔和的眉眼更加阴郁。

我快步走过去拉她却被推开，她冷冷地盯着那个说话的人，直到那人把头扭开，她才慢慢又重新笑了起来，像是什么都没发生过一样。

"我儿子会来接我的！一会儿就来！"她又说了一遍。

02

回到办公室后，我找了阿秀的病历，联系电话是个本地的座机号码，联系人写的是"社区"。

病历上详细记载了阿秀的起病时间、症状以及用药情况。

病历上未曾记录的，则是被调走的张医生以及阿秀的首诊医生杜哥告诉我的。

阿秀第一次入院是在五年前，那天晚上一共来了两辆警车，都比较特别,所以时至今日,杜哥依然记忆犹新。

第一辆拉来的是一对吵架的夫妻,大半夜在家砸东西,扰得上下邻居集体投诉到物业,物业的人敲门一看发现两人都动上菜刀了,吓得当场报了警。值班的民警到现场后,发现完全劝说不了,不知怎么想的,当即一拍大腿连蒙带骗的,把人拉到我们这儿来了。

杜哥被迫做了半宿的婚姻调解员,好不容易把两个人劝走,起身喝水的空当,发现楼下又来了辆警车。

不一会儿,一个个子不高、体形微胖的男人搀扶着一个瘦小的老太太进来,身后还跟着几个辅警。

老太太名叫阿秀,搀扶她进来的是她儿子小军。阿秀半年前在我院门诊确诊为"抑郁症",一直在门诊取药,然后回家治疗。

当天晚上小军媳妇带孩子回娘家,小军值完班半夜回家,到楼下的时候发现自家三楼阳台上的灯开着,定睛一看发现是他母亲,正借助一个很高的凳子,往栏杆外攀爬,半边身子挂在栏杆上,摇摇欲坠。

小军被吓了一跳,想出声制止又怕吓到他母亲,于是便悄悄打电话请物业的保安帮忙。幸好老太太年纪大,气力不足,小军打开家门,在保安的协助下把老太太抱了下来。

被抱下来的阿秀整个人表现得尤为焦虑,自言自语,多次挣扎出小军的束缚表示想从楼上跳下去。小军正安抚着她,谁知警察过来敲门了,才知道在救援中不知是谁帮忙报了警。警察了解情况后,看到把自己蜷缩起来躺在床上自言自语的阿秀,建议连夜送到我院就诊。

"那在这之前阿秀有没有什么明显异常?"

"这……我不知道。"小军当时很失落,还没有从母亲跳楼的情景里彻底缓过来。

"那说点你知道的,比如老太太进食如何?这段时间睡得好吗?"

隔了好一会儿没听到回答,杜哥又换了个问题:"那她平时都喜欢什么呢?"

"跳广场舞吧……"

小军有些尴尬地解释道:"我平时工作忙,在家时间少,您问我媳妇吧,她肯定知道,我这就给她打电话。"

杜哥看着这个一问三不知的男人,不知道该说什么。于心理疾病而言,起病前后的对比和改变是很重要的。除非病人是警察在街边捡到的三无人员,或者送病人来的是新来的社区工作人员,不然一般人都会对送过来的人有基本的了解,像这种直系亲属一问三不知的情况还是比较少见的。

"医生,我妈一直心情不好我知道,可是她怎么会变成这样呢?"

小军有些窘迫又不安地问道,一边说一边像安抚小孩子一样,笨拙地轻拍阿秀的后背,嘴里不断念叨着:"乖!有医生呢!"

阿秀整个人都处于一种焦躁的状态,不断地起身又坐下,口中喃喃自语,不断催促着小军送她回家。

在小军的安抚下,阿秀能勉强配合医生交谈,可以准确地说出自己的名字、年龄。但是她不知道今年是哪一年,认为自己有三个儿子[①],谈话期间多次表示"觉得活得没意思,太累了,不如死了算了"。

考虑到阿秀自杀、自伤的风险,杜哥予以收治到重症区域,并嘱咐小军在陪护病房休息一晚,第二天早上会有主任查房,有些细节需要他事后补充。

第二天,主任因临时处理一个急症病人,等到开始查房时已经快中午了。工作人员去陪护休息室请小军参加查房时,才发现小军已经不见人影,只有一个20多岁自称小军妻子的女人在等候。

据小军媳妇的补充,阿秀平日里性情温和,十年前丈夫逝世后搬来与儿子小军一起生活。平日里除了照料家务外,喜欢去广场上跳广场舞,生活规律,无不良嗜好。

---

① 实际上只有一个。

只是阿秀身体不好，经常去医院看病，但都恢复得不错。身体上的疾病都看得到治疗效果，而心理上的创伤却一直没好。

阿秀在六年前经常出现持续性心情低落，常埋怨自己说自己得了很多病。因为尚能照料家务，未出现自杀、自伤行为，所以门诊就诊后，在家服药治疗。

大概过了半年，阿秀开始频繁失眠，常常半夜醒来在房间走来走去，把门窗擦了又擦，前两天跑到物业要求拿顶楼天台的钥匙，说洗了衣服要晾①，被拒绝后一直表现得闷闷不乐，认为物业工作人员针对她。

小军媳妇觉得她病情严重，所以昨天把孩子送回娘家，准备今天带她来我院就诊，谁知道昨晚上就出了这样的事。

"那阿秀住院期间是你陪在这边吗？这边有部分陪护协议和告知书需要签名。"

"是我，医生您别介意，军哥他因为这些事已经一天一夜没合眼了，我叫他去拿点妈妈换洗的衣服过来。"

大概是怕杜哥误会，也可能是打开了话匣子，小军媳妇又说了一些小军的事。

小军初中毕业就出来工作了，进过工厂，做过杂工，摆过地摊，还开店做过小生意，但是因为各种各样的问题没能坚持下来。后来他去学了个厨师，在工业区旁边盘了个店面，开了一家大排档。

因为地理位置的优势，以及分量足、味道好，大排档颇受欢迎，生意日渐红火。但受当时金融危机的影响，附近几家工厂陆续倒闭或搬迁，这使得整个工业区人流量骤减，大排档为维持生意跟着搬迁了好几次，生意不见好，反而因为搬迁装修负债累累，不得已关门停业。

那时候阿秀已经60多岁了，身体开始出现问题，陆陆续续进过几次医

---

① 每家都有阳台，物业不允许在天台上晾衣服。

院，彻底掏空了家里仅有的积蓄。

小军是个孝子，又心疼老婆怀孕六七个月了还在工厂上班，考虑到大酒店不要他当主厨，小酒店开的工资又太低，自己又没有别的一技之长，最后咬咬牙叫老婆辞职，自己应聘物业公司，做了自己小区的保安。

除了每天正常值班八小时外，小军还背着公司揽了另一片小区的保安工作，在轮休以及不加班的时候出去跑摩的，每天只睡五六个小时，一个月能拿到八千多的总工资。

随着顺利生产，孩子一点点长大，小军媳妇也试着找一些能兼顾的活计。本以为生活会这样越来越好，谁知阿秀因为抑郁症发作频繁失眠，出现了一系列精神症状。

杜哥只是值班医生，把昨天的病历补充完整后转交给阿秀的主管医生张医生就并未与阿秀再有接触。

据张医生回忆，阿秀因为前面一直有服药，停药时间不长，对症调药后抑郁症发作得到控制，而记忆衰退的现象则考虑是年龄和以前的躯体疾病等多方面因素导致。

综合阿秀在院期间的恢复情况，差不多两周就应家属要求办理出院了。在住院期间张医生只见过小军三四次，每次都是早上9点左右查房的时间，他体形微胖，理着板寸头，话不多，但对阿秀的病情格外关切。

他总是行走匆匆，后来从他媳妇那里才得知，就在阿秀犯病的这段时间，小军因为竞聘保安队长，身兼数职的事被捅到了领导那里，不仅竞聘不成，还丢了工作。

他的另一份保安工作不过两千来块钱，根本不够一家四口的生活。无奈之下，小军只有拼命跑摩的拉客，甚至冒险拉一些以前从来不接的往市中心跑的活，结果被交警拦截，还扣了摩的。

女人说起她丈夫的种种遭遇，一脸的不忍。等阿秀走过来同她讲话，她又恢复热情的样子，悉心照顾着阿秀。

03

阿秀第二次住院距第一次出院不过八个月，不过这次，不见小军，也没有见到小军的媳妇，她是由社区的工作人员送过来的。

她的情况比第一次糟糕得多，蓬头垢面，脸上身上布满了新划痕，整个人木讷地站在一旁，耷拉着头，谁问话都不理。若不是电脑显示的住院记录，谁都没能把这个人和几个月前那个老太太联系起来。

据社区的工作人员说，阿秀平时生活规律，但三个月前因家庭变故后独居，也因此变得不爱出门，整日门窗紧锁。昨天值守的保安发现阿秀出门后一夜未归，去家中敲门无人应，确认阿秀走失后，联系警察在隔壁小区将其找回。

被找回时，阿秀浑身脏乱，一直拒绝与任何人沟通，社区工作人员帮其整理的时候发现阿秀带在身上的药盒，遂带来我院就诊。

"独居？她儿子儿媳呢？"接诊的张医生问。

"没了，军哥染上了毒品，吸大了从楼上跳下来，当场没的。嫂子带小孩走了，伯母现在一个人住。"

跟着阿秀过来的保安说完，停顿了一下，又指了指阿秀道："军哥和我都是我们小区的保安，以前他挺照顾我的，伯母知道的。"

阿秀在一旁始终垂着头，一动不动的，就像是什么都没听到一样。

直到很久以后，听和阿秀家隔了两条街的一个病人说，小军托人赎摩的的时候，认识了一些"浑人"。有人看上了他家的那套房子，给他下套说要帮他合伙开大排档，小军信以为真。

他一步步走错路，谁知道房子还没抵押就出事了。现在房子还在阿秀名下，小军媳妇没要，只是带着孩子走了。

04

  经过调药以及其他的治疗后，阿秀的情况比刚来的时候好一点，但是依旧不太爱说话，没事的时候就坐在门口的回廊看着窗外发呆。

  偶尔有社区的工作人员过来看她，她会比平时高兴一点，缠着医生问她什么时候能出院，医生问她还有没有别的亲属，她很高兴地说有。

  社区的人告诉我们，阿秀的直系亲属大多离世，几个小辈都不亲近，找不到联系方式。阿秀就一直住在我们院里，未曾离开。

  三年前，当地政府打算筹资建养老院，等大楼建好，名额划下来就把阿秀接出去。我们都高兴了很久，甚至以此来鼓励偶尔闹脾气的阿秀好好配合治疗，每次都很管用。

  随着社区工作人员来看望阿秀的次数越来越少，阿秀的病情也开始反复，她总是笃定地告诉每一个人："儿子要来接我出院了。"经常半夜穿好衣服收拾好生活用品，对劝她睡觉的值班医护人员说："我不困，我在等儿子接我出院呢，他一会儿就来了。"

  更多的时候她都不爱说话，就坐在门口的回廊上，看着窗外发呆。

  元旦前几天，阿秀有点感冒，在床上休息。我坐在她常坐的位置上，和一个病人聊天。那个病人是本地人，家就在医院附近。

  聊到高兴处，他指着门外那片荒凉的农疗区域告诉我，从那片地里横跨过去，有条小路直通外面的××路。

  我鬼使神差地查了一下，从××路到阿秀家的那条街是有一路公交直达的。

  我记得有一次，阿秀说："那是我回家的方向，我再也回不去了。"当时我以为她是像往常一样犯糊涂，却没想到那是她最清醒的一刻。

小雅刚住进ICU的那几天，莉莉每天都来医院，陪伴并安慰着小雅父母，那是何等显情的画面。

07 第七个故事

恶意

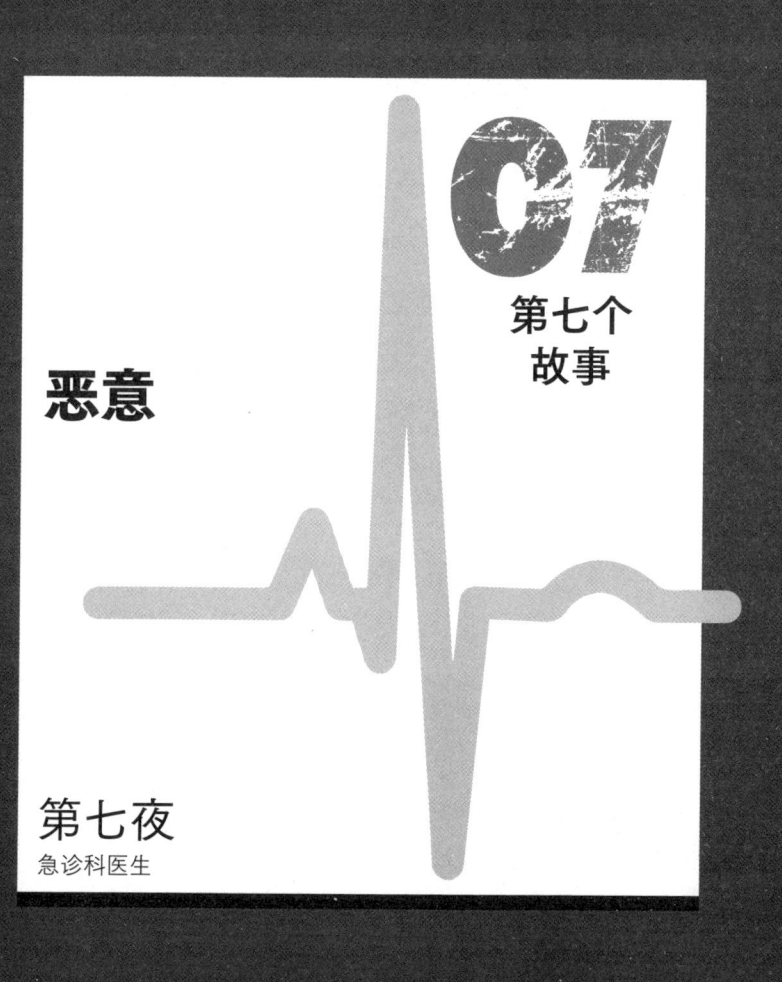

第七夜
急诊科医生

小雅刚住进 ICU 的那几天,莉莉每天都来医院,陪伴并安慰着小雅父母,那是何等温情的画面。

01

12月的冬夜，凌晨1点左右，我们接到了急诊科的电话，要我们立即前往急诊室会诊，有一个特重型颅脑损伤的女孩被送往急诊科抢救室。

我们到达急诊科抢救室时，那个受伤的女孩已经做完了头部、胸腹部、椎体等重要器官的CT检查，刚被推回抢救室。

见到神经外科和重症医学科的医生都已到场，首诊的急诊科医生快人快语："半个小时前，有人在学校厕所发现伏倒在地的女孩，周围有血迹，便立刻报警，同时呼叫了救护车。院前急救人员到达现场后发现女孩还有生命体征，做了简单的头部包扎后，立刻便将人拉回来抢救了。"

彼时警察也跟着一块到了急诊室，他们和在场的几位医生做了简短的交流：他们在院外便初步看了女孩的情况，女孩的伤好像集中在头部，可那个公共厕所并没有出现天花板坠落的情况。而且他们发现女孩伏倒在地上时，女孩下身的裤子是被半脱下的，都堆在双膝上方，是院前急救人员帮忙穿上去的。

女孩穿着一件鹅黄色的羽绒服，鲜嫩的色彩被刺目的鲜血沾染，显得更加刺目。老师为了方便查看女孩头部伤口的情况，便取下临时包裹在她头部的敷料。

女孩的头发非常浓密，拨开头发之后，可以在顶枕部看到较大的血肿，血肿处因为张力过大有头皮开裂，不住地有血液渗出。我的老师也迅速给女孩做了初步的体表检查，除了头部，她的后背处皮肤也有轻微破损，除此之外，她的身上没有什么肉眼可见的外伤。

可即便那时临床经验甚少的我，也察觉出女孩伤得极重。她整个人都处在深度昏迷的状态，老师用力按压了她的眼眶，可她的面部没有任何反应，右侧的肢体在疼痛的刺激下还有轻微地回缩，左侧肢体却全然没有反应。

女孩的意识不好，又是重型颅脑损伤，我的老师立刻给她做了气管插管保护气道。神经外科的医生戴好手套后，伸手在她头部已经破溃的血肿处向内探查，随即，他惊呼："这块的颅骨和蛋壳一样，被打得稀烂，而且感觉破碎的骨块都往里面凹陷了。"

与此同时，女孩先前完善的CT检查结果也可以看到了，女孩颅骨的情况就像先前神外医生探查的那样，整个顶枕部的颅骨呈多发粉碎性骨折，向大脑的方向凹陷进去，并有几块碎骨片插入到了脑组织当中，除此之外，女孩的脑部还因为遭受暴力导致蛛网膜下腔出血。唯一值得庆幸的是，和先前初步的体表检查得到的结果一样，除了头部，她的其他重要脏器均没有问题。只是第六、第七胸椎存在横突骨折，这类小骨折不需要特殊处理。

明确女孩的伤情后，我想到，这肯定是一起刑事案件。在ICU实习的这些天，我们收到过因为晕厥摔倒而导致头部重伤的老年患者。理论上说，女孩存在如厕时摔倒重伤头部的可能，但院前急救人员和警方都已经表明，他们在厕所发现女孩的时候，女孩是面朝下伏倒的，而且女孩背部的衣物明显比胸前要干净很多。这些都不支持她不慎倒地造成顶枕部严重损伤的推断。

女孩病情危重，需要急诊手术，医院开辟了急诊绿色通道将女孩送到了手术室。当时还没有联系到她的班主任和家属，但女孩的伤情拖延不起，神外的值班医生向院办反应情况后，由院领导签字先行手术。

女孩刚被推到手术室时，她的班主任便赶到了ICU。这个还穿着睡衣，头发凌乱的女老师显然是从睡眠中被叫起来的，她一见到我们便不住地发问：她的学生严不严重？这孩子平常都挺健康的，怎么会晕倒？是不是上厕所蹲的时间长了，一站起来眼前发黑？她说自己以前就出现过这样的事情。她忽然又想到，女孩可能是晚上没好好吃饭，犯了低血糖。

她说是宿管员给她打的电话，说她班上一个女生在操场上的公共厕所晕倒了。看得出她很紧张，可她能想到的"严重状况"在医生眼里都是些无关紧要的小毛病而已，根本用不着住ICU，实际情况严重到远超她的想象。直到警察告诉她，这很可能是一起刑事案件，女生是在操场的厕所里被人伏击的，她才瞪大了眼睛，用手捂住嘴巴，眼里满是惊恐和难以置信。

在反应了好一阵，在医生和警察嘴里确信女孩伤得很重，有生命危险，且大概率是刑事案件后，班主任哭了出来，说小雅那么乖巧可爱的女孩子，怎么会遇到这样的事情。

我也是这时才知道女孩叫小雅。小雅是附近一所中学高二的学生，成绩算不上拔尖，可她性格很好，长得也挺漂亮，在班里人缘非常好，而且还多才多艺。马上元旦了，她们学校每年元旦都有文艺会演，每个班都要出节目，小雅不仅是这次班级舞蹈的策划者和领舞，还和文艺部的同学一起组织了开场和压轴节目，两个节目她分别担任主唱和主跳。彩排已经进行过好几次了，还有一周就要元旦文艺会演了，小雅平常也很爱找这个年纪比她们大不了多少的班主任聊天，她知道小雅一直也很期待这天，毕竟那天她会成为舞台的焦点人物。这个年龄段的女孩子哪个不喜欢在舞台上光芒四射备受瞩目的自己呢？可没想到，这个节骨眼上，小雅居然出了这样的事情。

02

小雅还在做手术的时候，她的父母便已经来到了医院，我的老师和这对同样不明就里的夫妻说了一下小雅的情况，反应过来的小雅母亲当场就崩溃了。她说自己生的是对双胞胎，两个女儿在4岁的时候出了车祸，大女儿当场就走了，好在小女儿只是一点擦伤，他们夫妻俩对仅剩的这个女儿视如珍宝，生怕孩子有点什么闪失，孩子发烧感冒了他们都急得不行，她女儿好端端待在学校里，晚上才和他们打过电话，怎么就出了这样的事情。

那台急诊手术做了很久，快天亮了主刀医生才和麻醉师一起把女孩推到ICU。小雅父母这才见到出事的女儿，看到头部被包裹着厚厚的敷料，身上被插了各种管道的女儿，夫妻俩再度崩溃，那凄厉的哭号声像极了刚失去幼崽的狼。

他们夜里接到老师的电话，听到女儿出了点事被送到医院，和老师一样，他们也以为不过是点小毛病。夫妻俩住在下属的县城，可爱女心切，半夜里他们也还是开车赶来，哪想居然是这样的晴天霹雳。

术后的女孩病情仍危重，需要送到ICU做后面的治疗。

"这台手术做得很费劲，"神外的医生在移交患者时对我老师简洁地描述了大致的手术经过，"她的顶枕部大面积粉碎性凹陷性骨折，最大凹陷深度有2.5厘米，偏颞顶部还有硬膜外血肿形成，量在30毫升左右，顶枕部硬脑膜被破碎的颅骨块刺了一个直径5厘米的破口，对应区的脑组织被刺得稀烂，还有部分脑组织都溢出来了。"

我没有观摩这台手术，可在听主刀医生描述术中所见的景象时，心底无端滋生出一股凉意：到底是怎样的恶意，才会让凶手对一个女孩下这样的毒手。

那个通宵奋战的主刀医生打着哈欠，感慨："好歹手术还是成功的。"

彼时我临床经验甚少，听到手术成功，一下就松了口气，可我的老师却叹了口气："手术成功只是第一步，后面还很麻烦，这种开放性颅脑损伤，后期很容易出现颅内感染、颅内出血，或者脑水肿造成脑疝导致死亡等等其他一大堆并发症，更别提后面漫长的恢复期了……"

听着这样的话，我的心里也跟着一滞。

监护室里有一个单间病房，女孩情况有些特殊，她被安置在那个单间病房里。

术后的第一天，小雅生命体征还算平稳，可她对外界的刺激没有任何反应。下午4点开始，家属有半个小时的探视时间，小雅的父母一夜未睡，心力交瘁的夫妻俩一夜间便沧桑了很多。监护室的门一开，夫妻俩便互相搀扶着，两人像是对方的拐棍一样，踉踉跄跄地来到女儿床前，他们轻唤着女儿的名字，那声音沙哑干涩得像刚在烈日下穿过罗布泊。

小雅在公厕被发现时裤子都被脱至双膝以上，这样的情景很容易让人联想到小雅可能是在公厕里遭遇了性侵。

警察自然比我们更早地意识到这一点，小雅刚结束手术不久，警察和法医便对我的老师说明了他们的想法，在病情允许的情况下，想给小雅做个妇科方面的检查。

法医和妇科医生一起给小雅做了相应的检查。法医方面的情况我不清楚，他们自然也不会透露。但下午探视时，那个负责检查的妇科主任告诉小雅的父母，她的下身没有外伤，私处没有发现其他异常，她应该没有受到这方面的侵害。

小雅伤后的第二天是周五，可下午的探视时间还是有很多同学特意请假来医院看她，他们并不知道目前的小雅还是禁食禁水的状态，所以来监护室的时候还带了很多的零食和水果。

入住ICU的患者情况都非常糟糕，如果开放探视，人员的频繁流动带入的致病微生物会给这些重症患者带来致命的感染，所以医院自然是不会放他们进去的。而且警方也特别交代，由于小雅受伤原因不明，加害者身份成谜，除了父母外，其他非医务人员不要接触小雅。

这些学生都是十六七岁的年龄，眼里都藏不住事，一听到谢绝探视，都是满脸的失望。一群男孩女孩争着问小雅的情况，问她什么时候可以出院，马上就要元旦会演了，她是台柱子，没了她，整个舞台都会失色。

距离元旦也就不到十天了，别说回学校跳舞了，她能顺利活下去，没有严重的残疾和智力障碍，都谢天谢地了。听到我老师这样的回复，这些先前还在叽叽喳喳的学生瞬间沉默了下去，有两个小姑娘眼圈都红了，谁都不会想到，之前还活蹦乱跳的小雅，居然会落到这种田地。

探视时间只有半小时，4点30分后小雅的父母就被迫离开病房，在门口的时候他们看到了小雅的这群同学。大概是他们的鲜活和病危的女儿形成了强烈的对比，一看到他们，夫妻俩又哭了。

这群孩子忙不迭地安慰着夫妻俩，一个个像小大人一样说着体己话，让他们别担心，小雅一定会好起来的，他们都等着她回来，并争着把手里的零食水果塞到夫妻俩手中，说平时经常一起玩，他们都知道小雅的喜好，这些"鬼脸嘟嘟""好吃点""红富士"，都是小雅喜欢吃的，等她好一些了，一定要记得给她吃。一个穿蓝色羽绒服的女孩还带了一个流氓兔的抱枕过来，说这是小雅平常放宿舍床上的，她晚上睡觉就喜欢抱着它睡。如果医生允许，就把它放在小雅床上吧。

看得出来，就像老师说的，小雅是个很招人喜欢的女孩子，在学校里人缘极好。谁忍心伤害这样一个活泼可爱的女孩子呢。

在陪伴了小雅父母一阵后，同学陆陆续续都走了，他们还要上课，不能在医院逗留太久。探视时间结束了，可小雅的父母并没有离开医院，他们就在监护室门口守着，女儿病情一有变化，他们也可以在第一时间知道。刚才那群同学里，留下一个穿红色羽绒服的女孩，女孩皮肤白皙，面容清秀，看上去颇为乖巧。她和夫妻俩一起坐在门口的长椅上，不住地劝慰夫妻俩，小雅妈妈一直在哭，女孩还轻轻地揽住她的头，陪她一起落泪。

03

这天属于夜休，我可以比平常稍微早些下班，想到这对夫妻的处境着实凄惨，我也同这个女孩一样，陪夫妻俩在长椅上坐下。我不知道怎么去安慰这对早年失去了大女儿，又在这个年纪面对着这样的飞来横祸的夫妻。

女孩见我坐下后有些诧异，神情有些许的不自然，可知道我只是这里的实习生之后，她便没了先前的紧张，又陪小雅的父母一起，沉浸在先前悲伤的气氛里。

在他们的对话中，我知道女孩叫莉莉，是小雅的闺密。感觉她和小雅的父母非常熟络，应该是之前就认识的，这个年龄段的孩子，把闺密带回家玩是再正常不过的事情。

"都是我不好，那天应该陪她一块去的……"莉莉边哭边说，眼睛鼻子都红了，整个小脸都皱成一团，在她断断续续的讲述中，我也大致明白了始末。

她们学校的教学区和住宿区并不在一起，中间要隔一条马路。她们宿舍每层楼都有公共洗浴室和厕所，但那天停水了，厕所里狼狈不堪，小雅不想在那里如厕，就想约她一起去操场上的公厕。那时宿舍已经熄灯了，莉莉就拿了应急灯到楼道里复习，快期末考试了，她每天晚上都要挑灯夜战，就没有陪小雅一块去操场的公厕。她觉得那个操场就在宿舍楼边上，挺安全的，就没有和小雅一块去。她和小雅并不在一个宿舍，所以也不知道小雅一直没回来。直到早上才知道小雅出事了。

莉莉不住地自责，好像她才是这起事件的始作俑者。她的这番劝慰自然没起到太大作用，小雅的父母还要反过来安慰这个情绪渐渐失控的小姑娘。

恰好这时，警方这边又来人了，他们在值班医生那里了解过小雅的情况后，便又找小雅父母了解情况，知道了莉莉是小雅的闺密，警方把他们三人一起带进了一间空着的学习室。

这些问话我自然是不能参与的，警方的这次谈话持续了挺长时间，直到大家都陆续下班了，也没见这三人出来。

第三天下午，神外的医生来ICU给小雅的头部更换敷料。开颅手术前，小雅那头浓密的长发便被剃光了。此刻她的头上缠着厚重的敷料，切口处已经有些渗血。更换敷料时，我看到她枕部的颅骨被取下了，脑组织因为肿胀得厉害，有些已经快从被取下的骨瓣处膨胀出来。旁边还有一根引流管，有些暗红色的血液不断通过管道被引出脑室。因为严重的颅底骨折，小雅出现了"熊猫眼征"，可即便这样，还是能看得出她秀丽的轮廓。我再一次感慨，如果小雅的伤不是因为性侵未遂，那么凶手要积累多大的恶意，才能下得了这么重的手。

术后第四天，小雅对外界的刺激仍然没有任何反应。她的父母在探视时间内尚能克制，他们温言细语地对女儿说话，告诉她这几天发生的事情："警方正在积极查案，相信一定会揪出凶手的……同学老师都来了好几拨了，他们都非常关心你，大家都等着你早点回去呢……听说大年的时候有个叫什么'医生'的唱歌的要来咱们这儿开演唱会，你不是一直想去吗？早点好起来咱们一家一块去。"

可一出了监护室的门，小雅父母就开始质问我们明明说了手术成功，可为什么女儿始终醒不过来。

面对着焦急的小雅父母，我的老师也很为难，说小雅伤得那么严重，术后复查脑组织肿胀得那么厉害，现在还活着都算命大了，而且之前也说了，这样严重的颅脑损伤，手术成功不代表人就可以活下来，而且有很多人活下来了也醒不过来，就算后面醒了，她脑组织受损太重，以后出现智力障碍、失语、瘫痪的可能性也不小。

小雅的父母倒是没有再哭了，因为这些天他们的眼泪差不多都流干了。只不过几天的工夫，这对夫妻的躯体就开始变得佝偻，每天结束探视后听医生讲他们女儿的情况，他们都需要互相搀扶着才能勉强站稳。

连续几天的时间，莉莉每天下午都会来医院，她和小雅的父母一样焦急，迫切地想知道闺密最新的情况。听到医生说小雅可能醒不过来，她抱紧了身体不住发颤的夫妻俩。

虽然他们已经知道ICU不让探视，可是这些天小雅的老师同学，甚至宿管阿姨，都陆续到医院来看望她。她有几个同学还折了千纸鹤和幸运星，托我们把这些放在她病床前。看得出小雅人缘极好，这些人都是发自内心地喜欢她。

04

小雅的情况并不乐观，她在术后第六天因为脑外伤后的应激性溃疡出现消化道出血，好在积极治疗后有所缓解。小雅的脑组织损伤很重，再加上后期的水肿，她一直离不开呼吸机，气管插管快十天了，只能又给她做了气管切开。

听小雅父母说警方那边的进展也不顺利。当时的监控系统远不如现在这样完善，能拍到的地方很有限，监控盲区非常多。学校宿舍区靠操场那一面虽说有护栏，可那一米多高的雕花护栏很容易就翻进去了，护栏外就是一条大马路。警方多方走访，确定小雅在学校里没有和人结怨，莉莉也提供了一个消息：前阵子小雅去服装市场采购演出服，在那里遇到一个花臂男青年，听小雅说那人感觉挺社会的。那人说很喜欢小雅，追她追得很紧，可是小雅不太喜欢他，一直都没有给他QQ号和手机号，小雅觉得被这样一个人追求是件上不了台面的事情。所以即使对着莉莉这样的闺密，小雅也不愿对她说关于他的任何事情。

我们也在小雅父母这里动态了解着案件的进展。莉莉说的这个花臂男自然成了大家心中的头号嫌疑人。以为事情很快就会有眉目，可警方这边迟迟没有给反馈，让人意外的是，他们经常找莉莉谈话，一开始夫妻俩以为她是女儿最好的朋友，对女儿的情况了解得最多，警方不时找她确认一些细节很正常。可直到案发后的第十二天，莉莉再次被警方带走，再没回过学校。

科室里所有的医生护士都很关注小雅的情况，在得知这个消息时大家都震惊了。然而感到最难以置信的是小雅的父母，夫妻俩痛心疾首地说，他们想破了脑袋都不会猜到是莉莉下的毒手，莉莉和自己的女儿如此要好，她父母离婚了，一放长假，小雅就带她回家。

夫妻俩心疼莉莉是单亲家庭的孩子，又觉得她和自己女儿如此投缘，再想到自己早夭的大女儿，完全把她当亲生女儿看待，每次放假带俩孩子上街，不管给小雅买什么，都少不了莉莉的那份。他们也经常到学校去看俩孩子，每次去都准备双份的零食。

小雅的妈妈不住地哀号着，她早就哭不出眼泪了，说他们这么掏心掏肺地对这个孩子，畜生都干不出这样的事情。

我想起前些天，面对着焦虑不堪的夫妻，我的老师说小雅有可能再醒不过来时，莉莉那有些不易察觉的古怪神色。现在想想，医生的这句话大概让她有了如释重负的感觉。前一阵她每天都来探望显然不是出于关心，她担心得更多的无非是小雅清醒后会曝光她的凶手身份。

知道重伤小雅的凶手居然就是被他们当成半个女儿的莉莉，原本就悲愤不已的夫妻再次遭遇重创。小雅的妈妈已经开始有些魔怔。监护室门口有好几条长椅，上面坐着的全是心力交瘁的患者家属。

坐在椅子上的小雅妈妈像祥林嫂一样，对旁边的人不住地说着女儿凄惨的遭遇，不管对方是否愿意听，她都自顾自地说下去。说到在警察那里知道的女儿被锤杀的细节时，她会和人比画着那柄在化粪池里找到的榔头的长度："你们看，榔头柄都有这么长呢，怕血喷出来溅到衣服上，那女的还知道在榔头上缠上纱布，我女儿蹲着上厕所时，她就这么砸下去了，砸了好多下，砸的全是头啊……"

她已经不会再说莉莉的名字，就用"那女的"代替，任何和莉莉相关的事情都会刺激到她。

小雅的情况在慢慢好转，开始对疼痛刺激有了些许的反应，四肢也开始出现不自主的活动，后面可以自主地睁眼了，我们就开始尝试让她脱离呼吸机。

可小雅妈妈却每况愈下，她开始见人便说："你说那女的当初跑我家里来，我马上就把她撵出去是不是就不会有今天的事了……"她的头发终日都散乱着，脸色憔悴不堪，双眼更是黯淡无神，不知道的人听她这么说，还以为她是遭遇了收留小三然后引发家庭悲剧的狗血剧情。

小雅妈妈越来越像祥林嫂，我的老师也察觉到她的精神状态不太正常，建议小雅爸爸赶紧带她去心理门诊看一下。

我在1月上旬便结束了在ICU为期四周的实习，去了内分泌科，2月初再去神外科实习时，发现小雅已经被转到了那里。她手术前被剃光的头发已经长起来了，不过还是很短，整个脑袋看着毛茸茸的，像红毛丹一样。她被切开的气管已经做了封堵，不过上了很久的呼吸机，又长期卧床，她肺上一直有感染，加上颅脑损伤引起的呛咳，她总是不住地咳嗽。她的吞咽功能也被影响了，那会儿只能吃流食，可不管父母再怎么小心喂食，剧烈的呛咳都让食物和痰液喷溅得到处都是。

她虽然醒过来了，可是严重的颅脑损伤还是给她带来了可怕的后遗症。普通病房不像ICU那样限制探视，正值寒假，小雅的老师和同学还是经常来医院看她，可大多数时候，她都无法认出昔日熟稔的师友。即便他们不断地告诉她过去在学校里发生的很多趣事，可她都神情呆滞，只是一动不动地盯着他们的嘴巴。她的老师再度落泪了，说以前明明是那么灵动的一个小姑娘。

她也无法进行正常的语言表达，经常就张着嘴发出"啊啊"声，没人知道她想表达些什么。她左上肢肌力很差，无法抬胳膊，更不能抓取物品。我去神外的第一周，就见她发过一次癫痫。

我和小雅父母也算得上熟人了，一个月没见，小雅妈妈胖了很多。小雅爸爸说心理门诊建议他们直接去精神科，开了挺多药，医生说那个药吃了就会发胖。

小雅妈妈的精神状态看上去比之前好转了不少，她和丈夫无微不至地照顾女儿。他们家是开厂的，不差钱，住的一直是单人间。女儿现在离不开人，他们还没空去找学校谈理赔的事情，目前所有的医药费都是他们自己垫付的。

有天晚上我跟着老师夜间查房，忽然听到病房里发出一阵凄厉的惨叫，是小雅的那个病房。我们赶到后发现小雅蹲在地上，右手还抱着头，歇斯底里地尖叫着，我们把她扶上病床时她还在拼命挣扎，脸上是极度惊恐的表情，瞳孔好像都跟着放大了。最后用了镇静药，她才逐渐安静下来。

小雅妈妈说扶女儿如厕时本来好好的，她爸不小心打碎了一个暖水壶，小雅就忽然变成这样了。我知道小雅刚才的症状就是非常典型的创伤后应激障碍，那个恐怖的夜晚给她带来的伤害实在是太大了。

有时候背着小雅妈妈，小雅爸爸会和我们说一些关于案情的事情，那个花臂男其实是莉莉杜撰出来迷惑大家的，根本就没这么一号人。警方挺早以前就开始怀疑莉莉了，鉴于她是个未成年的学生，他们一直非常谨慎，直到找到确定性证据才拘留她。

我想起了小雅刚住进ICU的那几天，莉莉每天都来医院，陪伴并安慰着小雅父母，那是何等温情的画面。如今我却要感慨，凶手要有何等的心理素质才能在被加害者的至亲面前那样镇定自若。

他也去看守所看过莉莉，就想问她一个问题，为什么要残害他的女儿。可莉莉始终低着头，不与他正视，更没有回答他的问题。他也是后来在警方那里了解到，莉莉嫉恨小雅什么都比她强，比她聪明、漂亮、人缘好，这也罢了，毕竟比她优秀的人多了去了。最让莉莉痛恨的是，小雅有那么好的父母，不仅家境优渥，待女儿更是如珠如宝，为什么自己却像个皮球一样让离婚的父母推来推去，连抚养费都互相推诿。她也承认小雅父母对她很好，可越是这样，她就越恨小雅，为什么小雅这么容易就能得到她从未得到过的关心和爱护。

更让他感到惊恐的是，在公厕锤杀小雅并不是她一时的冲动，她策划了很久，就是在等这样一个时机。她为此还经常看一些法制节目，连警方都说她的反侦察意识让他们都感到震惊。

我是6月中旬结束的实习，在离开医院前我还去看过小雅，她那会儿已经转到康复科做后续的治疗了。

她的头发又长了一些，可以勉强扎起来了。她面部的表情没有四个月前那样呆滞了，可还是能看得出来，那张苍白的小脸上挂着忧郁和躲闪的神情，她不太愿意和人对视，每次有生人靠近，她都把头埋进妈妈怀里。她可以讲一些简单的句子了，不过吐字不清，说的语句也不流畅，听着很费劲。她左上肢的肌力也在好转，可以抬起来了，不过还是很僵硬，左手也拿不稳东西。可即便如此，小雅的父母还是很欣慰，女儿好歹是活下来了。

离开那家实习的医院后，我再也没有关于小雅的任何消息。可是过了快十二年了，我还是会偶尔想起那个因为遭人嫉妒而被重创的女孩。

她低下了头:"我已经通知过我朋友了,她在来的路上,要签字的话我自己签就行。"

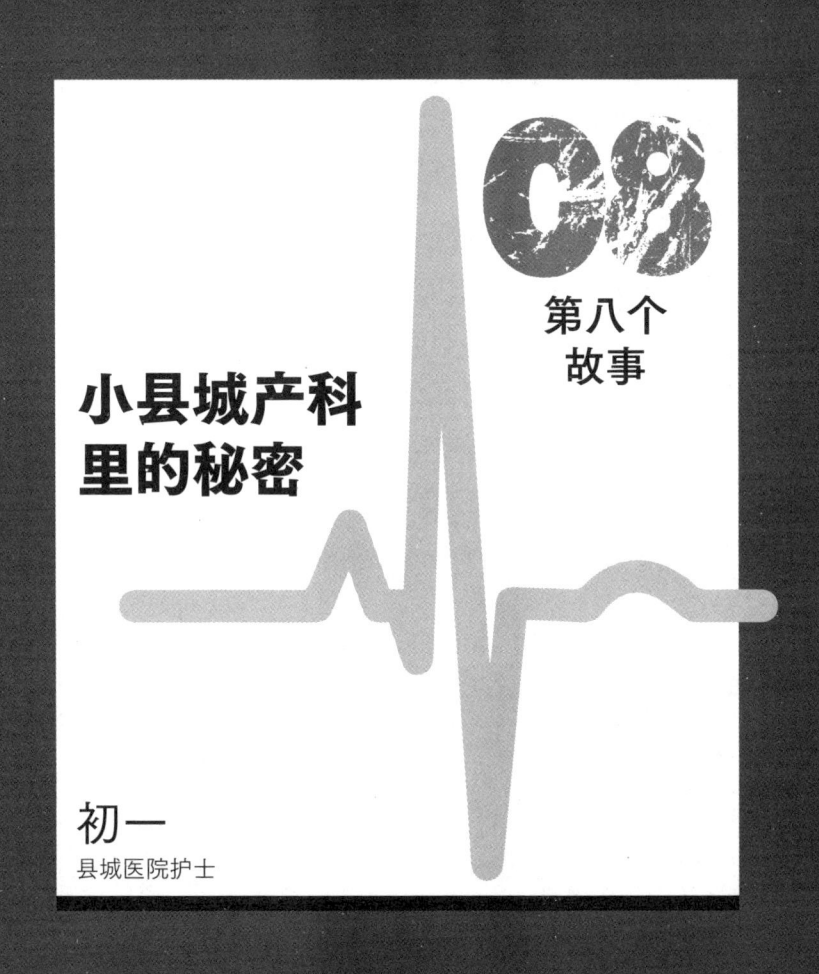

08

第八个故事

小县城产科里的秘密

初一
县城医院护士

她低下了头:"我已经通知过我朋友了,她在来的路上,要签字的话我自己签就行。"

01

2021年，我毕业后来到一个离家不远的小县城，成为一名产科护士。

过去一年的实习，我去过很多个科室。相较于ICU的忙碌和内科的沉闷压抑，我更喜欢产科，这里没有那么多的生离死别，更多的是迎接新生命的喜悦。

护士长给我安排了专门的带教老师，她资历比较高，科室里的人都叫她潘娘。我那时刚去，自然不敢跟其他人一样叫她潘娘，一直都叫她师父。我总觉得她对其他人很温柔，对我却很严厉。

护士长让我先在病房学习，等能上手了再进产房学接生。因为在小县城，地方小，产房和病房分得没有那么细化，所有人都要会上产房和病房的班，她们当初也是这么过来的。

我跟着师父上了一周班后，她问我学到了些什么。我脑子一片空白，实习的时候就怕遇到带教老师的灵魂考问，现在也依然逃不过。

我说了一些大概的东西，师父让我把每天学到的东西拿个小本子记下来，下次遇到就翻出来看看，这样就学得快一些。最后，她还说会定期检查我的小本子。

那天，我和师父一起上夜班。接完班不到半小时就来了一个孕妇，羊水已经破了，她一个人来的，没有任何家属。

产房老师让我先帮她做一下胎心监护，我扶她躺到床上的时候，她的裤子已经湿了一大半，羊水还流到了地上。她当时什么都没带，除了身上背着的一个单肩包。

我帮她换上了干净的病号服。

她脾气似乎不太好，骂我笨手笨脚的，我什么都没说。其实也是因为才参加工作，很多东西都还不熟悉，我也不敢说什么。

值班医生过来询问病史的时候，她说她这次是二胎，之前做过一次剖宫产。她年纪并不大，才21岁。

当她说出第一次剖宫产是在去年11月份的时候，我内心不免一阵惊讶。按这个时间来算的话，她第一胎刚出月子没多久就怀了二胎。

值班医生也有一丝无奈，问道："你生完一胎的时候医生没交代你剖宫产后怀二胎要间隔多长时间吗？"

她没回答。

医生又问了一些其他的问题，最后问到家属的时候，她再次沉默。

看着她这个样子，值班医生似乎有些恼火，语气也不是很好："你这次也是要做剖宫产的，你什么都不说，家属也没有，让我们怎么给你做手术？"

她低下了头："我已经通知过我朋友了，她在来的路上，要签字的话我自己签就行。"

因为当时情况紧急，值班医生又跟上级领导反映了此事，最后决定行急诊剖宫产。产房的老师弄好交接单后就用轮椅推她去手术室。我跟师父打了招呼，跟产房的老师一起去送病人。

手术室护士出来接人的时候，问家属去哪里了，我告诉她没来。

她翻看了一眼病历，没好气地来了一句："都要进手术室了家属还没来。"

当时在手术室门口，她又独自签下了麻醉同意书。

我看着她自己签下那一堆同意书时，还是挺心酸的，不知道她到底有什么难言之隐，大晚上的一个人跑过来生孩子。

还好手术顺利，两个小时后她便回到了病房。她所说的朋友也一直没来，师父问她家属到底什么时候来，刚做完手术，必须有人陪护。

她还是低着头什么都不说。

出病房的时候，师父叹了口气，对我说，这次可能又遇到老赖了。我一开始还没反应过来她的意思，到护士站之后，师父叮嘱我今天晚上多注意着她一点，没有家属陪护，一个刚做完手术的人怎么照顾小孩。

说完之后，她又到库房翻出来一个奶瓶。我问她怎么会有这个东西，她说前些年产科都备着这些东西，有的人来医院比较急，没有准备，便直接开单子在这里买。后面就不让这么做了，但科室还有几个剩下的。

她让我把奶瓶拿去洗一下，问隔壁床那家要一点奶粉，先给小孩喝着。

好在隔壁病床的产妇和家属都有同理心，还教我怎么冲奶粉。弄好之后，我又抱起孩子，给孩子喂奶。那天晚上，我们一夜未眠，随时都要过去看产妇和小孩。

终于熬到早交班，师父让他们多注意着点这个病人，没有家属，护士长听完后也是一阵头疼。

隔天上班时，大家都在抱怨。因为她没人照顾，当班的护士要将一日三餐送去给她，还要给小孩换尿布，喂奶粉，这些无疑增加了工作量。

我问师父，那她吃饭的这些钱从哪里来，师父说上报了医院领导，领导说让科室先负责。最后主任和护士长商量先用科室资金[①]顶上。

这几天上班，师父都让我重点关注着那个孩子。我问她怎么了，她告诉我前两年也有个女的过来生小孩，跟她情况差不多。做完剖宫产第二天有个男的过来，后面小孩就不见了，问她小孩去哪儿了她也不说，大家都怀疑她把小孩卖了。夜里她趁值班护士不注意，自己拔了尿管跑了。

我很惊讶，问师父她怎么拔的尿管，师父说是她自己硬扯出来的。

从那次之后，科室的人都长了心眼，大家也没想到这次又遇到这样的情

[①] 团体比赛获得的奖金。

况，好在她没有做出什么奇怪的举动。

那天中午，住在她隔壁的产妇家属提了一袋橘子来护士站，说他们要出院了，特意来感谢一下我们。

阿姨站着跟我们闲聊了一会儿，说起她的时候，阿姨还一阵难过，说她其实挺可怜的。

原来她不是本地人，家在外省，是单亲家庭，爸爸死后，妈妈改嫁了。她18岁出去打工认识了现在的丈夫，没过多久就跟着丈夫回来结了婚。生完老大后，丈夫又出去打工了，刚开始还会给她转账，后面就不转了，说疫情期间在外面不好干。

她公婆有三个儿子，丈夫是老二，平时公婆都不怎么管他们。她这几天一直联系不上丈夫，公婆也不肯来医院。

下午时，她隔壁床的产妇一家出院了，那个阿姨把剩下的一罐奶粉和尿不湿全都留给了她。

她出院那天，来了一个家属，是她丈夫的哥哥，看上去老实巴交的，不会说什么话。住院费结清后，那个男的提着小孩的奶粉和尿不湿，她抱着孩子，俩人一起走了。

02

跟了师父三个月后，我开始独立上班。

那天晚上凌晨1点多，救护车送来了一个智力有缺陷的产妇。她长得白净，头发也梳得很整齐，只是目光有些呆滞。陪同她一起来的男人年纪有点大，一开始我以为是她父亲。

询问病史的时候我才知道，原来那个男人是她丈夫，比她大21岁。女孩叫刘乔玉，20岁，自小智力便低于同龄人。

我给她打针输液的时候，她的双手一直捧着肚子，不愿伸出来。她丈夫走过来，对她说道："打了针小宝才能出来，不打针肚子就会一直痛。"

她低着头，不知道在想什么，最后把手伸了过来。我怕进针的时候她会突然缩手，便叫她丈夫帮忙按着。

她的手很白嫩，指甲剪得很短，反观她丈夫的手，指甲缝里还有一层黑黑的污垢，或许是常年劳作，他手上的纹理比寻常人要粗一些，泥垢已深陷到纹理之中，很难洗净。

从刘乔玉的穿着来看，这个大她20多岁的丈夫似乎把她照顾得很好。

我帮她打完针后，她抬头看着我，轻声说道："我要做妈妈了。"那一刻，她的眼神很清澈，语气也极其温柔，就像一个孩子即将得到日思夜想的玩具一般。

我朝她笑了笑，嘱咐了她丈夫几句便出去了。

凌晨3点，刘乔玉有了规律宫缩，宫口已开到三指，我把她送进了待产室。

因为她和一般的产妇不一样，很多话跟她说了她也不懂，在待产室时，产房的老师一直守在她旁边。

好在她宫口开得比较快，凌晨6点左右便上了产床。产房老师准备接生的时候叫醒了上辅班的老师，又把实习同学也叫到一旁，防止生产过程中她不听指挥出意外。

整个接生过程都挺困难的，疼起来的时候，连正常人都可能无法配合，更不要说只有几岁孩子智商的刘乔玉。

胎头着冠时，刘乔玉不肯再配合用力，也或许是她已经用尽了所有的力气。已经到了这关键的一步，接生的老师也很无奈。最后，值班医生只能用手使劲推她的肚子，促使孩子尽快娩出。上辅班的老师和实习同学一人站在一边，按着她的手和腿。

孩子生出来了，但头上鼓起了一个大包，产房老师说是因为在产道受到了挤压，但没有什么影响，过两天就会消失。

刘乔玉的整个生产过程很受罪，孩子出来后，胎盘一直没娩出。接生老师帮她剥离胎盘时，她疼得大哭，比刚刚生产时叫的声音还大。

那天我下夜班时，刘乔玉还在产房没出来，我跟下一班的人做了交接就走了。

隔天上班，办公室里几位同事在小声嘀咕，我过去问她们怎么了。

小赵老师告诉我，26床那个产妇去年来引过产，当时在医院还传得沸沸扬扬的。

我还好奇，26床不正是刘乔玉吗？她引过产怎么还会引起这么多关注。后来，小赵老师跟我说了这件事的前因后果。

刘乔玉的妈妈在她很小的时候就和她爸爸离婚了。她一直跟她爸爸生活在一起，因为太穷，她爸爸也没有再娶。

去年，村里的妇联主任发现她肚子渐渐大起来，便到她家问她爸爸是怎么回事。她爸爸一直沉默，不肯说。妇联主任大概晓得发生了什么，就报了警，最后孩子引产下来做了DNA鉴定，她爸爸被判了刑。

大家都没想到，这件事才过去一年多，她又再次来生孩子。

跟她同村的一个实习同学告诉我们，她爸爸坐牢之后，她家里只剩下一个奶奶，她奶奶便做主把她嫁给了村里一个一直没娶上媳妇的人。

我听完后，内心一阵唏嘘，也明白了她丈夫为什么会比她大那么多岁。

大概中午时分，刘乔玉的病房里来了一个老人，是她婆婆。她面部黝黑，个子不高，头发白了许多，穿着她们自己的民族服饰。

我进到她的病房时，男人正在给孩子喂奶粉，她婆婆帮她穿衣服，嘴里还不停地念叨着什么，她说的是方言，我也没听懂。

看到我进去，她丈夫忙起身问我是不是有什么事。

我告诉他等一下要抱孩子过去洗澡，还让他要多给孩子吮吸母乳，这样才能更好地促使乳汁分泌。

他愣了一会儿,我才想到刘乔玉因为智力问题,可能也无法给孩子喂奶。

我从她丈夫手中接过孩子,走到她旁边,仔细地教她怎么喂。她抱着孩子那一刻,我在她脸上捕捉到了一抹温馨的神情。

她婆婆没留多长时间,下午就走了,说是留在这里还要花很多钱,只是来看孙女一眼。

刘乔玉出院那天,戴了一顶粉色的毛绒帽子,穿着一件红色的毛衣,是她婆婆那天来的时候买的。临走时,她脸上洋溢着笑容,对我说道:"我跟小宝要回家了。"

看着他们离去的身影,我只希望这个女孩在接下来的日子里能活得快乐一些。

03

在这个小县城里,留守儿童非常多,有的孩子一直到上高中都是爷爷奶奶在照顾。很多孩子在最叛逆的青春期因为缺乏父母的陪伴,可能会走一些弯路。

那天,一个老奶奶带着孙女来做人流。那时,我已经在产房学习接生。

那个女孩穿着校服过来,我看到她校服上印着"××三中"的字样,因为校服比较宽大,她人又有些瘦小,完全看不出来她怀孕了。

了解了大致情况后我们才知道,她今年16岁,上高一。根据末次月经推算,她怀孕大概有七个月。

那天,主任刚好做完手术下来,便问她知不知道自己怀孕。她摇了摇头,说不知道。

主任又问道:"你月经这么长时间没来,肚子大了有胎动你也没感觉吗?"

她没回答。

一旁站着的奶奶用手戳着她的脑门,骂道:"你怎么就这么不听话,脸都被你丢尽了,我都不好意思带你过来。"

主任劝解了一番老人家,让她先去外面坐着等一会儿。

奶奶出去后,女孩才说出了自己怀孕的经过。一开始,她说自己是在中考后被人强奸的,当主任仔细询问时,她又说不是强奸。

那个男孩跟她是同班同学,两人都对彼此有爱慕之意,中考后,男孩经常约她出去玩。

她不知道这有什么不妥,只是一开始的时候会有一点羞耻。上了高中后,两人虽然不在同一个班,但关系一直很好。

她也听说过怀孕便不会来月经了,但没往这方面想过。直到肚子变得有些大,有时还感觉里面会动,她才意识到自己可能是怀孕了。

当时,她非常害怕,不知道该怎么办,也不敢跟任何人说。好在那段时间天气逐渐转凉,穿上外套也看不出什么异样。

后来,她去网上搜索怎样才能打掉孩子,上面说的全部是要到医院去做药流、人流什么的。无意中,她刷到一条关于剖宫产的问答,上面说,剖宫产要划开腹壁,才能将孩子取出来。

思虑了几天后,刚好学校放假,她回到家中找了一把尖尖的水果刀,躺在床上对着自己的肚皮轻轻划了一刀。一开始的时候并没有出血,她只觉得有点疼。没过一会儿,那条口子便流了血,她有些害怕,忙拿了纸巾按压。

刀口划得不深,只是破了一点点皮,她没敢再继续下去。就这样一直拖着,直到那日奶奶发现她肚子有些不对劲,便带着她来医院检查。

门诊处的医生开了住院证,让她们来住院部。因为月份大了,做不了人流,只能引产。

询问完病史，办理了住院，当天晚上她便打了引产针。

我问师父打完针后要多久才能引产，师父说四十八小时左右。

她引产那天，师父说我已经在产房待好长时间了，之前一直都是在旁边看，这次就让我动手，她会在一旁指导我。

其实引产跟生孩子差不多，只是提前知道孩子已经没有了生命。

孩子出来后，师父已经准备好了一个袋子，让我把孩子放进去。那一刻，我其实挺感慨的，大多数小孩都是在父母的期盼中出生的，却总有那么几个特殊的，还未来得及看这个世界一眼就走了。

跟正常产妇一样，引产完也需要在观察室观察两个小时才能出去。

她躺在床上，摸了一下自己的肚子，问我为什么肚子里还有个硬硬的东西，是不是小孩还在里面。我告诉她那是子宫，刚生产完不会马上收缩，后面慢慢会自然恢复成原样，让她不用担心。

她转过头静静地躺着，我不知道她此时在想什么。但她也只是一个孩子而已，却比别人提早经历了这些。

我整理好所有的记录单，用轮椅推她出去时，她奶奶已在外面等候。老人边走边抹眼泪，说自己没管教好孙女。

我只能安慰她，已经到了这一步，也没办法，接下来好好调养身体就行。

从女孩来引产到出院，她父母从未出现过，只有奶奶在医院忙前跑后。我只在送她回病房的时候听到奶奶打电话给她爸爸，说孙女没什么事，让他们不要着急回来。

大概是那边让女儿听电话，她接过了奶奶的电话，却什么都没说，我仿佛看到她眼底有泪意，但一直忍着没流下来。

103

我突然想起，那天在钢琴房，可曼还跟我说，她入院那天是弟弟生日，一家人围着弟弟拆礼物。

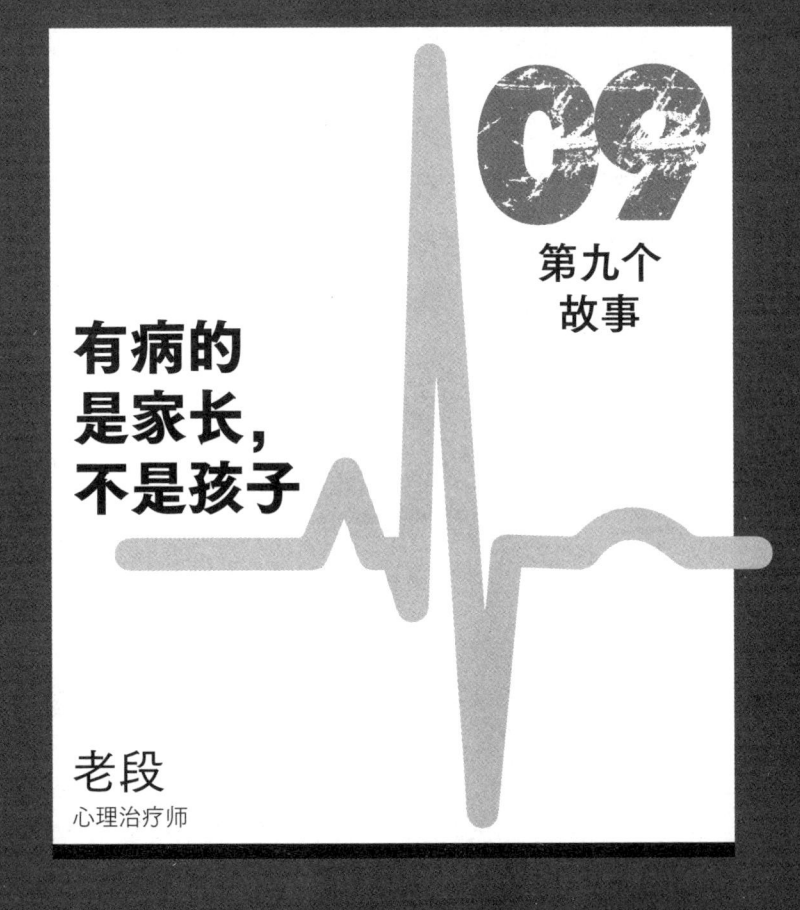

09

第九个故事

有病的是家长，不是孩子

老段
心理治疗师

我突然想起，那天在钢琴房，阿曼还跟我说，她入院那天是弟弟生日，一家人围着弟弟拆礼物。

C1

精神病院是以前的叫法。因为历史遗留问题,"精神病院"这几个字的象征意义太鲜明,受到病人和家属的一致排斥。大部分医院都已经改名,现在一般是:××第三人民医院,××精神卫生中心,等等。

出于各方面考虑,医院的建址都比较偏僻,且门诊及各科室都有保安巡查。相比较综合医院,我们没有手术室,没有内、外、妇、儿等科室,甚至一般情况下,我们的急救车默认不出急诊。

那天下暴雨,我和杜哥值班。快6点的时候,杜哥翻箱倒柜地找外卖单,挨个打电话询问哪家外卖能送。问到第三家,门诊来电话通知我们科收病人。

下楼前,我拉开窗帘看了一眼外面的天,可视范围不超过两米。

医院大楼离外面的主街道马路有差不多三公里的距离,只有一路公交车,那天还停运了。我以为在这种恶劣的状况下来就诊的,不是其他医院救护车送过来的无法沟通的三无人员,就一定是警察送过来的有精神症状的棘手病人,比如一些吸毒人员。

当我看到门外站着的两个衣着齐整、面容相似的女人时,多少有些意外。年长的女人穿戴较为精致,裤脚上有星星点点的水渍,虽然化了淡妆,但神情疲惫。年轻的女孩齐肩长发,简单的白T恤加牛仔裤,微微侧身站在年长的女人身后,看不清神情。

我把两人请进接诊室,关门的时候才发现年轻女孩的白T恤被淋湿了,衣服贴在皮肤上。她很安静,两手交握放在腿上,垂着头。

看了年长女人递过来的住院卡，我确定就诊的是年轻女孩，名字叫阿曼。年长的女人是她的母亲，姓林。

我尝试进行简单的沟通：姓名，年龄，工作，学历。阿曼始终保持沉默，这在我的意料之中。反而是她的母亲，大概是个急性子，想代替她回答，被我拒绝后，她一直用手轻推阿曼的身子。

不断地用眼神示意阿曼无果后，女人带有歉意地对我笑着说："这孩子，在家也跟个木偶一样，谁问都不理的。"

阿曼听到这句话时有些不安，微微抬起头看了我一眼，原本垂放在腿上的手松松合合，又低下头。

我刚想继续引导下去，杜哥和门诊医生交接完回来，告诉我外面有情况需要处理。我便出了接诊室。

02

等我再次回来，聊天已经接近尾声。进门时听到阿曼的母亲感叹道："医生，我真的对她死心了。"

我下意识去看阿曼的反应，她依旧是我离开前的坐姿，只是由和她母亲并排坐，变成了面对杜哥，侧对她母亲。齐肩的长发垂在耳边，把她的表情遮得严严实实。

这是一种下意识的抗拒。

阿曼的母亲正拿出手机，指着上面的屏保说："医生，我真的不明白，都是一个肚皮出来的，你看看她弟弟，才5岁，活泼开朗又懂礼貌，是一家人的开心果，哪像她，一棍子打不出半个响屁来。"

杜哥微微皱眉，没有接茬，他看向阿曼，神情温和地说："在我心里，能考上××音乐学院的都是很棒、很聪明的,我们阿曼现在只是生病了,不要怕,医生会帮你的。"

阿曼似乎并不适应这样的安抚,她不安地动了动身子,抬起手又不自在地放下去,最后有些腼腆地笑了笑以示回应。

杜哥在心理科工作了十几年,这样的安抚做了不下上千次。早年间,杜哥很固执,脾气也算不上好,曾为了病人,和病人家属起争执,被投诉过不少次。

最严重的一次,是一位六十几岁的老太太骨折需要转院治疗,需要家属陪护并且办理相关手续。联系家属时发现,家属换了电话和住址。

好不容易通过村委会和当地派出所联系到人,家属一脸不耐烦地跑到医院,要求签署放弃治疗协议书,并警告医生不许再骚扰他。杜哥没忍住,当家属面骂了几句粗口。家属投诉到院里,杜哥被全院通报批评,取消了那年的所有评优评先资格。

从那以后,杜哥脾气好了很多,气得再厉害也能压住,最多也就像对阿曼母亲一样,用无视来表达心中的不满。

阿曼母亲似乎也意识到自己的失言,有些尴尬地低头看手机。

我跟阿曼说要带她去病房安置。阿曼垂着头不回应,她母亲看了我一眼,张了张嘴最后没说话,低下头继续看手机。

我讲了一下住院环境和注意事项,问阿曼还有什么不明白的。阿曼摇摇头,顺从地站起来。我以为她准备跟我去病房,她只是站起来,跟我平视:"这里是精神病院。"

明明是肯定的语气,声音却有些抖。

我见过太多相似的眼神,绝望又不甘。像是早就接受了最后的宣判,又想抓住最后的救命稻草。

03

安置好阿曼后，杜哥从宿舍拿来两桶泡面，我们俩守着饮水机聊了起来。

杜哥说他们谈话不过一个小时，阿曼母亲有一半的时间在说阿曼的不足，另一半的时间在夸她小儿子。

据阿曼母亲提供的病史，阿曼参加工作，做了一名音乐老师，不到半年被辞退，学校老师说阿曼情绪经常不稳定，会毫无征兆地冲学生大喊大叫，不练琴的时候，一坐就是一整天。

失业后，阿曼越来越抗拒与人交流，也不再外出找工作，整天只待在自己房间里看着墙壁发呆。

这样的状态持续了大概半年。

阿曼这次入院的直接原因，是和弟弟因为一个玩偶起争执，她把5岁的弟弟推倒在地，弟弟磕到了脑袋，被父亲带去人民医院缝针，母亲觉得阿曼彻底疯了，当即冒雨将她送到我们这里。

我们见过很多病人，入院的大部分原因是受精神症状的影响冲动伤人，还有部分是因为干扰到家人和邻里的正常生活和社会秩序。

阿曼算是特殊的一个，她没有幻觉妄想，也没有引出其他思维内容障碍、接触被动，对答基本切题。除了回避社交、情感反应平淡外，某种程度上来说，她甚至不具备必须入院治疗的条件。

如果家属愿意的话，她可以定期在门诊看诊，取药回家治疗。但杜哥还是将她收治入院，让她暂时脱离家那个环境，治疗可能更有意义。

科室分有陪护和无陪护两个病区，一般那种精神症状较为复杂的，有冲动行为需要约束的，会安排在无陪护病区，方便管理。待病情稳定后再转入陪护病房。其家属也会在医院附近住下，以便有事情能第一时间赶到。

像阿曼这种初次入院、意识清楚的，我们会建议直接住在有两张床位的陪护病房。一是因为初次入院，在陌生的环境有熟悉的家人陪护会好很多；二是因为无陪护的病区病人多，相关设施比不上陪护病房。但是阿曼的母亲办理入院手续后就匆匆离开了，她说她还要去人民医院看缝针的小儿子。

04

不同于其他病人的躁动和喧闹，阿曼入院后一直表现得安静和拘谨，就算有其他病人主动和她聊天，她也是尽量避开。

她每天把自己的床位收拾得特别干净，不在活动室的时候，就一直睡在床上，或者看着窗外发呆。

因为并未出现精神症状，我们用药都特别小心，以借助一些辅助仪器做心理疏导为主。大概见我的次数比较多，阿曼渐渐跟我熟稔起来。

从一开始的多问少答，到见面能主动跟我打招呼。这一过程，用了整整四天时间。

在这四天时间里，我发现她是真的很喜欢钢琴。每次在活动时间找她，她都在活动室，那里有一台很旧的钢琴。我鼓励她弹一首，她却总是摇头拒绝。

后来音乐治疗师跟我说，阿曼每次坐在那里，就只是对着钢琴发呆，从来不弹。唯一一次，音乐治疗师弹了一首童谣，被恰好过来的阿曼听到，她示范地指出了其中两个错音。

到第五天，阿曼终于愿意在活动室的钢琴旁边主动跟我讲她的事。

阿曼是初中开始系统性地学习钢琴的，父母忙于生意很少陪她，但是在花钱方面毫不吝啬。学校是本地有名的贵族学校，封闭式管理，小班授课。

她学习成绩拔尖，很多老师都夸她有天分，建议她以后走专业的音乐之路，最好能出国深造。

2011年，阿曼考取了国内某知名音乐学院，同年母亲怀孕，双喜临门。

2012年，弟弟出生，她发现长期出差的父母开始回家，家里出现烦人的吵闹声。

2015年，大学毕业，阿曼没能得到出国深造的机会，大受打击后找工作也频频碰壁。大概是父母爱之深责之切，在她未找到工作的那半年，她与父母在家唯一的交流就是被拿来和弟弟比较，然后被批评得一无是处。

总算找到工作之后，她发现自己根本应付不来学生的吵闹和淘气，学生刁难她，家长投诉她，学校领导批评她。除了会弹琴，她就像母亲形容的那般，比不上她5岁的弟弟，是个废物。

阿曼说她之前瞒着母亲找过心理咨询师，可是只要一回到那个家中，她的心境就会跌入谷底。最绝望的时候她有想过割腕。

而这一切的根源，阿曼觉得就是她弟弟的出生，小家伙很可爱，3岁的时候就会追着她喊姐姐，只是他的每一点乖巧都会被家人作为攻击她的武器。渐渐地，她变得无法忍受，常常躲在房间或者学校里，对家人避而不见。

弟弟出生以前，母亲总说一切都是她的，会送她出国。可是弟弟出生之后，母亲就再没说过这种话。

"没考上有什么关系，只要他们愿意拿钱，哪个学校不能上？而且我同学都是这样的。"阿曼说这句话的神情，和她的母亲如出一辙。

C5

那天在钢琴房，是阿曼的过渡期。

她跟我敞开心扉后，有明显的转变，从主动跟医生交流到主动和其他病人交流，也能在我们的示意下和别的病人一起做康复训练。

并不是所有的治疗都能在短短几天内取得成效，阿曼能重新接受周围的一切，还是归功于她自己，她没有明显的精神症状，愿意接受我们的帮助。

另一点，不知算不算得上庆幸，阿曼母亲说好的第二天来看她却没有来，极大程度上减少了家庭因素的干扰。

之后的几天，阿曼母亲一直没出现。

过了一周左右，收费处催费，我们给她打电话。因为阿曼的情况慢慢平稳，也需要开始接触家属。

阿曼母亲来的时候，阿曼和同病房的病人聊天，不知道那个病人跟她说了什么，逗得她眉眼弯弯。

看到阿曼的样子，阿曼的母亲有些意外，随之而来的是看得见的欣喜，她激动得有些语无伦次地向我们道谢。

只是阿曼在大病区看不到外面，也看不到她母亲高兴的样子。

出乎我们意料的是，阿曼母亲是来给阿曼办理出院的。她说公司的业务要向广州扩张，想把阿曼接到广州去治疗，她和阿曼父亲两头奔波太累了。

05

阿曼对出院这件事显得有些茫然。她母亲脸上的笑意犹在，看着阿曼时，她的眼底似有泪花，仿佛重获新生的不是阿曼，而是她。

阿曼母亲有些小心翼翼地问阿曼："曼曼，你还练钢琴吗？我叫你爸爸去找找人！"

阿曼摇头，临走时，她郑重地向我们深深鞠躬。她母亲甚至拿出几百块钱想要塞给我们，被杜哥瞪了一眼才讪讪地收回去。

我看着她们，心里说不上是无力还是难受。在我们四个人相处一室之前，我在楼下偶遇阿曼母亲打电话："小宝磕到头了，我跟他爸带他去三亚玩了一周，这不刚回来！"同样高兴的神情。

我给阿曼整理病历，在她住院期间，除了送她来和接她走的母亲，没有其他任何人来见她，甚至没有接过任何人询问她的电话。

我突然想起，那天在钢琴房，阿曼还跟我说，她入院那天是弟弟生日，一家人围着弟弟拆礼物。一直到现在，他们谁也没有想起来，弟弟生日的前一天，是她的生日。

我不知道阿曼母亲说出的那句"医生，我真的对她死心了"是否只是一时气话，可我只能祈祷，祈祷她能让阿曼从自己狭窄的世界中走出来，因为她可能是阿曼在这个世界唯一的支柱。

那是我们医生无论如何都取代不了的部分。

"脚上长个血泡,多大个事,一个硕士、两个博士处理了五天。……这事非得这么办吗?"

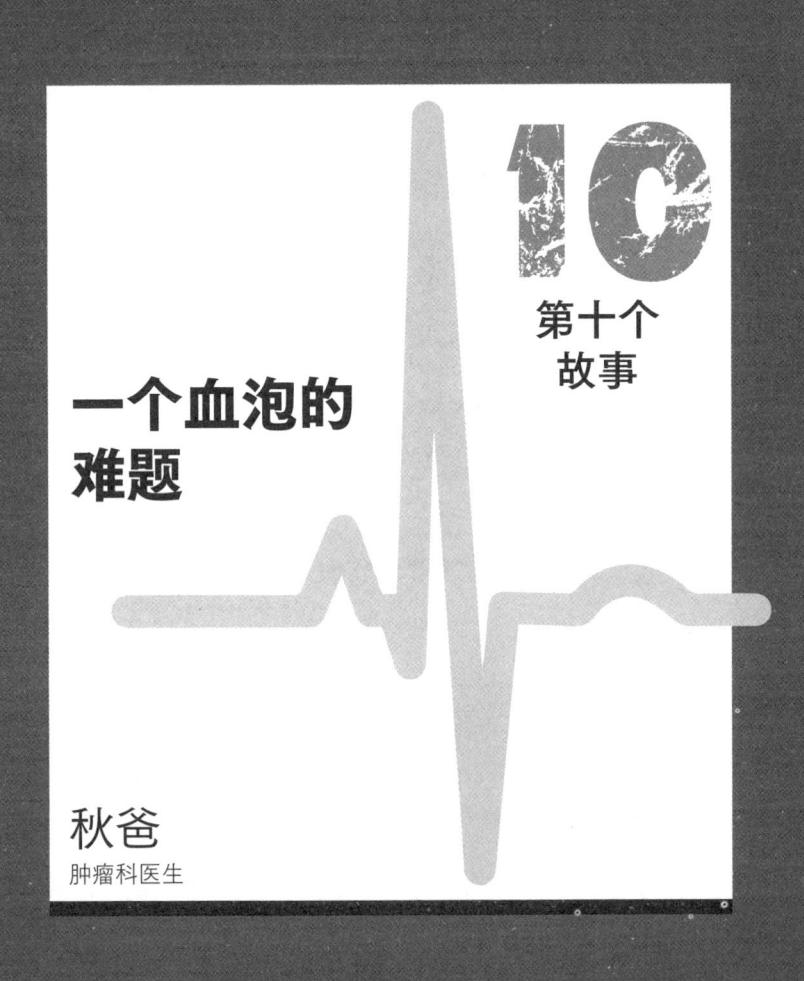

第十个故事

10

一个血泡的难题

秋爸
肿瘤科医生

"脚上长个血泡,多大个事,一个硕士、两个博士处理了五天。……这事非得这么办吗?"

01

刘阿姨住院那天是步行进入病房的，陪同的是她的女儿。未见其人，先闻其声："请问哪位大夫负责我妈啊？怎么连个人都没有啊？"

女儿走进医生办公室，张嘴就来。

当时办公室里最起码有五位医生，这简直就是"有喘气的吗？"的文明版。她如此讲话，办公室里更是没人理她。

正常的病房接诊程序是患者在护士站报到，护士陪同来到床旁，交代病房注意事项后再通知医生接诊患者。当然，急危重患者例外。

所以，站在医生的角度来讲，这位患者家属有点"不守规矩"，自然没人抬头。我受不了令人尴尬的沉默，往往遇到这种情况，都是我先回应。

"大姐，您别着急，护士站还没通知我们，写完这个病历我就过去。"

"你啊？你不是实习的吧？我们可得找有经验的大夫。"

她这句话说完，办公室彻底安静了。我十分确信这位大姐用白眼瞟了我一眼，然后转身回病房了。

她这一走，办公室里的叹气声此起彼伏。

"这人怎么回事？"

"谁欠她钱了？"

"这人可不好惹，谁管她妈可得小心点，别费力不讨好，再让人告了。现如今，医生可真是没法干。"

医生会对每个病人和家属有个认知，比如"难缠""和蔼""低调""聪明"。例如医生之间常发生的对话："刘医生，15床怎么样了？""15

117

床是谁啊？""就是家属特能说那个。"

我翻看着排班表，这位"难缠"的患者家属，刚好轮到我去面对。

到了病房，刘阿姨已经换好了病号服，满脸慈祥地看着我，她女儿在收拾东西。"您好，我是您的管床医生，我姓王，您住院期间有事可以跟我说。"这句话很职业，是我一贯的开场白。

"呵呵，您好，您好。"

刘阿姨今年76岁，给人的感觉很好，仿佛就是自己的奶奶，是那种拿着大蒲扇坐在树荫下看着儿孙玩耍的老人的模样。

本来他们一家人准备去海南过年，出发前刘阿姨突感不适，发烧，恶心。女儿们带老人来医院检查，发现一项反映肾功能的指标高达700多，超正常值的5倍还多，门诊的专家直接开住院单，留下住院。刘阿姨说来住院挺方便的，出去旅游的行李箱直接提到了医院。

02

她女儿边收拾边对我说，或者说应该是对我说，因为她头也没抬："真是你负责我妈啊？不好意思，小王大夫，刚才说话急了点。"

对待如此没有礼貌的患者家属，我自认为我是有权利不理睬的。

见我没说话，她笑了起来，并且丝毫没有遮掩自己的嘲讽，对着刘阿姨说："你看，这大医院医生脾气就是大，年轻医生都这样，主任得牛上天。"然后又对我说："小王大夫，对不起了。本来我们机票都买了，到了医院直接让住院，票也退不了，到了医院先交两万多块钱，你们可真挣钱，大病小病先住院。"

当了五六年医生，我面对这样的说辞已经可以做到喜怒不形于色了。

我回答："大姐，咱们先看病吧，我这儿给阿姨问病史查体，一心不能二用。机票应该可以退，我给你开个证明，盖上医院公章，以前有病人办成过。那两万多块钱是押金，不一定能花那么多钱。再说，如果我肌酐突然700多，我可不敢出去旅游，这叫急性肾衰。"

我与刘阿姨大女儿的关系就这样变得很微妙，她坚持叫我"小"王大夫，而且对我的诊疗措施百般不信任。我面对她也是一嘴的职业说辞，多一句也不说。每日的例行查房也让我忐忑，走到刘阿姨门口的时候我总是长出一口气，建设好心理防线了再缓慢步入。

任何原因不明的肌酐突然升高都要十分重视，一方面肾功能的急速衰竭可能危及生命，另一方面及时治疗，可以逆转肾的损伤，避免进入痛苦的透析阶段。

这些道理本不难懂，但是大姐十分不信任我。我说的每一句话，她总要千方百计地找主任再核实一遍。这种对抗让我们都很累，这不是交流，是较劲。

两天时间过去了，刘阿姨的肌酐已经飙升到1000多，她的眼神逐渐晦暗。早晨复查的肾功能结果显示急性肾衰竭，看到这个结果我的心也沉了一下。高龄女性，急性肾衰竭，凶多吉少。

我立刻向主任汇报，主任看了化验结果后对我指示："立刻跟家属谈肾穿刺活检，交代风险，尤其这个家属，一定要注意说话方式，规避医疗风险，不要勉强。"

"注意说话方式，规避医疗风险"这几个字也许应该做成条幅挂在医院大门口。所有的老医生都在说这些。

很多医院甚至成立了医疗风险防控办公室，各科室把"医疗风险"较大的患者上报，由医院专门派人解决这方面的问题，并且重金聘请法律顾问处理医疗纠纷。

03

我脚步迟缓地走进刘阿姨的病房，尽量不看她的女儿。

"阿姨，今天感觉怎么样？"

"王医生，今天感觉不太好，身上没劲，走两步就晕，脸也肿了，腿也肿了。"

"尿呢？"尿量是一个关键问题。

"一天没怎么尿。"

我翻看出入量①记录本，看到刘阿姨昨天二十四小时只尿了100毫升，我不由得皱起了眉头。"好的，阿姨，治病是个过程，别急，慢慢来，我给您调调药。"

我把大姐叫出来，一定要向她交代病情，即使我能想象这个过程非常艰难。

"大姐，阿姨今早的化验结果不是很好，肌酐又上涨了，已经超了1000，而且昨天尿得这么少，说明肾功能衰竭还在加剧。"

大姐的眉毛立刻竖了起来，我真的很担心她叉着腰骂街，所幸大姐还算克制，说道："你们这么大的医院，老百姓都信你们这儿，可你们怎么回事啊，我妈来的时候好好的，这才两天就给治成这样了。"

我没有精力再跟大姐较劲，治病救人是第一位。我赶紧说道："大姐，我们不是神仙，治病是个过程，一到医院病情就好转这不可能。现在就是要征求您的同意，我们认为阿姨现在有必要做肾脏穿刺来明确病因，对因治疗，这样病情才有可能逆转。"

"穿刺完是不是就好了？"

---

① 患者二十四小时内所摄入和排出的液体总量。

"穿刺只是一种诊断的方法。"

"等于前两天诊断都没弄明白是吗？这不是瞎治吗？一住院抽了我妈那么多管血，到现在也没弄明白什么病？我真怀疑你这个小大夫把我妈给耽误了。"

现在一切的解释都是徒劳的，现代医学在强大的辅助诊断技术的帮助下，很少有医生可以通过观察临床症状来诊断疾病，也就是人们常说的"一眼就看出来"，即便是对自己的判断有十足的把握，也要通过各种检查、化验来验证，也就是寻找诊断依据。

04

我长出一口气，败下阵来："大姐，看病不能靠猜，两种很相似的疾病治起来完全不同，诊断不明白就上治疗才是瞎治。现在跟您说的穿刺取活检就是为了明确诊断。"

大姐看我不再倔强，白了我一眼，接着问："那穿刺是什么？有没有副作用？"

下面要说的才是最艰难的。

穿刺是一种有创操作，用一根长长的活检针在超声的引导下插入肾脏，取出1厘米左右的组织做病理检查，在显微镜下判断疾病类型。这是目前大多数疾病诊断的最权威证据。

当然穿刺的并发症有很多，我们医院的签字单上列了11种。

我把肾穿刺活检签字单递给大姐，她边看，我边解释什么是穿刺。到了介绍风险这一项，一连串恐怖的词被我流利地说出，诸如"感染""出血""休克""血栓""猝死""致死性心律失常"。

我几乎把这项操作可能直接或者间接导致刘阿姨死亡的所有情形都囊括在内，错了，不是"几乎"，因为签字单上"并发症"一栏最后一条写着：难以预料的其他并发症。

我艰难地说完，大姐红着双眼瞪着我。我严肃地轻轻点头，意思是告诉她，我可以为我说的话负责。

我做好了准备迎接她的急风暴雨，大姐眼中立刻燃起两团怒火："你……你怎么能这么说呢？不穿刺不行，穿刺还这么大风险，还让我签字？我可真算小瞧你了，你可真敢说啊！"

"您先别急，我刚才说的每一条都发生过，这没吓唬您。现在的情况是，不穿刺无法明确诊断，穿刺有风险，希望您权衡利弊。您考虑考虑吧，待会儿来办公室找我签字。"

我刚下临床的时候，跟病人谈话，让病人签字这项工作是最令我头疼的。那时我脑海中总是浮现一幅画面——一个小卒喘着粗气跑至大帅帐前：报！敌军已攻破城门，城池危在旦夕。大帅一生气：混蛋，推出去斩了。

过了一会儿，大姐走进办公室，对我说："我们做！"说完拿起笔在签字单上签了自己的名字，字很漂亮，规规矩矩，有板有眼。

05

当天下午，刘阿姨就进了手术室。操作很顺利，结束后，我护送刘阿姨回病房，大姐看我的眼神柔和了许多，我也对她笑了笑。

等待病理结果的过程是漫长的，像是在等待一个判决。这等待煎熬着刘阿姨一家，也煎熬着我。

大姐来办公室找过我好几次，询问病理的结果出来没有，她脸上的戾气终于不见了，取而代之的是焦虑和期待。

第三天，病理结果回报：ANCA[①]相关性血管炎。这不是一种常见的疾病，大多数人一生都与这拗口的名字没有交集。这是一种累及全身各器官的疾病，症状表现复杂，是疑难杂症。

我把结果告诉大姐，她听完这个名字后愣了几秒，不知该高兴还是悲伤，只问了一句："严重吗？"

"这个病最难的地方是诊断，现在咱们诊断清楚了，应该说已经胜利一半了。"

大姐听完松了一口气，竟然一把握住我的手，不停地上下摇了起来。这一握让我也轻松不少，终于不用再小心翼翼地讲话，不用担心每一句话都变成"呈堂证供"。

诊断的明确让治疗顺利不少，几天下来，刘阿姨的身体一天天好了起来。大姐态度的转变让我有点始料未及，有一次夜班居然还吃到了她带的饺子："小王大夫，真辛苦啊，你怎么又上夜班啊？有对象了吗？"

我们之间的关系缓和了，但是与疾病的战斗不能停下。刘阿姨的治疗方案中最关键的一环就是大剂量激素的应用，而激素的副作用最突出的便是感染。不幸的是，刘阿姨还是烧了起来。激素不能停，只能期盼抗生素可以控制住感染。

一天，大姐兴高采烈地走进办公室，对我说："小王大夫，感染源找到了！走走走，看看去。"

到了病房，她掀开刘阿姨的被子，指着刘阿姨左脚脚后跟一个直径约3厘米的血泡对我说："你看，这儿有个血泡，红肿热痛，这就是炎症，这就是感染源。"

红肿热痛，这是每个医学生学到的第一个知识点，相当于学数学时的

[①] 抗中性粒细胞胞质抗体。

"1+1=2"，这四个字肯定是百度老师教的。"大姐，严格地讲，您说的没错，可是这点炎症不会导致阿姨这么严重的感染。我给您处理了就是。"

一个血泡，我妈处理的方法是将针用打火机烧红之后将其挑破，更讲究的时候是往针眼里塞一根头发，这是朴素的无菌引流术。我准备了一个换药包，一瓶酒精，一沓纱布，五分钟之内就可以处理完毕。

正准备器械的时候，主管病房的刘副主任看到了，得知我要给刘阿姨挑了这个血泡时，他发话了："小王，你以为这是很简单的一个血泡吗？病人在应用激素，血泡挑了之后护理不当发生感染了怎么办？谁负责任？再说你挑了血泡对她的病情有什么好处吗？她闺女这么难缠，你能确保出了问题之后她不找麻烦吗？"

06

主任一连几个问句让我无法回答，这不仅涉及专业知识，还对人性提出了质疑。我只好说："主任，我觉得这两天大姐还行，态度好些了，再说我都答应她了，刘阿姨还在病房等我。"

"态度好点了？你等着出了问题再看，翻脸不认人的事多了。多少医生都是一个疏忽就没法干了。你去请个普外科会诊，就算处理也让他们来。"

一个血泡的处理需要我、上级医师、会诊医师三个人来共同商讨，医院的"严谨"可见一斑。我们医院的会诊制度规定，会诊请求发出后两个工作日之内完成，并由主治医师级别以上的医师进行会诊。

那天是周五，不出意外的话，普外科的医生会在下周二上午前来会诊。大姐听完我对这个血泡引发的一系列医疗事件的介绍后，傻眼了。当然，我略去了主任对她的极度不信任。大姐提出，自己借一个小针头将血泡里的液体吸出,我回答:"您去护士站借借试试吧。"

过了一会儿,大姐到办公室告诉我,护士不给,说是这种行为违反了医疗常规,需要主管医生同意才行。

我当然不能同意,毕竟要听领导的话。

无奈之下,大姐自己去药店买了一个针管。她正准备动手时,被前来换液体的护士当场抓住,二话没说就没收了大姐的针管。

护士紧接着来办公室找我:"王医生,是你让5床自己处理伤口的吗?医院里能这么干吗?这是干扰正常医疗,出了问题还得我们护理组承担责任,你知道吗?"

"你别上纲上线,不就是一个血泡吗?"

护士妹妹扬言要上报护士长,我立刻认怂,承认了自己的错误。

等待会诊的这几天,我每天给这个血泡消两次毒,用清洁的纱布小心包好。周六日也没有间断。刘阿姨夸我有责任心,其实我是怕,一怕血泡破了,二怕与大姐再次交恶,摧毁我们之间脆弱的信任。

果然,到了周二,普外科会诊医生来到我们办公室,问道:"谁发的会诊啊?几床啊?血泡都处理不了啊?是医生吗?"

我急忙走上前去:"我我我,是我,不好意思老师,您看一眼,随便写两笔,领导交代的,该办得办啊。"

我陪着会诊医生来到刘阿姨的床前,刘阿姨的血泡在我的精心护理下竟然吸收了,只留下一些坏死的皮肤和淤血。会诊医生看我一眼,扭头走了。

我很尴尬,就好像是去修电脑,到了维修点后,维修师傅发现电脑一点问题没有。会诊单上写了一行字:我科无任何处理。

一周后,刘阿姨身体恢复了,出院前,大姐找我聊天。

"小王大夫,你别埋怨我,我们病人家属不容易,得了这么个什么血管炎,到现在我都记不住病名。医生还不让问,就让配合治疗,这让我们怎么放心得下。脚上长个血泡，多大个事，一个硕士、两个博士处理了五天，还麻烦着你天天过来消毒。"

大姐又长出一口气："你也不容易啊。这事非得这么办吗？"临走时，她还送了我一面锦旗，说是感谢我天天弯着腰消毒，还搭上了自己的周末，希望有了这个，医院能给我发点奖金。这一点，大姐倒是想多了。

举着锦旗合完影之后，刘阿姨问我："我还能接着去海南吗？"

我笑着对刘阿姨说："您想去就去吧。"这是我最勇敢的回答。

我换上了 N95 口罩，要求他立刻联系家属，这个病短期内治不好，而且肺上那么大的空洞，随时可能出现严重的大咯血，这些是要人命的。

第十一个故事

急诊里的边缘人

第七夜
急诊科医生

我换上了 N95 口罩，要求他立刻联系家属，这个病短期内治不好，而且肺上那么大的空洞，随时可能出现严重的大咯血，这些是要人命的。

01

每年8月是重庆最炎热的时节，持续燥热的天气使得各类交通事故、酒后滋事，甚至刑事案件都大量增加，每年这个时节的夜班，我们都会收治更多各类原因导致的外伤患者。

那天凌晨3点，救护车拉回一个男性伤者，入院前医务人员交代，患者是自己从桥上跳下去的，现场还有不少啤酒瓶和小吃。

是桥上卖烧烤的夫妻打的急救电话。那对夫妻告诉他们，伤者整晚都在那儿喝酒，这期间不停给人打电话，说如果对方不出现，他就跳下去。他们也报警了，警察来劝过他，并尝试帮他联系家属，可他当时醉得并不算厉害，他对警察说自己马上回家。可警察走了没多久，他又回到原地，失心疯一样继续打电话，一直说信不信他这次真的会跳。

电话里他"死婆娘""臭婊子"不住地乱骂，这对夫妻也劝过他，每次都被他喝退。在知道对方关机后，他更是怒不可遏，什么难听的脏话都骂出来。听电话那头没有回应了，想着他也会渐渐偃旗息鼓，这对夫妻便没再关注，继续做自己的生意，直至准备收摊了，男子忽然叫住他们，说他的死全是他老婆造成的，他做鬼也不会放过她，然后便纵身一跃。

男子应该不到30岁，离很远就能闻到他呼气时散发出的浓重的酒精味，虽然心电监护仪上显示生命体征平稳，但因为意识障碍外加满头满脸的血迹，还是得把他当成重伤员对待。

我知道那座护城河上的小桥，约莫四米高，眼下是枯水期，河堤上有不少石头。这样的高度算是高坠伤了，虽然初步的体格检查发现只有头部有一片撕脱伤，但这样大的冲击力很容易造成大脑、胸腹腔脏器、脊柱的严重损害，虽然他喝了很多酒，但不能排除这样的意识障碍本就是外伤导致。

我申请开辟急诊绿色通道，给患者做了头部、胸腹部、脊柱的CT检查，知道患者的情况时我是有些犹豫的，急诊科时不时便会有不少逃费的患者，尤其是这类酒后受伤的人群。

CT结果很快就出来了，他的头皮撕脱伤很重，颅骨都露在外面，伤口处还有不少泥土和草屑，但是颅内、胸腹腔脏器、脊柱都没什么问题。这期间我已经联系了警察，让他们到医院帮忙落实伤者身份并联系家属。

入院后一直处于昏迷状态的伤者却在做完检查后逐渐烦躁起来，不能配合做头部的清创缝合。在打麻药期间，他数度上手试图扯掉盖住他脑袋的无菌洞巾，并两次踹向按住他的护士。

好在这时警察已经来了，几条粗壮的手臂按住他的四肢，总算让他能配合清创术了。可整个过程里，他开始扯着嗓子嚎，哭诉妻子要抛弃他，他完全生无可恋。

清创室本就狭窄，平日不允许非医务人员进入，可因为他的不合作，这里挤满了人，更显逼仄。他的伤口处污染很重，头皮撕脱面积又大，处理起来有些棘手，不像其他头皮裂伤的患者那样，缝几针就能了事。在他的哀号声、空气中弥漫的血腥味和酒精气息的三重夹击下，我耐着性子清创缝合，直到最后加压包扎。

他在挣扎期间挣掉了腕部的留置针，一个声音甜美的护士婉言劝说他配合再次扎针。他倒是配合了，不像先前那样言辞激烈地说要找老婆全家算账，趁着酒后的孟浪，言辞中对护士开始轻佻了起来。

清创完毕后，我们清理干净他脸上的血痂和泥土，这才看清伤者的全貌，如果不是这样一副酒后撒泼打滚的无赖尊荣，这张脸倒还是有几分英俊的。

警察给他的面部拍了照片后很快便确认了他的信息，他是外地人，无业，离异。一听到这些消息，我心里咯噔一下。

又是一个让人头痛的边缘人，他现在人是没什么大事了，可估计也找不到人去给他缴费了。

手术完被送到病房输液的男子依旧不安生，像很多酒后躁动不安的患者一样，在病房不住地吆喝，惹得和他同病房的患者家属纷纷投诉。护士多次上前劝说都没用，他更是数度将加压包扎在头顶的敷料扯下，说这玩意压得他脑袋不舒服。

急诊科的夜班从来都没有清闲的时刻，三更已过，连续高强度的工作也让医务人员的精力几近耗竭，不但要应对深夜里仍不断就诊的患者，还要应付这些让人头痛不已的边缘人患者。

在处理完新患者的间隙，我不得不多次到病房查看这个坠桥的伤者。我反复告诉他，胡乱扯掉敷料可能造成伤口感染，而且他头皮撕掉了那么大一块，没有敷料加压，可能再次出血或者出现大的血肿。而且半夜里医生护士也都忙，他再这么瞎折腾我们也不会再管！

虽然放了狠话，可我知道他再扯掉我也只能重新给他包扎。他虽然没有缴费，但是出了并发症，肯定还是会来找医院。

他睨着我，眼神里有几分得逞后的快感。他大着舌头说反正自己就是不舒服，不舒服当然就要把敷料扯掉。而且自己就听老婆的，什么时候喊她来这里了，他就听安排。

在急诊科工作的这些年，各类酒后失态的患者自然是没少见，但我感觉他此刻的胡搅蛮缠并非酒后妄语，而是他本身就像个体形硕大的婴儿，宇宙的一切都要以他为中心，而且所有人都必须立刻执行他的旨意。

我忽然同情起那个女人来。

临近早晨交班时，一个身形纤弱的年轻女子到了预检分诊台打听患者情况。护士一听她要找的人，立马让她过来找我。听我说完前夫的情况后，她先是松了口气，可一说到前夫，她的眼眶、鼻子便都红了。

前夫很懒散，没有一份工作能做够三个月的，婚后直接彻底"摆烂"，再不出去工作了。她一个人养家、养孩子，还要不住地给这个总是惹事的巨婴老公擦屁股。费了好大的功夫才离婚，她逃跑一样地来这里打工，可前夫还是找来了。

昨晚前夫给她打电话，说无论如何要见她一面，否则他就跳桥。从她提离婚到离婚后这将近两年的时间里，他经常用这种手段威胁她就范，这样三天两头的"狼来了"的桥段，她自然也不会重视，昨晚她不胜其扰，孩子又发烧了，她索性直接关机了。早晨起来时才发现这一堆未接来电和微信，全是逼迫和威胁的话。

说到这里，这个面容清秀的女人已经哭到不能自已。

终于熬到了交班，通宵忙碌后的我也无暇再反复劝慰。下班经过收费室时，我看到她拿着缴费单在窗口缴费，在听清具体费用后她先是一愣，神情颇有为难，犹豫片刻后还是结了账。全身多部位的CT，加上手术费、监护仪那些，要好几千，还都是自费。

看到这一幕，我的心里多少有些五味杂陈的感觉，摊上了这样的边缘人，即便成了前夫，还是摆不脱纠缠。

02

这件事情过去几个月后，有一天夜里，又是我值班，凌晨1点左右，救护车接回一个特殊的男患者。

患者五十出头，头发黏腻，双眼无神，派克服在灯下黑得发光，细看之下应该是深棕色。他的腹股沟处溃烂了有些时日，一个多小时前，发现溃疡处出血不止，这才拨打了120。

他的下身都是暗红色的血液，出血处是股静脉的位置。他被拉到检查室后，看到他出血的部位，我便知道原因了。

他是个"瘾君子"，而且到了静脉注射的地步，股静脉是最方便这些"瘾君子"自行注射的部位之一。腹股沟处的卫生状况本就不理想，瘾一上来他们注射时更顾不上讲究，因此注射部位很容易出现感染并形成瘘管，血管自然也被殃及了。

当时我所在的医院还没有成立专门的血管外科，这类疾病也一并归在普外科了。

可收治患者时又出现了难处，前来会诊的医生面露难色，坦言这样的患者就是个烫手山芋，他们以前接收过这类"瘾君子"，有一个瘾上来了不管不顾地一边挂氧一边点烟，当时就着火了，还好扑得快没有造成其他严重后果，但患者本人面部、胸部二度烫伤，家属纠缠了好久。

还有一个因为胆囊炎来住院，在院期间出现了严重的戒断反应，吓得同病房一老人差点心梗。况且这个患者连个陪护家属都没有，收到哪个科都是重大隐患啊。

在用了止血药并局部加压包扎后，他股静脉处的出血临时止住了。但前来会诊的医生阐明，这不过是扬汤止沸，根本问题并没有得到有效解决，从目前的检查情况来看，他动静脉的情况都很糟糕，有条件最好就到上级医院换血管，这样才能釜底抽薪。

就这样，他滞留在急诊科的留观病房里。

我让他给家人打电话，他说已经离婚了，自己独居，和女儿倒是还有联系，但现在是半夜，天又冷，白天再说吧。血已经止了，眼下确实不着急处理，还算他有点儿女心肠。

早晨交班前，我再次让他给家属打电话，他的妻女很快便来了，女儿还拎着一碗还在冒热气的馄饨。一看到父亲，她便湿了眼眶。在说明情况后，母女俩商议了一阵，同意转院。只是临行前他女儿怯怯地问道："那个手术花费高吗？"

我坦言自己也不知道具体的费用，但是这类涉及换血管的手术，贵就贵在耗材上，这些人工血管基本报销不了什么钱。

又过了十多天，傍晚时分这个男子再度被送进医院，这次倒不是因为出血，而是出现了意识障碍伴随四肢抽搐，因为近期在前妻家中休养，第一时间就被送到了这儿来。到医院时他的双手还有轻微的震颤，涎水直流，还在不住地打哈欠，流眼泪。

考虑是戒断反应，我便也没做其他处理。我问他女儿手术了吗，对方低头不语，只是小声啜泣，说手术费太高了，超过了她们的预期。

她看着病床上已经没了人样的父亲，哭着说父亲过去很能干，做生意赚了不少钱。可后来生意不住滑坡，人也渐渐消沉，又结交了一些损友，一染上这玩意就彻底掉进无底洞了，这些年家里已经什么都没了，母亲和她租房住……

她越哭越厉害，说自己也恨这样不成器的父亲，一染上这个，人就不再是人了。可是在这之前父亲待她和母亲好极了，在感情上她又没办法放弃父亲。

一天早晨交班时，我听当班医生提起了他，昨晚又被送到医院来，这次出血很厉害，保守治疗效果不好，收到普外科手术止血了。

03

冬天的急诊科更加忙碌，各种呼吸道和心脑血管疾病的患者激增，每天都有各类需要抢救的患者。临近年关的晚上，一个骨瘦如柴的中年男子被送到急诊科。

我从来没见过这样消瘦的患者，周身的骨头都紧绷在一张薄皮之下。眼眶可怕地凹陷了进去，颧骨高高地凸起，两颊极度内凹，让他的脸看上去像极了初春的螳螂。

这样极度的营养不良多见于恶性肿瘤或一些消耗性疾病，在做了初步的体格检查后，又看到他口腔内布满的豆渣样分泌物时，我估摸这人多半是个HIV感染者。

这个病入膏肓的男患者同样是个边缘人，据院前医务人员交代，是路人发现他奄奄一息地蜷缩在一个楼梯口，这才打了120。

他精神极差，但意识倒也清醒，只是对家人住址之类的问题绝口不答，就连他本人的姓名、年龄也说了好几次谎。

检查结果很快出来，他的确感染了HIV，而且已进入艾滋病期，合并多重感染。彼时感染科住院病房重建，无法收治患者，这个三无患者自然是只能在急诊科留观治疗。

在警察的帮助下，我们总算是知道了这个男子的基本信息，贵州人，42岁，未婚未育，无业。父母都已亡故，只有个还在贵州的亲姐姐。

我打电话给他姐姐，告诉她患者病得很重，让她尽快到这里来一趟。可对方好像一点都没意外，开门见山地说是不是那个病发作了，早几年她就知道他得了这个病。

对方这么一呛我倒一时无语。大众对这类疾病多少有些忌讳，甚至把这类病妖魔化，可她对弟弟的这个病倒是不以为意。

她隔着电话向我吐槽：从10多岁起，这个弟弟打零工挣的钱基本全丢在洗头房、按摩院了，后来还公然把一女的领回家，那女的一看就是干那行的，一家人气得肺都要炸了，可也拿他没办法。

后来他在工地干活受了外伤住院，这期间就发现了这个病，可人家也没太当回事。他回家还和父母吵架，说自己得了这个病，未来也没指望了，就成天赖在家里，"啃"了全家两年多。

父母本来身体就不好，再被儿子这么一激，先后撒手人寰。这个弟弟让她伤透了心，父母走后她自然是不会再管他，拉黑了他一切联系方式。

末了她也坦言，她不会管这个弟弟，各人有各人的命，他搞成这样也算咎由自取。说完她便挂了电话。我再打过去已经是无法接通。

这些年公立医院充分发挥其公益性的一面，自然不会拒收这样危重的三无人员，会由院方承担救治费用，但也只是保证基本治疗。

没人送饭，也没钱点外卖，他的三餐都是由医院食堂提供的。可每次去查房时，我都看到打包盒里的食物基本没有动过，经常是原封不动地出现在垃圾桶里。

他也从不与人交流，那双眼里没有一点光，那种颓唐和灰败简直不像活人的眼睛。他也知道自己时日将近，平静地等待这一天的到来。

或者几年前，刚知道得了这个病的时候，他便已经等着这一天了。只要那会儿肯吃医院免费发放的抗病毒药物，他绝不会落得这般下场。

他的情况还在每况愈下，反复地发热和打寒战，一天里清醒的时间越来越短，整个人比刚到医院时还要消瘦，估计撑不过春节了。

他已经完全不能自理了，并出现了大小便失禁，护士过一会儿就得给他换床单被褥，每轮当班的护士都叫苦不迭。

我换了一个号码打电话给他姐姐，这次她倒是接了，可一听明用意后她也言简意赅——真到了那会儿通知殡仪馆就好。她也不会去认领遗体，气死她爸妈的人就做个孤魂野鬼吧。她再度决绝地挂断了电话，不留任何回旋的余地。

所有的节假日对急诊科来说都像是渡劫，除了冬日里不可避免的内科疾病外，越是靠近春节，因为债务矛盾或者家庭纠纷等被打伤甚至砍伤的患者越多，各类交通事故更是频发，每每这时，科室所有在岗人员都在超负荷运转。

就在大家忙得昏天暗地时，病房护士忽然大喊，病人不行了，赶紧抢救。我知道他就是这两天的事了，可没想到还是要在我的班上落气。

虽然知道死亡不可避免，但在医院里该有的抢救流程还是得有。进行常规心肺复苏时，还没有按压几下，我便听到肋骨断裂的声音。他瘦得更加可怕了，完全就是一具骷髅，胸前的皮肤像一张薄薄的宣纸一般紧绷在每一根肋骨上。

半小时的心肺复苏后，他仍然没有自主呼吸和心率，护士给他拉了心电图，一条无比平整的直线，可以宣布死亡了。殡仪馆的人也很快来了，我在电话里已经告诉他们患者有传染病，前来的工作人员倒也穿得格外正式，N95口罩、隔离衣、乳胶手套全部配齐了。因为有传染性，我们配合殡仪馆的工作人员将人搬到了白色的袋子里。

这边人刚被拉走，保洁阿姨便开始收拾病床和床头柜了。长期在医院工作，阿姨对这些已是见怪不怪。但凡他用过的东西，都被阿姨收到了黄色垃圾袋里，统一按照医疗废物处理。不一会儿，狼藉的现场便被打扫完毕，一个实习的年轻护士开始给床消毒，一切都有条不紊地进行着，他存在过的所有痕迹也被一并清除。

04

春节期间急诊科的工作负荷太大，光是门诊、急诊就已经疲于应对，所以一般不会在这会儿收治住院患者分散精力，可大年初三这一天，我们再度破例了。

这天上午，一个28岁的年轻男子被救护车送到科室，和春节前夕死亡的那个患者一样，这个年轻人瘦得可怕，四肢肌肉也都萎缩了，看样子卧床挺久了。工作这些年见了不少因为失能被迫卧床的老年患者，四肢都是这样一副枯瘦如柴的样子，感觉稍微一个不注意，就能将他们的肢体掰折了。这么年轻的人就搞成这样，我很容易在第一时间就往传染病的方向考虑。

他刚到急诊室时整个人都发绀了，缺氧很严重，气喘得厉害，像刚跑完马拉松，没办法和人正常交流。我们给他查了血气分析，发现他有严重的呼吸衰竭。

在面罩高流量吸氧后，他的症状稍微有些改善，勉强可以和人交流了。他说自己咳嗽咳痰挺长时间了，断断续续在药店买了些药，可效果不好，这些天感觉越来越累，下床活动都费劲，直到今天感觉自己再拖不下去了，这才打了120。

患者虽然也瘦脱了相，但从气质谈吐来看，像受过不错的教育，又是年纪轻轻的，不知为何把自己搞成这样。他来急诊有些时间了，却没人帮忙挂号，更没家属。我让他赶紧联系家属来，可他一直推托说自己就是感冒拖严重了。

因为有严重的呼吸道症状又伴随这样的重度营养不良，我们怕他是肺结核，也不便一直把他放在抢救室里。我给他申请急诊绿色通道做了胸部CT检查，果然是肺结核，双肺全是病灶，布满了空洞，怪不得他会有这么重的呼吸衰竭。

感染科病房的装修工作还没完成，这意味着这样的传染病患者又只能在急诊科治疗，他被安排进了前些天那个死亡患者住过的隔离病房里。

再进去时，我换上了N95口罩，要求他立刻联系家属，这个病短期内治不好，而且肺上那么大的空洞，随时可能出现严重的大咯血，这些是要人命的。他现在床都下不了，不通知家属，谁来照顾他吃喝拉撒。

一想到前些天科室人员那样辛苦照顾那个被家属彻底放弃的边缘人的场景，这次我绝不会让类似的情况再出现。

当天下午，他的父亲就赶到了医院。他的父亲应该有60多岁了，衣着举止倒是还算体面，一看到变成那样的儿子便老泪纵横。

了解了儿子的病情后，他立马表态要求积极救治，并到窗口交了押金。

直到这时他的父亲才知道，他一年多以前就没去工作了，医保早就断了，这次住院只能自费。

患者的痰涂片找抗酸杆菌的结果也很快出来，好几个+号，这类患者的传染性很强，我们也告诉他父亲照顾的时候要多留心，痰液一定要及时销毁，毕竟结核菌都在里面，并嘱咐他一定要给儿子加强营养，结核本身就是消耗性很强的传染病。

患者刚到科室的当天便出现喘累症状加重，面罩高流量吸氧下血氧饱和度还是较低，便改用了无创呼吸机。可患者的配合度极差，总说戴着呼吸机面罩不舒服，夜间三番五次地扯下面罩。每次取下后，氧饱和度都急剧下降，他父亲像在哄幼儿打针那样小心地安抚，可他反倒更是变本加厉，说死就死，反正他不愿意戴这玩意。

夜里忙得脚不沾地的护士训斥了他几回后，他倒是稍有改善，可每次他又会在症状稍好一些后执拗地摘下面罩。直到他忽然开始咯血，量不多，估摸也就几毫升，可这回他吓得不轻，乖乖地配合医生护士了。他让我想起几个月前那个酒后跳桥的男子，无论多少岁了，他们都还是巨婴。

在他父亲的口中，我了解了一些他的基本情况。他还有个姐姐，但姐弟俩从小关系就很差，前些年他们的母亲死后，这姐弟俩更是再没什么往来。父亲退休后在另一座城里帮姐姐带小孩料理家务，他们没有生活在一起。

他六年前大学毕业便来到这里工作，他是学艺术设计的，可这些年他究竟在做什么工作，父亲却一点都不知道，只是三天两头地问父亲要钱，这些年父亲的退休工资基本全贴给儿子了。

如此一来，姐姐也对父亲发了火，怪他把弟弟宠坏了，导致弟弟年纪一把了还在"啃老"，怕父亲忍不住接济这个不成器的弟弟，她索性将父亲的工资卡也拿了去。

可饶是如此，父亲还是小心地接济在外地的儿子，只是拿不出那么多钱了，儿子和他大吵几次后便也不愿再和他打电话。父亲再一次接到儿子电话就是知道他生病入院了。

他这一年多没去工作，一直在网吧待着，平日就靠外卖过活。

怪不得会得这样的病。网吧本就是个空间密闭的地方，空气不流通，他长期吃外卖，还熬通宵，免疫力也差，自然便成了结核易感人群。

他因为白蛋白过低，需要输人血白蛋白，他父亲便一次性购买了十瓶。为了改善他的营养状况，他父亲在营养科开具了数千元的营养粉。可他总是抱怨营养粉难喝，父亲每次冲好劝他喝下，他总是懒得搭理，直到变凉结块了就让父亲倒掉重新冲泡。

他的呼吸渐渐平稳，人也愈发精神，可每次半夜里他总说胃不舒服，一开始我还以为是结核药的原因，可知道他每天都背着我们点火锅粉、炸鸡这样的外卖当宵夜时，我便在心里骂了句活该。

彼时的他已经脱离了呼吸机，可还是不愿下床如厕，这下算是彻底地退化到幼儿状态了，吃饭喝水洗脸擦身大小便这些事情，全部由他的六旬老父包干。

彼时的他在病床上打着游戏，他的老父在一旁帮他按摩双下肢，太久没下床了，父亲得帮儿子被动运动一下，让肌肉萎缩的情况好转一些。这期间儿子忽然开始咳嗽，父亲又立刻用卫生纸帮儿子接痰。

患者症状好转后，我便建议他出院，他父亲问能不能多治疗一段时间。我告诉对方，这个病治疗的时间很长，至少半年起，没必要一直在医院待着，可以先去结核门诊开药回家休养，定期复查就行。

还有一点我没有告诉这个老父亲，科室里的医务人员也不愿再多见他的巨婴儿子。

05

过完正月十五，科室里才算逐渐消停下来，虽然还是一如既往的快节奏，但好歹工作强度和压力都比新年这阵小了不少。

这天夜里还是我值班，这一晚上接诊的多是各类腹痛患者，春节期间吃得太好，胆囊炎、胰腺炎、胃肠炎也都挨个上门了。接诊到那个穿粉色羽绒服的女孩时，我觉着她有些眼熟，她也认出我，在第一时间打了招呼，她是前阵子我接诊的那个"瘾君子"的女儿。

她下楼时摔伤了手腕，腕部肿得厉害，来医院拍个片子。我给她开了检查单，她没多久就拿着片子回来了。

她人没什么事，回去冷敷就行。这晚人不多，和她已经接触过好几次，也算半个熟人了，我问起她父亲的近况。"他初二那天走了。"她的声音很轻，虽然我和她坐得很近，但也只是勉强听清。她的脸半垂着，我看不太清她的表情。

可不知为什么，听到这个消息时，我忽然有些如释重负的感觉。

老李话没说完,就看到门口有护士推着药车进来,他把手工丢开站起来朝活动室大声喊了起来:"吃药了,大家打水排队吃药啊!"

第十二个故事

12

精神病院里的小商贩

老段
心理治疗师

老李话没说完,就看到门口有护士推着药车进来,他把手工丢开站起来朝活动室大声喊了起来:"吃药了,大家打水排队吃药啊!"

01

2017年的时候,我正在老年病区轮转,注意到老李,是因为一次意外。

那时候,科室收治了一位反社会型人格障碍的病人,因为不满被警察强制性送入医院,入院后反反复复地说以后要"报复社会,让所有看不起他的人都去死",他还认为医院是警察的帮凶,出院以后,一定会回来报复。

这类具有反社会型人格障碍的病人从入院起就会被格外关注,与受幻觉妄想支配而自言自语或有怪异行为的其他病人不同,一般精神障碍病人服用抗精神病药物到一定疗程后,可以在一定程度上控制幻听、幻视等症状,辅以相应的物理康复治疗和心理治疗,症状就能明显改善,大部分病人在坚持服药且无其他外在刺激的情况下,是可以正常生活和工作的。然而具有反社会型人格障碍的病人,他们的行为并不是幻觉妄想等症状所致,他们是以对他人基本权益广泛忽视或故意侵害为典型特征,他们对社会和他人的痛苦或求助无动于衷,甚至会享受与他人争斗或互相侮辱的过程,常具有暴力倾向和冲动行为,不服从社会道德且缺乏罪恶感。因为他们不受幻觉妄想症状支配,可能因为一些小事冲动易怒,产生报复心理,又因为一般无智能缺陷,具有自己的闭环逻辑,所以往往破坏力惊人且更加不可控。调查样本常见于监狱、物质成瘾机构等区域。

因为他入院时的种种行为,主任一再交代和他接触时要注意自己的言行举止,不要在他面前透露过多的个人信息。工作人员对他的警戒意识拉满,一般病人的常规活动和治疗,放在他身上都要再三斟酌。比如一般新入院的病人经过三五天的观察期以后会被转到宽松的可活动病区,而他在重症区域被观察了近两周,直到他不再整天念叨着要报复,重症区也实在没有床位了,才被转到普通病房。

就这样过了近一个月,他好像是忘了入院时的事情,每天见面都笑呵呵地和当班医生护士打招呼,言行举止进退有度,还能积极帮助其他病人。就在大家逐渐放松警惕时,恰逢病区内空调维修,维修师傅修理完空调,不小心落下了一块铁片,让他给捡到并藏了起来。在下午的时候他趁工作人员不备,企图攻击他的主管医生,被护士阻拦后反手划伤护士的脸,又一拳打在主管医生的后脑勺上。

那个主管医生被检查出轻微脑震荡,报了工伤,女护士的脸被从下眼睑划到下颌,缝了好几针美容针。当时的诊治医生说,若是再歪一点,女护士的眼睛就怕是保不住了。我们问那个病人,为什么要伤人,他说他没想伤那个护士,就想打那个医生,因为那个医生说,他这个样子是不能出院的,他就记住了。

伤人事件发生后,科室进行了多次整改,其中的安全检查最为要紧。

老李在科室住了十几年,大家都知道他有个带锁的小箱子,因为他常年病情稳定,无论是和病人的关系,还是和工作人员的关系,都处得不错,所以大家也都是睁只眼闭只眼。直到发生了这次事情,为了安全,工作人员认真翻遍了科室的每个角落,最后从老李的床位和小箱子里翻出整整六千元现金,所有人都惊呆了。

对常人来说,六千元可能只是一两个月的工资,但老李是常年住全封闭病房的病人,而且为了避免经济纠纷,所有病人的私人开支都是要求记账的,老李也因此被钉在典型安全案例簿上,他的事被后来新来的工作人员口口相传。

02

老李是个40来岁的中年男人，按年龄来说并不能住老年病区，但他住院时间比老年病区开科的时间都长，属于历史遗留问题。他个子不高，还有个如怀孕五个月大的啤酒肚，小眼睛蒜头鼻，笑起来眼睛眯成一条缝，给人很憨厚的感觉。

综合医院住院病区，住院一般以天为单位，病人间前后打个照面就再无交集，而精神专科医院，住院病人多数都是长年累月地住在这里，一般会形成自己的小团体。团体间自发产生一到两个"小头目"，来协助医生护士管理其他病人。老李一直就是老年病区的"小头目"，大家都喜欢喊他"大总管"。

那次事故对老李的直接影响就是，他的小箱子被我们没收了。

主管医生随后联系老李的表姐，把钱存到了他的存折里。

老李不敢朝工作人员发脾气，再加上那个伤人的病人划伤的是跟老李关系很好的护士，他在经过重症区的时候总要偷偷朝那个伤人的病人吐口水，又不敢太过分，吐人脸上，只恨恨地吐在那人床边。我们怕那人记恨他，劝说不改后非常严厉地批评了他。老李觉得我们不识好歹，还闹了几天脾气，直到院内的最终处置下来，主管医生跟他说明了缘由，他才有些后怕，失眠了好些天。

等那起伤人事件翻篇后，科室腾出手开始查老李那笔"巨款"是怎么来的。医院是有明文规定的，工作人员不能和病人产生直接的经济往来，问老李，他一副"死猪不怕开水烫"的样子，但病区另一个"小头目"老张偷偷告诉我们，老李经常在病人间倒卖水果零食，还经常央求食堂阿姨给他带一些外面的日用品来倒卖。

"像是护发素，食堂阿姨加一点价，老李再加一点，其他病人拿到手差不多是原价的两倍了,你说他黑心不黑心!"老张说起这些事时一脸的愤愤不平。

"别的病人,哪儿来的现金?"我们问。

"啊……那……这个我怎么会知道,老李的事也是听说,听说。"

医生和护士是不太知道这里面的弯弯绕绕的,老李和老张的事还是护工老刘告诉我的。虽然病区是一个相对封闭的环境,但有人的地方就会有地盘划分。我们医院不属于完全禁烟的医院,老李一般倒卖零食、水果和日用品,现金交易多一些;老张则倒卖香烟,记账的情况多一些。

原本两人是井水不犯河水,但前段时间,有病人因为香烟起争执,护士长就改了规定:在固定的抽烟时间,有烟的,每个人只能抽两根,不许病人间互相请客。这样一来,老张手上的香烟原本等同于货币流通,现在限制抽烟,老张以烟换物的生意模式就行不通了;要想将香烟出手,能想的办法就是证明香烟可以换成现金,老李不愿蹚这趟浑水,老张的路就封死了,货砸在自己手上。两人的梁子也就结下了。

这次眼看老李被"一窝端"了,老张就顺势"落井下石"。

"那他们的现金哪儿来的?"我刨根问底。

"家属给的,藏在身上隐蔽的地方带进来,纸币叠得小小的,总能带进来。又或者唆使家属给某些保洁阿姨或者食堂阿姨,然后再找机会拿过来。

"办法多的是,总有你防不到的时候。

"你以为老李天天帮着食堂阿姨分饭打菜真的是他勤快啊?这小子是无利不起早,鬼精鬼精的。食堂阿姨又有人帮着干活又能赚点小钱,何乐而不为?这是一条完整的灰色产业链,你下次再请我吃个烤鸡,我还可以给你讲讲老张的灰色产业链。"护工老刘剔着牙,一副无所不知的样子。

"不是说老李赚差价吗?为什么不叫医生护士或者家属买呢?"

"有家属管的当然好,至于医生护士,你们不是明文规定不许有经济往来吗?"护工都是外包公司的,待遇比一般的医生护士差不少,老刘像是不满又像是自嘲地说,"总得给别人一条活路不是?"

我又跑去问了护士长。她说:"常用的生活用品,我们当然可以统一申请采购,牙刷、牙膏、洗发水、沐浴露、卫生巾、拖鞋等都是有的,但是有人喜欢用拉芳的,有人喜欢用力士的,有人喜欢人字拖,有人喜欢一字拖,每个病区上百人,哪里会分得这么细。至于零食,大部分人是家属给的,像中秋节、端午节这种,会有好心人捐赠,病人都能分一点,但大部分时候也是没有的。"

"那老李的零食怎么来的?"我还是想不通。

"工作人员给的,帮别的病人翻身、帮护士提水,或者像你这样问问他科室别的病人的事,你给点零食,他会愿意帮忙,但现金是肯定不可以给的。"

03

从老李那里翻出六千元现金大概一个月后,我正在病区里面闲逛。

听到有护工扯着嗓子在门口喊:"大总管,你表姐来看你了!"

"哎,来了来了,来了呢!"老李不知道从哪个病房出来,随意地把湿手在裤子上抹两下,快走几步,然后抱着他的啤酒肚,健步如飞地冲门口跑去。

没过一会儿,老李就哼着小调进来了,两手空空的。

有病人打趣他:"你表姐来也不给你带点东西吃啊?"

老李一开始也不理,走了两步想起了什么,又笑得有些憨,对那个病人说:"我有东西吃呢,你要不要吃?我还有个大苹果!"

说完还左右看看,看到我正看着他,他也不闲话了,拐个弯就进了活动室。

等老刘从老李那边走过来,神神秘秘地朝我比了个"二":"一个巴掌大的苹果卖两块钱,老李这生意,越做越精了啊!"

"他表姐给他带了苹果?"

老刘嗤笑说:"怎么可能,他表姐来从来不带东西,不从'李总管'那里拿点就不错了!"

"刘哥,我表姐是来给我看存折的,你不要瞎说!"老李不知道什么时候绕过来急急忙忙地接话,老刘有些尴尬地咳嗽一声,借故走开了。

"护士长之前把我的六千块钱拿给我表姐帮我存起来,她今天来是给我看存折的,表姐对我很好的,你不要听刘哥乱说。"老李一边做手工一边跟我闲聊。

"那你表姐对你挺好的啊,还帮你存钱。"

"对啊,他们都说表姐来不给我带东西,其实不是的,我在这儿挺好的,帮大家干干活,什么吃的都有,自食其力,钱都让表姐帮我存起来,以后出院了……"

老李话没说完,就看到门口有护士推着药车进来,他把手工丢开站起来朝活动室大声喊了起来:"吃药了,大家打水排队吃药啊!"

然后他很熟练地跑去活动室拿遥控器,把正在播的连续剧暂停,又去扶那些行动不便的老人家坐下来,帮他们打好温水放在旁边,等着护士过来派药。

当日正好是当初那个脸被划伤的护士复工第一天,她戴着口罩,我只能看到她眼周一点红痂。护士看着其他病人把药都吃下去后,和别的护士一起推着药车来到那些老人家的专用位置给他们发药,老李在一边有些关切地问那个护士:"微姐,你伤要不要紧啊,好点没有?"

"好多了,谢谢你惦记我啊,等会儿忙完了去门口叫一下我,今天第一天上班,我带了蛋糕,在护士站,一会儿给你拿一块。"

"谢谢微姐!"

"我听说你还朝别人吐口水了?以后可不能这样啊,万一他再伤你怎么办?"

"嘿嘿,我也没怎么样。今天表姐来看我了,还给我看了存折,我账户里好多钱呢!"老李一边帮护士推药车,一边絮絮叨叨地说些有的没的。

04

从病区转一圈出来,护士站热热闹闹地在分蛋糕,大家都在庆祝护士微姐康复回来,等到医生护士和治疗师都拿了蛋糕后,微姐又切了块大的拿给老李,还看着老李吃完才回来。

出来时看我注意着她,她又笑着解释了一句:"我要不看着他吃完,他转手不知道又要卖给谁!万一给那些吞咽困难的老人家吃,又不知道惹出什么乱子来。"

微姐在医院工作了二十几年,是很有资历也很得人心的老护士,老李的主管医生刚好去外地进修,很多事,就连医生也不太清楚,她却熟烂于心。

听护工说,老李和微姐关系特别好,我忍不住问道:"微姐,您知道老李是因为什么出不了院吗?是他表姐怕接出去没人照顾吗?"

"老李啊,他有时候还会自言自语呢,应该是不符合出院标准吧!"

微姐看我不说话,又叹了口气说:"跟你说也是应该的,你别看他现在脾气温和,当年是因为在病态情况下,失手杀了他的亲哥哥才入院的,可能是因为那时候我多给他喂了几次饭,所以一直以来对我倒是好。"

"那时候除了我,他谁也不理,眼神凶得很。这些年可能是药物影响,也可能是生病的缘故,他渐渐忘了这件事。医生认为频繁提起这些事容易刺激到他，只要他能平静下来，我们也尽量少提，所以慢慢知道的人就少了。原始档案里应该有记载，他这种情况出院，应该就要去服刑吧，还不如一直待在这里。"

"这件事，他表姐知道吗？"我问道。

"当然知道，没有别的亲人愿意跟他来往了，他表姐一开始还会带点东西来，后来每回来就是来拿钱，说是帮他存起来，有时候是几十，有时候是几百。没想到，他自己还藏了私房钱，平日里给他点什么东西，他都喜欢偷偷藏起来卖掉，省吃俭用的，就想攒钱，谁都知道他出不了院的，也就他自己一心想出去。我们都劝他，把给他表姐的钱花在自己的身上，可他总是生怕自己出院以后没有存款，没有手艺，又有这样的病，找不到工作，以后会活不下去。"

微姐想了想又补充道："其实这样也好，人有点盼头，才没那么容易垮掉。"

05

出于安全考虑，自那之后科室没收了老李的小箱子，大大小小又安排了好多次安全检查，微姐回来上班后又组织了很多次暴力防范演练。演练需要病人扮演配合，以往这种时候老李都是最积极的，因为扮演病人的人会收到很多来自医生护士投喂的蛋糕水果，然而由于自己的"经济"问题，他被主管医生罚一个月内不许吃零食，也不许别的组的医生护士投喂他，所以我们喊了老张和别的几个病人配合我们完成演练。因为担心他们倒卖食物，所以大家都会控制一下，不给太多。病人之间交易都是以物换物，老张此前记账，谁拿了什么东西换了什么东西，每个人在他那儿记账，现在零食全都被没收了，这倒是阴差阳错地也清了老张的账，乐得老张走路都摇头晃脑打着飘。

而老李的情绪明显低落了很多，我们以为他是因为被惩罚不许吃零食，和他关系好的几个医生护士还私下给他带了些小零食，都要求他现场吃完不许带去病房。而微姐跟我们说，老李是因为带锁的小箱子被没收了，就算是没有我们给他零食，他也会帮食堂阿姨和护工们干活换取一些私人物品，包括但不限于零食水果、茶叶等东西，现在没有带锁的小箱子，他总是担心别的病人不经过他允许去翻他的东西。

在那次冲动伤人事件发生之前，只有那些会经常拿错别人私人物品或者根本没办法独立完成自己个人卫生的病人的物品会由工作人员统一保管。而其他社会功能恢复较好的病人都比较嫌弃这种"大锅饭"，他们都有自己的私人带锁小箱子，只是别的病人最多放一些"特供"的洗发水、沐浴露，只有老李特别夸张地藏了六千块钱，触到了科室的警戒线。这次不仅老李的小箱子被没收了，其他人的小箱子或多或少也受到了波及。

为了安全和满足病人个人需要，科室引进了几个文件柜，每个文件柜都有四十八个独立带锁小格子，每个小格子贴上病人的名字用于存放他的私人物品，一个钥匙可以打开所有带锁的小格子，但是只有护士才有钥匙。柜子放在二十四小时有多角度监控的区域，工作人员不得在没有病人要求的情况下打开他们的私人柜，病人可以选择性存储和取用自己的私人物品，只要不是剪刀、绳子、打火机等危险品，工作人员不予干预。

当然还是有些病人觉得不如自己保管随用随取方便，但是那已经是科室平衡安全和个人需求后，所能想到的比较具有操作性的办法了。

老李也嘟囔着这样自己的私房钱大家都会知道了，尽管科室三令五申不可以和病人有经济往来，但是老李总是能凭借自己的勤劳和"手腕"，从护工和食堂阿姨等外包工作人员那里拿到辛苦费，然后悄悄在微姐值班的时候存在写有自己名字的小格子里面。每次微姐都会故意挑个没人的时候，让老李背过身数好自己的钱,然后包在干净的衣服里面,再放进小格子里面。

微姐曾数次劝他存到存折里面去,或者自己吃点好的花掉,但是老李总是嘴上应承,从不付诸实践。其实钱放在小格子里很敏感,大家都知道老李私下找微姐存钱这个事,但是都很有默契地选择不揭穿。

06

从老年病区轮转出来后,我就很少再见到老李。

2021年由于疫情,医院全面封锁,禁止一切探视,甚至要求非必要情况,本科室的人也不许随意进出别的科室的病区。这个规定直到7月份才解除。

规定解除之后,有一次,我去老年病区办事,特意进病区逛了逛,寻了一圈也没有看到老李。

老张倒是很快认出了我,聊了几句,我问他老李在哪儿,他给我指了指前面。

说实话,如果不是老张指给我看,我确实完全没想到那是老李。

大概是猜到我的困惑,老张主动解释道:"不能探视也不准带东西进来后,老李的钱又被翻出来一次,他手里是一点现金也没有了,总觉得自己出院以后会饿死,焦虑得整夜整夜地睡不着,人一下子就瘦了。"

这个事情我略有耳闻,院内组织了一次安全大检查,查到老李不光在小格子里存钱,在他的床垫缝隙处还塞了零零碎碎的小额现金。院领导觉得这种涉及金钱往来的情况不监管容易出问题,勒令科室改进,科室工作人员不好再睁一只眼闭一只眼,把老李的钱再一次登记在册。只不过这一次因为疫情,他表姐还没来得及过来帮他把钱存进银行,只是暂时登记在科室的老李的账本上，用于他日常从院内小卖部购买零食和生活用品，当然他也基本不用。

老张说这些话时的语气，完全不像老李第一次被翻出六千块钱现金时的幸灾乐祸，反而满是唏嘘。

"大总管？"我喊他。

老李转过身来看着我，有些新奇，然后咧嘴笑开了："医生，你有什么事要我做吗？"

我从口袋掏出两个橘子递给他，调侃道："大总管，你这是减肥了？"

"唉，别提了，今年不准探视，微姐说外面的东西都有病毒，也没有人愿意给我带吃的了，可不就瘦了！"

我看他虽然动作不似之前矫健，但是整个人状态还算好，而且因为瘦了，看着倒比之前精神。

"现在慢慢会好起来的，怎么样，我带的橘子甜不甜？"

"甜，真好吃啊，你在哪儿买的啊？"老李吃了一个，偷偷把另外一个放进裤兜。我想着老张的话，随意回答："网上买的，很便宜的。"

"哦，现在水果都要上网买啊？那我以后出院了要是不会上网，连水果都买不到啊？"

"不会的，你可以在外面摆个水果摊，到时候我们都去照顾你生意。"

"对啊，那可说好了，以后要来照顾我生意，我肯定给你算便宜点。"

老李一如既往地期盼着出院后的生活，却从不追问他的主管医生具体出院时间，也从不问他表姐什么时候接他出院，只是日复一日地攒钱，一遍遍向所有人描绘着好像就在不久后的出院生活。

小哥喝了一瓶农药后,精神状态仍旧良好,他哄着葛姐从地上起来,还去厨房炒了两个菜,一个青椒炒花菜,一个白菜粉条。

13
第十三个故事

想成为网红的男人

唐闻生
救护车跟车护士

孙哥喝了一瓶农药后,精神状态仍旧良好,他哄着葛姐从地上起来,还去厨房炒了两个菜,一个青椒炒花菜,一个白菜粉条。

01

2020年，从卫校毕业后，我正式成为我们本地中心医院的一名见习护士，跟生死打上了交道。

中心医院的科室共计三十一个，每个科室我需要轮转三个月。到急诊科前，我已接触骨科、心内科、皮肤科。每个科室的规律不同，但紧张的氛围毫无二致。对此，与我关系较好的护士长常说："医院就像个战场，还是艰苦卓绝的保卫战，'敌人'从四面八方涌来，每一个科室都是最后一道阵线。"

而急诊科应是整个医院里最特别的科室，分为紧急分诊、抢救室、急诊病房、急诊监护室四个板块。医院急诊科共有七辆一线救护车，三辆预备救护车，时间规划基本分为白四夜三——白天四辆，晚上三辆。

一辆救护车标配三个人：司机、医生、护士。分工明确：医生负责检查情况；司机负责开车；护士听医嘱，为病患提供紧急救助。

抢救患者的第一要素是时间，急救科有制度规定，相关人员白天出车不能晚于三分钟，晚上不能晚于五分钟。平时会举行一些培训和比赛。

在工作台左侧设有一行"出车板"，名字对标当天的工作人员，前一位出车后就将出车板翻至反面，一轮一轮地重复，按顺序进行出车急救。

非突发情况，救护车的工作强度并未达到网上耸人听闻的程度，工作时间与排班休息都很合理，加班情况也常是培训或考试。传达电话响起，四辆车按序出车，有时一天出车的次数连一个轮回都达不到。当然，这也是最令我们感到欣慰的情况。

培训初期，我接到偏远乡村的一处急救，路程近二十分钟，车到达后患者已无生命体征。医生诊断为心肌梗死引发的心脏骤停，黄金抢救时间只有三分钟。即使是神医也回天乏术。死者是一位60多岁的老人，身边围了一圈亲属，听到医生宣布死亡后，全场人员皆失声痛哭，我们临走时，模样像老人儿子的中年人跑到路边朝救护车不断磕头。

返程路上医生告诉我，老人在打电话时应该就已经不行了。但家人们仍期盼着那一丝希望，为老人能醒来不停祈祷。我听完眼泪夺眶而出。而在见习期间，最让我难受的，是那些喝农药的人。

02

在我们县城，喝农药中毒是急救接待里数量最多的情况，似乎这是老百姓绝望后想到的唯一办法。

说起农药，很多人会想到百草枯。早在2014年，百草枯就因极高的触杀作用与内吸作用，被撤销生产许可，但直到2020年，国内才彻底禁止销售百草枯。然而市面上毒性与其相仿的农药品牌仍层出不穷。相关部门也对农药含毒量实行限制规定，农药成分里加入催吐剂，购买也需出示相关部门的批准证明，但农药中毒的情况每一天都在发生。

药物中毒，需按摄入物来进行治疗，诸如带有强酸强碱性质的，第一步要先保护胃黏膜。可惜的是，即使如今医疗技术发展得突飞猛进，但药物中毒的救助也只限于催吐、洗胃、血透、呼吸器吸入维持状态、输大量液体促进循环。

基础见习的第一天上午，我就目睹了因喝农药洗胃的现场。

患者是高中生，喝下了近50毫升的农药。

喝药的原因，是家庭纠纷。

到达医院后，随行护士将摄入量、摄入时间与农药毒性结构汇报给护士长。幸运的是药物含毒量低、摄入时间不超过半小时。患者喝下农药第一时间就进行了催吐，在救护车上检测的各项指标都正常，进入医院后便立马拉去病房进行洗胃。

随行家属一路哭到医院，而患者却格外冷静。

他躺在病床上跟一旁准备机器的护士透露，自己在救护车上搜索了洗胃的流程："希望过程能够快一点，以免没死在农药上，死在了洗胃上。"

洗胃机一般设有三个管子，分为排污管、净液管、胃管。胃管需要在原先的基础上再接入一条硅胶材质的洗胃管。正式洗胃前，要测量患者眉间至肚脐长度，检查鼻孔是否有异物。

医护做准备工作时，那个高中生看到"硕大"的洗胃管后，开始紧张地吞咽口水，眼睛死死盯着即将插入鼻子的插孔。当洗胃管进入鼻孔后，患者便感到不适，眼睛紧闭，紧攥床单的手不停颤动。当洗胃管进入15厘米左右时已经到达喉咙处，患者身体反应加剧，如同溺在滚烫的河水里一般，疼痛难忍又伴随着剧烈的呕吐感。

我看着高中生的眼睛紧闭，右侧的手臂不由自主地晃动起来，求生欲一瞬又一瞬地驱使他想要将洗胃管拔下。

洗胃管到达喉咙处后，患者要配合吞咽，到达胃底后需用针筒抽取胃液，证明胃管已进入胃部。做到这一步时，患者仿佛已经在鬼门关走了一遭，前后吐了五次，身上一片狼藉，努力地喘着气。

但是，最艰难的工程还在后面——开启洗胃机。

首先进行吸出，排污管源源不断地将浑浊液体排出，生理反应使患者将身体扭曲成弓形。紧接着是进行净液冲洗，这时患者的反应更加强烈，呕吐几乎每分钟就进行一次，腐臭味扑面而来。以此重复循环，直到排出的液体达到澄清透明状态，这一"酷刑"才宣布结束。

161

拔下胃管后,高中生脸上、头发上都是吐出的浑浊物。他虚弱地躺在床上,哑着嗓子对家人说"感觉命已经没了",催问着什么时候可以出院。

有过洗胃经验的人,基本不会想来第二次。

我在培训期间,还遇到一名女子因被厂子开除,与老板对骂两天,一气之下喝下了农药。家里人闹到厂子,老板被惹毛,也喝了农药。经过洗胃、补液、急救治疗等九九八十一难后,两人最后拉着手哭成了泪人,开始换位思考,将心比心。

然而,并不是每个人都这么幸运。

03

我结束培训后的一天晚班,遇到了一个没有后悔机会的人。那次跟车,是去周边农村急救一位喝农药的病人,是位42岁的中年男子。

男子的妻子说,事发当晚,两人因男子喝酒吵架,男子一气之下喝了整整一瓶农药,喝下后当时无不良反应,二人心大,以为农药过期了,没做任何急救措施就上床睡觉了。凌晨时分,男子身体突然颤抖,流泪不止,大口大口地呕吐。起初还能说话,到打急救电话时,连话都说不出了。

我们抵达后,男子躺在床上眼睛紧闭,瞳孔呈尖针样,口吐泡沫。一旁的妻子焦急如焚,一边激动得跺脚哭泣,一边给男子擦拭。男子尚有生命体征,但意识衰弱,床下有一堆呕吐物。

这时距离他喝下农药已过去了近四个小时,虽然农药毒性不强,但摄入含量高,这期间还有饮酒行为,毒素大多已经被吸收,再吐下去,吐的就是血了。

医生诊断后表示,男子生命体征到了危急状态。我赶紧听从医嘱,为男子挂上吊瓶，协助司机将男子抬入救护车内，为男子戴上氧气面罩。

男子妻子惊慌失措地从堂屋一路小跑到大门，又仓促折返回去给堂屋上锁。到了大门，她用嘴叼着手电筒，踮脚将大门上方的插销插上。止住的泪又急了出来，一边哭一边怨恨着喃喃自语，黑中透亮的胳膊上，沾满了土色的汗与泪。

完成这些后，女人才坐到救护车座椅上，双脚分开，双肘抵在大腿上，双手将脸紧紧捂住。司机开始往回赶，过了三四分钟，尖厉的哭泣声突然响起，女人的情绪有些失控，开始对男子猛烈捶打。被我们阻拦后，她一屁股坐在地上。

女人头发散乱，手臂上的汗与泪凝成污渍，脸上的皱纹像一道道触目惊心的伤疤。她哭得歇斯底里，我无从安慰。自我从业以来，那是我第一次听到如此惨烈的哭泣。在哭泣中她恍惚抬起头，对着毫无意识的丈夫说："我的家完了。"

同事帮助男子妻子挂号时，才明白了前因后果。

04

男子姓孙，半年前本是一位泥水匠，手艺精湛，效率极高，是包工头眼里的香饽饽。孙哥的妻子葛姐在家操持庄稼，性格有些顽横，对孙哥非打即骂，做起事情来有些极端，占据家中核心地位。两人有一个儿子，在省内的一所大专上学。

孙哥有两个爱好：一是酷爱喝酒，每天下工回家总要斟个几两；二是线上娱乐，日常用儿子淘汰的手机唱两首歌，或者刷刷短视频。晚上空闲的时候，孙哥喜欢看草根直播，观看的内容多是主播坐在饭桌前，吃着粗茶淡饭与观众聊天。

时间一长,孙哥对直播有了兴趣,他观摩了几十位主播的表现,觉得这种营生自己也能做,并在"吃饭拉呱"上对自己抱有百分百的信心。

正巧某平台的智能推送给孙哥推送了一条"特价主播训练营"的广告,孙哥认为是某种暗示,便交了一千五百块钱,参与了主播培训。

这事孙哥没跟葛姐商量,她对一千五百块钱的学费有很大意见,然而随着孙哥"靠直播买别墅"这一口号的渲染,葛姐慢慢也转变了观念,认为即使不挣钱,就当作学习一个技能也是比较好的。

一千五百块钱的课程还算正规,一加入组织,孙哥就收到十几本线上教科书,每晚还有不定时的直播课程讲解。孙哥对自己的形象认知很清晰,老师也在这一方面鼓励他,让他做垂直的"土味吃播"。

于是,孙哥白天休息时争分夺秒地学习相关知识,工作时在脑海里为自己构建经营框架,晚上便回去学习其他主播的风格。几周后,孙哥深谙直播的技巧,也为自己摸索到了一套直播风格。第一天试探开播,观看人数就有近两百人。

那天晚上,孙哥自豪地对葛姐形容:"两百个人,把咱全村的碗借来都不够吃饭。"

但是好景不长,之后几天他直播人气急转而下。放着土味歌曲的直播间的人数,比这个家的人数还要少。孙哥去找老师求助,老师说,现在干巴巴的聊天直播覆盖率太广,没有才艺很难吸引人。孙哥便将民歌提上节目单,并在直播间开设了山东土话教学。

意料之中,孙哥的直播间热度高了几天又淹没在数万个直播间大潮中。这时老师建议孙哥换个时间段直播,避免流量被头部主播抢走。孙哥早早入睡,将直播时间定在早上5点至7点,但在这个时间段直播吃饭有点不合时宜,所以多数时间孙哥就坐在屏幕前发呆,直播间变得更冷清了。

直播没有成效,葛姐比起心疼孙哥,更心疼电费。为了不浪费电,葛姐也跟随孙哥一同起床,一同坐在饭桌前发呆。有观众进来了,葛姐的反应比孙哥还要快:"欢迎老铁进入直播间!"

时日不多,葛姐没烦,孙哥却烦了。他憋着一口气,非要把直播做成不可。干完手头的活后,他将后续的活全部推掉,打算做全天候直播。

葛姐对孙哥的这一决策信心全无,心想:副业怎么变成主业了?何况还是不挣钱的副业。两人从早上吵到晚上,谁也说服不了谁。

葛姐脾气犟,只要孙哥还嘴,她就开始骂脏话,骂得孙哥抓耳挠腮,无力还嘴。有一次,孙哥真的被气急了,就一脚把家里的羊踢了个半死。葛姐见劝说无用,也不想再跟他废话。她看孙哥意志坚决,索性破罐子破摔,孙哥晚上在家直播,她就拉灯;孙哥白天在家直播,她就大声咒骂。

孙哥没办法,就把直播间从堂屋搬到了厕所,整天除了吃饭上厕所,就是对着手机直播。

即使这样,直播间的情况也依然原地踏步。

穷途末路的孙哥打电话给儿子,儿子得知父亲做直播后,与母亲的反应大相径庭,他表示很敬佩父亲的创作精神,并一语中的,将孙哥的原地踏步归到没有噱头这一点上。孙哥茅塞顿开,很快将直播间改造成"酒屋",给自己的定位是"酒神"。

孙哥酒量大,一次喝两斤不在话下,改变思路后,直播间的人数有所增多,但留存量少,因为孙哥的酒量比起其他主播的,实在有辱"酒神"这个称号。

一次,孙哥受观众的撺掇,一口气喝光了半瓶白酒,之后就深睡不醒。葛姐将孙哥搬到床上,扇了十几个巴掌。夫妻俩的战争到了白热化阶段。

酒不能凭空而来,葛姐不肯再给孙哥买酒,孙哥又发狠以踹羊威胁,葛姐更加彪悍,声调抬高,脏话毒恶,抱着同归于尽的态度求着孙哥踹。

无奈之下,孙哥只能偷摸找儿子借钱,或者往酒瓶里灌自来水。他每天提着几个酒瓶鬼鬼祟祟地跑向厕所,以此来勉强维持"酒神"的形象。

05

孙哥喝农药那天，葛姐去娘家走亲戚。

原本葛姐要第二天早上才能回来，但那天晚上葛姐在娘家接到儿子的电话，知道了孙哥向儿子要钱的消息，连晚饭都没吃就往家里赶。

因为直播矛盾，孙哥被明令禁止进入堂屋开展与直播有关的一切内容。葛姐走亲戚，孙哥胆子变大，肆无忌惮地在堂屋的桌子上摆了十几个酒瓶，旁边还放着一张写有"酒神"的牌子。葛姐赶到家时，看到这一幕如遭五雷轰顶，气急败坏地一把抢过孙哥的手机摔得粉碎，口中脏话不停，对着孙哥拳打脚踢。自觉做错事的孙哥一声不吭，任由葛姐一个又一个的巴掌打在脸上。

葛姐越说越气，从头至尾数落孙哥的不是。这里就出现了致命性的转折，葛姐把电瓶车筐里的农药砸在孙哥身上："你喝酒厉害，你有能耐喝药！"

那本是葛姐买来给山药除草用的。

孙哥一声不吭地拧开瓶盖，将瓶盖安稳地放在桌面上，清了清嗓子，随即仰头将农药一饮而尽。

葛姐没想到孙哥如此果断，她愣了愣神，又是一阵大骂，从车筐里又拿出一瓶农药："好喝吗？还要再喝一瓶吗？"孙哥见状就要来拿，葛姐将农药扔进羊圈里，一屁股坐在地上号啕大哭。

看到妻子哭成这样，孙哥坐在用小台灯照明的桌子旁，怯怯地说："别哭了，酒是我兑的水。"

2021年3月11日凌晨5点27分，还未进行救助，孙哥已无生命体征。一个月前的这个时间，孙哥刚起床，还坐在手机屏幕前发呆。

直到孙哥的尸体被推进太平间，葛姐也不相信丈夫真的死了。她反复向我同事说，孙哥喝了一瓶农药后，精神状态仍旧良好，他哄着葛姐从地上起来，还去厨房炒了两个菜，一个青椒炒花菜，一个白菜粉条，稀里糊涂中磕了两个鸡蛋。

两个人吃了饭，孙哥照常洗碗。

之后，他将电瓶车充上电，脱衣服上床睡觉。

葛姐见孙哥身体并无大碍，不好拉下脸关心，用嘲讽的口气问孙哥农药味道咋样。孙哥想了想，还吧唧一下嘴，说没啥味道，应该是过期了。

葛姐骂了两句，说孙哥命贱，想死都死不了。

孙哥嘿嘿一笑，像是在考虑什么，突然开腔问："你说你把手机砸了干啥？还得再买一个。"

葛姐嘟囔道："买屁！买一个砸一个！"

孙哥说："我不干直播了，明天去工地看看。"

葛姐没好气道："没出息，你干啥能干成？"

医生说，那个时间段孙哥就应该出现症状了，如果早点发现并送医，说不定还能保住一条命。

一开始是小声的抽泣,后来变成了号啕大哭,甚至有了没完没了的架势,仿佛天下最凄苦的事情都让他尽数遇到。

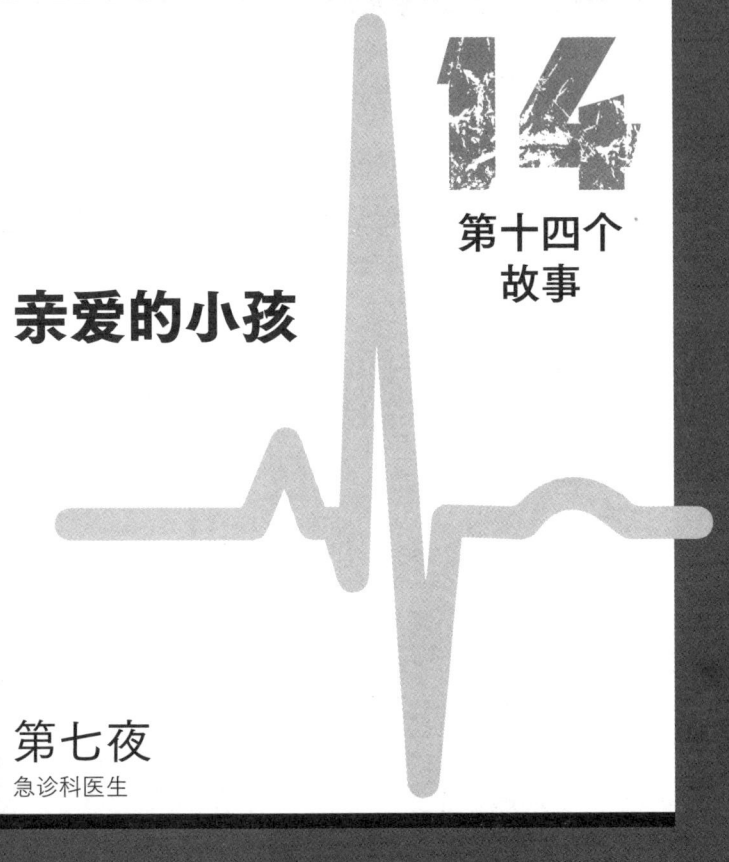

14
第十四个
故事

亲爱的小孩

第七夜
急诊科医生

一开始是小声的抽泣，后来变成了号啕大哭，甚至有了没完没了的架势，仿佛天下最凄苦的事情都让他尽数遇到。

01

在泌尿外科轮转的时候，多少有些无趣，遇到最多的病例无非就是泌尿系统结石。虽然医务人员对患者的性别以及所患疾病并没有什么顾忌，但仍有不少患者在面对异性医务人员时会因为尴尬而回避。也因此，在泌尿外科的这些日子，有不少男性患者的体格检查以及手术，负责带教的黎医生都没有让我参与。

相对而言，泌尿外科的夜班很是轻松，这个科室最常见的急症——肾绞痛，大多已经在急诊科得到妥善处理，所以夜间极少需要起来收治病人。原本以为在泌尿外科轮转期间，每个夜班都可以这样安然地睡到天亮，直到有天夜里凌晨2点，值班室的电话突然响起来，像午夜凶铃般让我从梦中惊醒。电话那头的值班医生快人快语："急诊科刚来了个大学生，三个小时前自残切开阴囊，赶紧到急诊科会诊。"

睡得迷迷瞪瞪的我一时没反应过来，对方在电话里提高了音量："有人自宫了，血出得很多，人都休克了，赶紧到急诊科来！"

我慌忙给睡在隔壁值班室的黎医生打电话，转述急诊科有需要会诊的病人。

"这小伙子大半夜的，还真能折腾人！"虽然嘴上这样说，但黎医生还是以最快的速度披上了白大褂。我也跟着他匆匆地赶往急诊科。

急诊科在另外一栋大楼，距离外科住院部尚有一段距离。摸黑前往急诊科的空当，黎医生忍不住吐槽："现在的这些年轻人，就是心理太脆弱，一个不如意就要自杀自残的。我前些年轮转急诊外科的时候，隔三岔五就能碰到那些割腕的，还都喜欢三更半夜割，完了再跑来医院处理伤口。这些人大多都是一时气不过，怎么可能真的想死，或者干脆就是为了吓唬一下那些在意他们的人。所以啊，割得都不深，桡动脉本身也算表浅的了，可我还真是很少见到有哪个真的割破桡动脉的。"

到了急诊科，躺在抢救室还在进行液体复苏的患者的双上肢都已建立了静脉通道，两侧通道用来补液抗休克的平衡液都开到最快速度，首诊的急诊科医生已做好相关准备，开始给患者做深静脉置管，方便后续的补液和输血，从而纠正休克。

首诊医生边做穿刺，边向我们简要叙述患者的情况。

患者20岁，大二在读。三个多小时前，患者在家中自行用刀具割开了阴囊，牵扯出右侧的睾丸后将其割断并将其丢弃，后来他痛得实在受不了了，意识也开始慢慢模糊，这才给他的母亲打了电话，被送到急诊科来。

患者入院的血压只有78/40毫米汞柱，急诊血气分析提示血红蛋白只有62克/升，不到正常值的一半，入院时已经陷入失血性休克状态。

看到眼前这个患者，我知道他不是先前黎医生所说，只是一时气不过或为了吓唬亲友就往自己身上划一刀。男性的会阴分布了很多神经，是非常敏感的地方，对痛觉异常灵敏。很多女性也都被家属或者师长教育，遇到流氓，就往对方的下体猛踢一脚，只要往那里踢准了，再穷凶极恶的流氓也会因为痛楚难当而暂时停止流氓行径，被害者也可以就此逃跑。

我不知道这个被他悲痛欲绝的母亲和姐姐唤作"小豪"的年轻人，是有多大的决心才能在没有麻醉药的情况下，生生自行切开了身体，强行扯出里面的组织再将其割断。光是想到那种痛楚，我都觉得有些头皮发麻。

"为什么这么做？"黎医生看到小豪的状况也跟着叹了口气。虽然我也很好奇这个叫小豪的年轻人是出于什么原因自残，但是我知道，黎医生这么问倒不是出于猎奇心理。在场的人都能感受到，年轻人自残的决心过于决绝，也怕他再做出什么自我伤害的行径，这个时候，医务人员必须得试着去了解一下他的心理状态。

经过积极的治疗,小豪的意识倒还恢复得不错,可他却始终缄口不语。倒是他的妈妈,眼巴巴地拉着黎医生的手,哭得一把鼻涕一把泪:"医生,我就这么一个儿子,你们一定要想想办法,我刚才回家,看到地上好多血,人都快吓晕过去了,以为我儿子受伤了,谁知道他把命根子割了,我们家好不容易才有了这个男孩子。他爸爸那边也全是女孩,这个儿子真的就是二百亩地里的一棵独苗,心疼都来不及,哪有男孩子干这种傻事的……"

说到这里,她已经泣不成声。

黎医生问眼前的这位母亲:"他把那个东西扔到哪里了?还能找回来吗?"

经黎医生提醒,她像是抓住了重点:"他还没出过门,肯定是扔在家里了,我这就回去找。"她虽然说着马上回去,可仍紧紧抓着黎医生的手:"医生,你们一定要帮他接回去啊,他还那么年轻,搞成了这样以后可怎么办啊……"

我注意到小豪的呼吸明显急促一些,失血过多略显苍白的脸上又多了几分铁青色。

他神色复杂地目送着母亲离开抢救室,那眼神里竟混杂着愤怒。

我心中有些疑虑,小豪的身材颀长,骨架匀称,虽然偏瘦弱,但确实是男性无疑。

虽然头发留得长,倒也没有显得过于突兀,毕竟这年头喜欢留长发的男青年本就不少,这头长发在小豪身上还恰到好处地给他增添了几分艺术家的气质。就在这时,我突然猜到一些他自残的原因,他的心理性别应该是女性。

小豪抽出被掖在被单里的右手,迅速抹了一下眼泪。那只手纤细白净,就像很多爱漂亮的女孩子的手一样,我注意到,他还做了美甲。

这也印证了我先前的猜测。

02

"他以前也是这样吗？我是说他的性别认知有障碍。"黎医生显然也看出了其中的端倪。

留下来陪在男孩身边的，是他的姐姐。

"没有，就是上大学后才变成这样的。"女孩解释，"我弟弟以前一直都很乖的，又很听家人话，就是有点内向，不怎么爱说话。可自从上大学后就变叛逆了。"说到这里，女孩开始带着哭腔："他开始留长头发，穿的衣服也越来越不入眼，甚至有几次他放假回来，我还看到他在卧室穿我的内衣和裙子，还要化妆。"

女孩哭了一会儿，继续说："家里人也骂过他很多次，可他就是不改。和家里人的矛盾也越来越多，到后来索性不怎么和我们说话了……"

"你把那东西扔哪里了？"黎医生继续问小豪，"时间还不算很长，早点找回来兴许还能补救。"尽管已经知道小豪的情况，我能感觉出，在黎医生的眼里，小豪的做法只是一时冲动，而黎医生接下来的治疗方案，是在手术止血保命的同时，尽可能地想办法修复小豪的"一时冲动"，还小豪一个健全的身体。

"垃圾桶里。"

这是小豪到医院开口说的第一句话，这句话他说得无比自然妥帖。

黎医生在小豪姐姐耳边小声嘀咕了几句，她立刻给她的母亲打了电话。

"医生，我会不会死。"小豪抬眼望着周围的医务人员，"我弄不到麻药，只买到镇痛药，可实在太痛了，地上有好多血，我怕自己会死，才给妈妈打了电话……"

说到给妈妈打电话时，小豪的语气里多了一丝委屈，像是一个小孩。

在得到否定回复后，小豪向黎医生央求道："你们做手术肯定要打麻药的，那能不能帮我把另外一边的一块切掉。"说这句话时，他眼神里的坚定一点不输那些身患重病祈求医生全力救治自己的患者。可这个诉求却让人难以接受。

小豪的姐姐听到这个更是满脸惶恐。

交叉配血的结果出来了，小豪是O型血，血源还算充足，他很快便顺利输上了血。在经过抗休克治疗后，小豪的血压很快回升，便从急诊转入了泌尿外科的病房。

接下来便是谈急诊手术的问题。

小豪虽然已经成年，而且也算处于清醒状态，可是手术同意书和风险告知书是必须要得到家属签字授权的，他的家属的态度非常明确，要医生最大可能地保留儿子的生育功能。

现在家属和患者本人的诉求存在强烈的冲突，黎医生也陷入了两难境地。

尽管家属已经对小豪再三劝阻，可是他的态度仍然异常坚定。

这时，他在外地工作的父亲也连夜赶回，见到儿子便是一巴掌，他的脸上青筋暴起："你读了个什么昏书，上个大学还上成精神病了，你也不看看周围人平常怎么对我们家指指点点的，怎么就出了你这么个怪物，脸都让你丢尽了！"

直到同病房的其他家属有了意见并且门口聚集了其他围观家属，他才勉强按捺住怒火。末了，他和小豪的母亲一同进入医生办公室，再次询问病情后，强势表态："医生，你们一定要想办法保住这孩子的生育能力，我们家就这么一个男丁啊。我以前在单位上班，因为要生他，工作都没保住，现在只能做点小生意养家。"

眼下，黎医生给出折中的治疗方案："这孩子器官离体的时间已经有快四个小时，而且器官被扔在垃圾桶里，污染非常严重，从这两点来看，做再植的可能性都不大，特别是我们这一级别的医院，这类生殖器再植手术本就做得不算成熟。"

C3

听完黎医生的话，小豪的父亲立马表态，要求连夜带着儿子转到上级医院。

可黎医生接下去的话又让他开始犹豫。

黎医生平静地说："当然了，有条件转到上级医院自然是有更多成功的希望，但你也看到了，他现在的病情很重，来的时候人都休克了，阴囊肿胀得那么厉害，贫血又那么重，阴囊里面肯定有断裂的血管在出血，所以我们才要进行急诊手术探查止血。那种再植手术做得非常好的医院，距离这里差不多两个小时的车程，而且越是大医院越不能保证顺利住院，特别是半夜。这样一耽搁，输的那点血肯定赶不上出的血，他就会有生命危险，到那时就不是单纯的能否保留生育功能这样的问题了。"

见两人意识到病情的严重性，也看穿小豪父母在意的"能否保留生育能力"的问题，他继续解释："目前我们查体看到他只有右侧的睾丸缺失，只要待会儿探查发现左侧的没有损伤，那么理论上，你们担心的那个问题影响并不大。"

听到这句话，小豪的父亲明显放松了很多，可仍然将信将疑地问道："只剩一边了，真的也不影响吗？"黎医生继续解释，就像人有两个肾脏维持泌尿系统的运转，可有些人因为先天或后天因素，只有一边肾脏，也能正常生活。

经过一番细致的交流，在小豪的父母签下手术同意书后，小豪的手术才得以进行。

小豪上的是全麻，在被麻醉前，他最后一次央求道："你们就帮我把左边一并切了吧。我已经成年了，自己可以做主，我不是一时冲动，是考虑了很长时间才这样做的。你们可以给我录音录像，证明这就是我自己的意图。"

黎医生没有正面答复他，只是安慰他别紧张。麻醉很快起效，他也迅速失去了意识。

　　从知道小豪的经历开始，我便一直有些同情他，我能想到一个有性别认同障碍的人在这个世界上生存会有多艰难，需要有多强大的内心。他并没有犯错，更没有对不起他人，无非是想遵从自己的内心。可是小豪这样的情况，要做自己实在太难。我也明白黎医生已经做出折中的让步，我看得出他也想帮助这个苦苦哀求的孩子，可是如此一来，他势必会面临着一场旷日持久的医患纠纷，甚至医疗官司。

　　黎医生特意弱化了家属对"再植"的期许。如果今晚再植成功了，他也不知该如何面对这个受尽苦楚白白挨了一刀的男孩。

　　时间刻不容缓，小豪的阴囊高度肿胀，足有排球一般大小，非常吓人。

　　手术开始后，黎医生逐步分离各层组织，找到了两支呈喷射状出血的精索动脉，快速结扎止血后，在精索管残端予以结扎，又做了电灼处理。没有了肉眼可见的活动性出血，我们便开始清除积血。小豪的阴囊里大概有800毫升的血凝块，加上术中约200毫升的出血，光是这些就有1000毫升，还不提他入院前这四个小时里出了多少血。也难怪贫血得那么厉害。

　　术中我们还探查到，小豪左边的睾丸只有轻微的挫伤，并无大碍。

　　小豪的父母得知这个消息时，他妈妈竟然作了个揖，不停念叨："还好老天保佑。"

04

　　术后的小豪被送回病房，他很快便清醒了。

　　天亮我们再查房时，他看到我们的第一句话便是："医生，你们帮我切

177

了吗?"

我们都不知该如何答复这个虚弱无比的年轻人。而他也在我们的沉默里得到了答案,他原本期待的眼神也瞬间黯淡下来。小豪哭了,没有发出任何声音,可越是这种安静的哭法,越让病房里所有的人都觉得有些窒息。

白天,我还要继续跟着黎医生上手术,也没有那么多时间再关注小豪。

在手术室更换洗手服时,我听见隔壁房间有人在议论昨晚发生的事:

"听说泌尿外科昨天收了个病人,大半夜的挥刀自宫了。"

"可不是吗,听说那个小伙是心理变态,留长发,还做美甲,比女人都臭美。"

"听说那个自宫的小伙子长得不错。"

"据说是长得不错,可是有什么用,这年头好多姑娘都找不着对象,稍微周正点的男人还要自我阉割,真不知道这些人怎么想的。"

"术前四项,那些都查了吧,有没有艾滋、梅毒这些,这种人还是要小心点,怎么说这类人也算得上高危人群……"

小豪自然听不见这两人的对话。可我相信,在很早以前,就有无数的闲言碎语像刀片一样刻在他的心上。想到这儿,我打了一个寒战。

经过急诊手术止血和输入好几个单位的红细胞悬液后,小豪的失血性贫血得到了纠正,可他的血红蛋白离恢复到正常值还有不小的距离。不过这些通过后续加强营养就会得到缓慢纠正,而在这时,小豪的父母告诉我们,他们的儿子这两天几乎不愿进食,也不愿意跟他俩说话。"造孽啊,真是急死人了。"

黎医生私下跟我说:"小豪的情况你也看到了,医生不能只医躯体上的病,而且他的心理性别应该就是女性,这些事情,作为女孩,可能你去和小豪沟通要顺畅一些。"

于是,我特意找了一个小豪父母都不在病房的空当去找他,当时陪在他身边的只有他的姐姐。小豪对手术的事情始终耿耿于怀,见到我进病房便转过头去，玩起了手机。

我也没喊他，跟他姐姐东拉西扯了一些服饰穿搭、明星八卦，聊到小豪也感兴趣的地方，他便也很自然地加入进来，和所有爱聊这些的年轻女孩无异。

慢慢地，我们开始聊到彼此间的爱好，他说自己平日里最喜欢的活动是看电影。

得知我平时喜欢看小说，他追问我喜欢的作者，在听到这些作者里面有李碧华的时候，他突然打断我："姐姐，那你肯定看过《霸王别姬》。"我告诉他电影小说我都看过，末了，我有些忘情地说了句电影的经典台词："我本是女娇娥，又不是男儿郎。"

说完了这句话，我后悔自己有些口不择言。小说里，让程蝶衣真正困惑一生的其实是"我本是男儿郎，又不是女娇娥"。而我知道小豪的情况，在潜意识使然下，把这句台词说反了，而脱口而出的恰恰是小豪此刻最在意的。

我马上住口，有些尴尬地等待着小豪的反应。他却没有生气，只是又哭了。

一开始是小声的抽泣，后来变成了号啕大哭，甚至有了没完没了的架势，仿佛天下最凄苦的事情都让他尽数遇到。他的姐姐不住地安慰他，可是我却始终没拦着，虽然这些天我见他哭了很多次，可这次，他只想全部发泄出来。

C5

哭完之后，小豪像倒豆子一般说了他从小到现在的经历。

很小的时候，小豪就发现自己不喜欢和同龄的小男孩们玩，嫌他们又脏又调皮，反倒是和女孩子亲近得多。他还喜欢穿姐姐的花裙子，戴姐姐的头花，还要拿妈妈的口红在自己的额头上点红点，抹红唇。因为年龄还小，父母没太在意，只由着他开心。上小学后，小豪开始被男同学们嘲笑"娘娘腔"，这也让他初萌的自尊心受到伤害，便更不愿意和男生玩耍。

一直到上了中学后，小豪开始渐渐意识到自己与其他男孩的不同。

他非常羡慕那些穿漂亮裙子、留长头发的女孩，她们可以肆无忌惮地展现自己，他也渴望像那些女孩一样，他还是会偷穿姐姐的裙子，并在镜子前流连忘返。可他已经有了强烈的自责感，怪自己为何会有这样的行径。

周围的男同学都嫌这个讲话温声细语，笑时掩嘴，随时都带着心相印纸巾，偶尔还会喷香水的人是个异类，甚至会欺凌这个文弱的同学。

而周围的女生自然也不和这个内向沉默的人交朋友。整个中学时代，他都这样被人孤立。小豪只好把所有的精力都放在学习上，用不错的成绩换来老师和家长诸如"懂事""听话"的评价，也因为"好学生"的身份，他少遭受了同学很多欺辱。就这样，他每天如履薄冰地度过。

这种平衡状态，在他的艰难维持下，终于在他上了大学之后被彻底打破。

上大学以前，小豪从来没有过住宿体验。他开始住校后，却完全没办法适应和男同学同住的生活，他觉得自己像是被迫站到一个满是异性的澡堂，终日都感到不安和羞耻。

为了保护自己的隐私，他还在床旁拉了帘子，而这也成了他被室友攻击的一个原因。曾经他以为上大学后，很多事情可以变好，可事与愿违，这个专业本就是父亲给他填报的，上了大学后，曾经的目标都没有了，他也变得愈发空虚迷茫，而一直潜伏在身体里的那个女孩好像也愈发不受控制，就要呼之欲出。

让小豪稍感欣慰的是，大学的环境宽松很多，他终于可以留梦寐以求的长发。同学都已经察觉到他的怪异，经常私下里交头接耳，对他评头论足，而他只能假装不在乎。

有一天，小豪网购了连衣裙和高跟鞋，趁着寝室没人时好好地打扮了一下自己。

没料到的是，他被回来的室友撞见了，自此之后，他无法再在寝室待下去，便向父母提出在校外租房。有了相对自由的空间，他更迷恋起自己的女性性别，他甚至开始吃"糖丸"——性激素药物，服用后减少雄性激素分泌，同时使雌激素更好地发挥作用，从而出现更显著的女性特征，维持相对细腻的皮肤。

尽管他知道，药物的副作用不小——会造成运动共济失调、精神错乱、胃肠功能紊乱、电解质紊乱、肝肾功损伤，甚至生出肿瘤。

到了大一那年寒假回家，家人都惊异于小豪的变化，父亲更是用"不男不女、家门败类"这样的话不断羞辱他，强行将他按住，用家里的剪刀剪去了他留了一学期的长发。

小豪只得去了理发店，让师傅重新修剪一番头发，也是从那次开始，小豪产生了轻生的念头。而在那之后的一年，他都没有回过家。

家里人对他进行经济封锁，他只得又搬回宿舍，而学校里已经有传言说他是同性恋者，甚至有人约他出柜。可他知道自己不是，他只是一个普通的女孩子而已。

那时，小豪有自己倾慕的人，是体育系的一个学长，他也试着向对方表白。

可当小豪扭扭捏捏地向对方说出自己的心意时，对方像看天外来客一般盯了他好久，直到反应过来后，才大骂了一声："你神经病啊，变态！"随后便仓皇跑开。

那一天，小豪在操场上哭得昏天暗地，像魔怔了一样边哭边絮叨自己不是变态。他对束缚着自己的男性躯体感到深恶痛绝，决定靠做手术来变成女儿身，可他还在上学，这件事必须得到家属的同意。被逼到这个份上后，他决定向家人摊牌，小豪想告诉家人这些年自己经历过的苦难，他想正视自己真正的性别。

可家人的反应与他的预期背道而驰。

从前小豪一直以为父母很爱他，那时他才想明白，父母更爱的是他的男性性别。

手术的事情自然是不用想了，可对这个折磨他二十年的男性躯体，他早已恨之入骨，一天都不能忍耐，就算不能变成女儿身，起码也不能再被这个器官囚禁。

想清楚了这些，小豪便实施了那天的计划。

小豪告诉我，他原来的计划是把双侧都切掉，这样就不会再分泌这么多雄性激素，没有这些干扰，再使用"糖丸"，效果会好很多，他也能更像一个女孩子。这是他做性别重置手术前的"最优解"。

小豪是我认识的第一个跨性别者。

这个世界上没有人会对别人的经历和情绪完全地感同身受，我亦如此。听完小豪的故事后，我特意在网上查找了一下相关资料，得知跨性别者在这个社会的处境远比同性恋群体更为艰难。且不说这个主流的社会无法接纳他们，甚至连家人都会再给他们戴上一副镣铐。

而唯一值得庆幸的是，小豪一直足够坚强。

术后，小豪恢复得很快，没多久就出院了，我们都没有特意留对方的联系方式。

眼下已经过去了五年多，他应该参加工作了，或许经济上也独立了。

不知道小豪能否顺利地去做性别重置手术，做回那个被迫错乱很多年的自己。

她就像个小大人一样哄着阿华，阿华不吃，她就一直举着碗，翻来覆去地说刚刚从我们这里听去的套话，说着说着就跑题了。

15 第十五个故事

她会替我活下去

老段
心理治疗师

她就像个小大人一样哄着阿华,阿华不吃,她就一直举着碗,翻来覆去地说刚刚从我们这里听去的套话,说着说着就跑题了。

01

第一次见到阿华,是我到情感障碍科报到的第一天。

那天因为堵车,到科室的时候,大家已经交完班,正准备进病房查房,我跟在队伍最后面,刚刚进病房就听到走在最前面的主任压低声音呵斥:"这么严重的情况也收,你为什么没请示?问过二线没有?住院总呢?医务科报备没有?不确定的事情不会打电话问吗?"

如果不是大家一副面面相觑的模样,我都怀疑"情感障碍科的主任出了名好脾气"这句流传已久的评价是不是在诳我。

被主任训斥的是个年轻医生,刚独立值班没多久,大家都悄悄踮起脚去看今天被查房的病人,我在后面被挡得严严实实,只听到年轻医生一直在解释着什么,主任却一点都不买账:"5点?5点怎么了?早上5点就不用干活了?这种暴露的伤口感染率有多高知不知道?现在不要给我解释这么多。马上去给医务科打电话,叫他们想办法把人转走。" 主任说完停顿了一会儿,又对另一个医生说:"你去拿两个换药包来,多拿点棉球、碘伏和纱布。"

一下子走开两个人,我顺着缝隙,终于看到了那个被约束在床上的年轻病人。

看他的模样也就二十七八岁,满头大汗、双眼紧闭,胸廓的起伏很低,不时转动的眼球和颤抖的眼睫毛显示他并非对外界一无所知。

此刻的他,双手双脚被分开,用专门的约束带绑在床边,还另加了一条帆布带横在胸前,然后绕到床头打结——这种绑法一般是为了防止病人突然坐起。

年轻男人双手握拳，双手前臂及双脚膝盖往下的小腿部分，有很多新旧不一的划痕，左手手腕的伤口被纱布覆盖着，鲜血已经渗透纱布；而他右手手腕的伤口看上去已经初步结痂，没有纱布包裹，反而可以更清楚地看见那些比前臂更深更密集的划痕：只一两道长出肉芽组织的狭长疤痕，其余全是深深浅浅的痂皮，甚至还有些形状奇怪、皮肉外翻的狭长伤口。

更让人触目惊心的是他的左脚，被枕头垫高摆出特定体位，暴露出跟腱旁边的菱形伤口，深可见骨，伤口旁边残留着固定纱布用的小段医用胶带，却没有纱布。他像是没有知觉，一直小幅度地转动脚腕，任由伤口渗血，蓝色条纹的枕头上也全是血迹。而这些都不是最严重的，最严重的伤口在他的咽喉部。

年轻男人的喉结往下一点，有一个血肉模糊的血洞，出血量很小，血洞里随着男人胸廓起伏隐约可见白色的不明结构。伴随费力的呼吸声，氧气面罩被他蹭歪，他的嘴唇一直嚅动着，从喉咙里不时发出粗哑的"呼呼"音。

打过电话的年轻医生回来在旁低声解释："据报警的邻居说，男子身上的伤口都是自己用电锯划出来的，家属还没有联系上，出租房里发现了之前在老家专科医院住院的出院证明和没吃完的药。男子被发现后，被送到了人民医院的急诊科，在那边的急诊室一直很激动，有很强的自伤念头和举动，无法有效沟通，后被送入我院，目前各项生命体征还算正常，各项检查结果无异常。人民医院那边说想等他的精神症状得到控制以后再转回去处理其他问题。"

主任听了他的解释反而更气："我们是专科医院，只有基础的抢救设备，一旦感染，风险有多高你明不明白？难道他们连约束带、镇静剂都没有吗？会不会分轻重缓急？这么多口子不住他们的重症监护病房，跑我们这儿来干什么？"

年轻医生被训得都快要将头埋到地上了，主任叹了口气，刚想说什么，病床上原本还算安静、正在换药的男子突然躁动起来，他依旧紧闭着眼睛，双手握拳用力扭动得浑身青筋暴起，企图借助手臂和腰部的力量坐起来，却被打横的帆布带限制住，只得左右扭动，把医院那种老式的铁床架子摇出"嘎吱嘎吱"的响声。

躁动后，男子的左手手腕和左脚伤口再次渗出鲜血，右手手腕的血痂也因为摩擦约束带裂开，鲜血丝丝缕缕地渗出来，大家赶紧七手八脚地按住他各个关节处，细声安抚，男子呼吸加重，喉咙里的"呼呼"声愈加强烈。

我看着男人挣扎的样子总觉得漏了什么，这时不知旁边哪个医生小声地问了一句："舌头检查过没有？"

"人民医院那边说，舌头上有伤口，自己咬的。"

此话一出，大家都沉默了，很棘手。

02

"这样耗着也不行，先让他安静睡一觉。"主任说完就走了，大概是要亲自去找医务科。

护士随即配好针剂，大家又是七手八脚帮她按住男人，把针打上。

男子又开始挣扎，其间伤口再次崩开，被我们强制性地用纱布按压止血，还好咽喉部的渗血没有再扩大，就这样僵持了十分钟左右，可能是看我们一时间不会松手，也可能是因为力气被用尽了，年轻男人再次安静下来。

咽喉部的伤口因为渗血少，消毒后用纱布再次封口固定，其他部位的伤口渗血，我们拿无菌纱布帮他压迫止血，也顺带限制他的活动，就怕他再躁动。

他就是阿华，考虑到他的表达不便，医生查房时都是封闭式提问，可以用点头或者摇头来回答，可是阿华始终闭着眼睛，不做任何反应。

年轻医生拿来开口器和压舌板,想要检查阿华嘴里的伤口,但是无论怎么劝,阿华始终都是抿紧嘴巴,无奈之下,双方就这样干耗着。

这时,有两个高年资医生特别默契地开始讨论"咬舌自尽"的话题。

"前几天看电视,里面有个咬舌自尽的反派没死,我后来特意去查了资料。"

"什么资料?"另一个医生搭腔。

"咬舌自尽属于误传,舌下的血管就算被咬破,出血量也不至于要人命,有研究说舌后坠会引起窒息,但咬舌的人只有在意识不清或者严重的锥体外系副反应的情况下才有非常小的概率发生,还有个说法是鲜血回流被反吸进肺部……"

到目前为止,阿华一句话都没有说过。

我们根本无从分析患者的心理特征会不会受这类引导,大家心里都没底。

两位有经验的医生,也只能是以这种方式作为尝试。

阿华胸廓的起伏轮廓大了点,大家一看有戏,便装着一起讨论这个事,年轻医生顺着大家的话又劝了阿华几分钟,尝试用压舌板掀开他的上唇,露出紧闭的牙齿,又用了点巧劲,阿华就像是放弃了抵抗一样,顺着力道张开嘴巴。

舌头上有明显的伤口,没有再出血但有感染的倾向。

由于脖子以及舌头上都有伤口,阿华要暂时禁食,靠静脉输液获得营养支持。可是阿华并不配合输液,哪怕有约束带和胸前帆布带,钢针也总是因为阿华的躁动戳破血管,导致护士最后不得已换成了留置针头。

之后,阿华的大部分时间都是睡着的状态,我们才都松了口气。

03

第二天早上交班，当班护士说，阿华一直表现得很安静，下半夜为了让他睡得舒服点，护士便解开了横在他胸部的帆布带，只留下四肢约束。

谁知阿华睡醒后趁护士查房不备，强行坐起来，用嘴把手背的留置针头咬下来，身上的伤口再次裂开，之前的努力全都白费，护士只好重新给他全身换药。

从那天开始，大家对阿华的评估和治疗变得更加细致，留置针当天用当天拔，药物换成入口即融的口崩片，多种治疗方式同步进行。虽然阿华又闹了几次，但是他的每次挣扎都只会换来更密切的关注和更具有针对性的治疗措施。

经过三四天的磨合，阿华开始把自己当成"提线木偶"，对我们所有的操作都听之任之。

而对现阶段的我们来说，他只要不伤害自己就是最大的配合了。

幸运的是，阿华身体底子好，并未出现大家担忧的大规模感染的情况，舌头上的伤口也慢慢愈合，我们开始考虑给阿华喝一些稀粥，让他慢慢过渡到正常饮食状态。

意料之中，阿华不愿意吃东西。我们想了很多办法都没有用。

直到阿华隔壁床的小女孩也跟着我们一起劝他，小女孩名叫肖肖，比阿华早来半个月，是个小学六年级的在读生，白白净净的小圆脸、齐刘海、及腰长发，大大的笑容很有感染力。她就像个小大人一样哄着阿华，阿华不吃，她就一直举着碗，翻来覆去地说刚刚从我们这里听去的套话，说着说着就跑题了。

肖肖开始说些学校的事，比如她想吃学校门口的那家麻辣烫，比如她喜欢的某个演员的新作品要上映了。阿华拗不过她，一把把碗接过去大口大口

189

地喝下，然后把碗塞给我们，转身躺下，还拿被子把头蒙住，逗得肖肖一阵大笑。

我们都很喜欢肖肖，入院之后她一直表现得很开朗：每天查房都很愿意和主管医生分享她当天的状态，开不开心，做了什么；闲下来会跑去留观区看电视，或者趴在隔断玻璃上做鬼脸；最想做的事是赶紧出院去吃学校门口的麻辣烫；最害怕的事是因为生病错过小升初考试。

看着肖肖现在的状态，很难想象她是半个月前在学校教学楼跳楼的女孩。肖肖被强制性送入院里治疗，我们问她为什么要做这么危险的事，她说："我也不知道，就那段时间觉得特别没意思，特别想跳下去。"

情感障碍科主要收治各类抑郁症、躁狂症、双相情感障碍等病人，有些医院为了便于管理，按性别、年龄进行分区，设男病区、女病区、老年科、儿童科。我们医院一直是按病种分科，所以肖肖和阿华都在情感障碍科的重症病房。

重症观察区设立在护士站对面，不同于普通病房及活动室的温馨舒适，重症观察区设有防弹玻璃隔断，以便值班医生护士可以二十四小时看到病区内的场景，里面只放置各类必需的医疗用具及洗漱间，专门收治各类新入院或是状态比较差的病人。阿华是新入院的，又一直状态不好，而肖肖则是因为她的主管医生认为她是首次入院，年纪又小，哪怕看上去状态不错，也需要在重症区多看顾些。

04

因为那碗粥，阿华和肖肖的关系变得熟悉起来。

肖肖会叽叽喳喳地分享她在学校的见闻，阿华大部分时候都是安静地听着，偶尔用损伤的声音回话，肖肖还会嘱咐阿华不要说话，好好养着喉咙。

除了这些，肖肖还告诉阿华要认真回答主管医生的问题。

每次看到这种场景的时候，我们一群医护就站在护士站看着他俩，会有一种很奇怪的感觉：在我们眼里，身为孩子的肖肖，在阿华面前却像个大人；而在我们眼里身为大人的阿华，在肖肖面前却乖得像个孩子。

可能是因为有了肖肖的陪伴，也可能是因为药物的调整作用，阿华的状态一天天地好起来。我们开始怕肖肖有心理负担，特意告诉过她无须刻意陪着阿华，要把自己的状态调整好，早点出院才是最重要的。

可是肖肖对她的主管医生说，她的父母常年在外务工，她觉得阿华每次都会很认真地听她说话，并且看着阿华一天天地好起来，她觉得很有成就感，她喜欢这种被需要的感觉。自此，我们便不再干涉他俩在病房的活动。

慢慢地，我们发现阿华会像个大哥哥一样摸肖肖的头，亲密地捏肖肖的小圆脸，还把碗里的肉挑给肖肖吃，有时也会开一些无伤大雅的玩笑。

我们高兴于阿华的转变，同时又有些担忧，毕竟肖肖只是个10岁出头的女孩，而阿华是个成年男人。秉持着对肖肖负责的态度，经过主管医生评估后，我们都认为肖肖可以尝试去大病区过渡，并且她的父母也希望肖肖能早日出院。

为了赶上小升初的考试，不久，肖肖就被转出了重症区。

阿华对此表现得很平静，他身上的伤口大部分都愈合良好，咽喉部的伤口也初步结痂，只是说话的声音还有些嘶哑。

只是肖肖不在重症区后，阿华还是不太愿意跟我们说他的事，每次查房的时候他都是沉默居多。少了个说话的人，阿华向我们要了很多杂志、报纸打发时间。

而肖肖在大病区适应良好，大概是年龄偏小的缘故，很多病人都格外偏爱她，每天都能听到她跟人说话的声音。

肖肖是第一次住院，又还未成年，我们一般建议住院时间长一些，以便观察药物作用，调整到最佳剂量，但肖肖的父母觉得她已经恢复得很好了，没过几天，就要求办理出院。我们拗不过肖肖的父母，便给肖肖办理了出院，还特意嘱咐她：不舒服了要及时来医院复诊。

因为出院是不需要经过重症区的，没有人知道阿华是否知道肖肖出院的消息，但就在肖肖出院的那个晚上，阿华出事了。

C5

那天晚上大概10点，阿华跟护士说，他想上厕所，护士让男护工陪着他。阿华进了厕所，护工便在门口等着，护士在病房内巡视。此时有个产后重度抑郁的病人说她的肚子不舒服，想要喝热水，这位病人生完孩子还不到两个月，护士担心她的身体，便去护士站帮她接热水，顺便喊值班医生过来看看。

一来一回，有三四分钟的时间，等护士回来时，发现护工还站在厕所门口，她感到不对劲，连忙去推厕所的门。

重症区的厕所门是不能反锁的，但门却被人大力顶住，男护工想把门撞开，护士怕门后的人受不住力摔倒，便和护工一起用蛮力慢慢地把门推开。

厕所的灯被阿华关了，月光从窗户里照进来，勉强可见墙角蜷缩着的一个人影。护工把灯打开，只见阿华躺在地上，右手正在他咽喉部的伤口处不停地用力抠，之前养好的血痂被抠掉，扔在了地上，到处是鲜红的血迹。

整个厕所弥漫着血腥味，灯晃得人发昏。

护士忍住想呕的冲动稳住身子，扶住墙壁蹲下来制止阿华的动作，男护工就地把阿华的双手压住，刚好这时值班的医生过来查看那个产后抑郁的病人，看到这个场景时，也呆住了，反应过来后连忙配合护工想把阿华架起来抬到床上去。

只是护士刚让开位置稍微松开手，阿华一把推开所有人，一只手去抠脖子上的伤口，另一只手把所有够得到的东西扔向医护人员，被压住了手后就用脚踹，手脚被压住了就用嘴咬，用尽所有能伤害自己和别人的方式激烈地反抗着。

直到后来，夜班所有的工作人员——一个护士，四个护工，一个医生，这六个人一起费尽全身力气才勉强将阿华压住后抬到床上。等把他的四肢约束好，像他刚来时那样给他加上打横的帆布带，所有人都已大汗淋漓，每个人或多或少都被抓伤了。

护士在护工们的协助下，给阿华打了镇静剂，压迫止血，阿华被绑紧躺在床上，用尽力气地挣扎，吵醒了重症区的所有病人。大家都注意到这个青年男子一边哭一边从喉咙里发出含糊不清的"呼呼"声，没有人听得懂他在说什么。

那种声音，无比绝望，像是一心在求死。

而阿华的伤口裂开得很严重，尤其是咽喉部的伤口，到了不得不给他转院的地步。我们医院的设备有限，值班医生打电话请示领导，这次阿华很快就被转走了，那时是半夜，人民医院派了120急救车过来接，接过去就直接进了ICU。

事后，当班的护士阿奇和值班医生都被扣了当月的大部分绩效。阿奇后来跟我说，自从那次之后，她就特别怕上夜班了，怕那种挥之不去的血腥味，她还特地找了院内的资深心理治疗师看诊，调整了好久才能慢慢放下。

后来，病历讨论的时候，针对阿华的例子，主任说抗精神病类药物起效需要一定时间，有些病人为了早日出院，会将自己伪装成我们期望的样子。阿华住院前后不到半个月，那时候阿华的改变可能是由于药物作用以及肖肖的陪伴，所以肖肖出院才会给他这么大的影响，也有可能是阿华从始至终都只是为了迎合肖肖和我们的期待做出改变，所以在肖肖出院的时候，他才如此迫不及待地去伤害自己。

到底是因为什么，没有人说得清。

如果是家用的剪刀，不一定能一次剪断，剪刀剪肉的感觉，这辈子她都不会忘掉。

16
第十六个故事

她将剪刀挥向了自己

秋爸
肿瘤科医生

如果是家用的剪刀，不一定能一次剪断，剪刀剪肉的感觉，这辈子她都不会忘掉。

01

2018年春节前夕，北京刮了场大风。寒风刮断楼前一棵大树的树枝，砸坏了办公室的窗户。

那天我上夜班，室温急遽下降。来自北方的寒流让大街上几乎没有行人，夜间来急诊的病人寥寥无几，除了冷倒也落得自在。

马上过年，科里安排大家轮流休假，人力薄弱，原本分为上下半场的夜班也合二为一，由剩下的几位一并承担。

作为一线男性医生，我自然被列为夜班的主力。寒冷让我缩成一团，救死扶伤的热情也暂时收起，我只盼望全北京平平安安。

到了下半夜，一阵炫目的红蓝色光点亮了急诊科的大门，汽车引擎熄灭后隐约传来嘈杂的叫喊，无疑，来大活了。

一辆999送来了一位大姐，后面跟着一男一女。护士跟着进来，不知是因为寒冷还是肾上腺素分泌，护士的脸蛋红扑扑的，口罩往下一拽，语速飞快地说道："患者女性，40岁，血压90/60，脉搏110，意识淡薄，考虑出血性休克，进抢救间。"

听着护士流利地报出病人的生命体征，我也迅速调整好状态，向担架走去。

"病人的意识怎么样？哪儿出血了？"我问道。

病人姓李，从昌平的医院转诊而来，男的是李大姐的丈夫，女的是她的小姑子。李大姐有气无力地说道："下面……下面出血了。"

病人的手脚湿冷，脸色苍白，是休克典型的表现。为了查体，我要掀开被子，可李大姐不知哪儿来的力气，按住被子死活不让掀开。

"怎么了？"我充满疑惑。

这时她的小姑子说话了："嫂子，让医生看看吧，再不治就完了。"

她丈夫拨开小姑子，一下来到床前，竖着眉毛说道："让人家看！"

掀起被子，血腥味扑鼻而来。李大姐的裤子被血浸透，暗红色的血液因为凝血已经变得黏稠，床单也红了一大片。

看来从昌平来的一路上，血并没有止住。

"裤子脱了吧，我要看一下出血位置。"

李大姐不情愿地脱下裤子，黏稠的血块覆盖了会阴部很大的范围，用盐水纱布清洁后发现出血位置在肛门，截石位①6点钟位置，一道横向约3厘米的伤口，伤口里填塞着早已被血液浸透的纱布，抽出纱布便见到鲜血一股股地流出。

消毒后立刻用洁净纱布再次填塞伤口，算是暂时止住了血。

02

"配血，联系输血科，小李查体。"

给护士和实习同学分配完任务，我隐约觉得患者有难言之隐，便把两位家属叫到一旁询问病史。丈夫沉默寡言，一直在唉声叹气，甚至想在办公室抽烟，被我制止后干脆一言不发。

"这伤口怎么来的？外伤？"我问。

小姑子回答："是痔疮，痔疮出血了。"

---

① 适用于肛门部位检查的患者、分娩的产妇等的体位。

"不像吧，她的伤口很齐，应该是切割伤，你要说实话。"

"真的是痔疮，早就有了，今天中午我嫂子觉得下面特别疼，一摸发现出来一团肉，疼得满头大汗，然后……然后用剪刀剪了。"

说到这儿，她偷偷看了看她哥，李大姐的丈夫埋怨地呼出一口气，鼻孔一翕一张，感觉胸中的怒火随时会按捺不住。

我的身后站着一位实习同学，负责记录病史写病历，听到这儿，吃惊地"啊"了出来。我一时不知说什么好，只好转向同学，告诉他："这叫环状痔，也叫梅花痔，是痔疮累及肛门，肿物脱出导致的。她非常疼，说明突出的肿物发生嵌顿，不及时处理容易发生坏死。"

"这个位置看不准吧，到底是不是自己剪的？"我突然想到。

"是我，我嫂子疼得受不了，在床上窝得跟虾米似的，一直让我帮她剪。我实在看不过去。"小姑子说完，神态冷了下去。

当天午饭过后，李大姐的痔疮犯了，不同以往，这次疼痛难忍，上完厕所后，马桶里的血较之前也明显增多，她打电话给自己的小姑子，一同到昌平的一家医院就诊。

到了医院，发现急诊科全是男医生，李大姐不愿解下裤子。大夫十分无奈，只好从血染的内裤推测出血量不小，建议立刻入院，很可能要手术。李大姐觉得只是痔疮，不至于这样，那位医生百般挽留不住，两人就又回了家。

最终，在李大姐的苦苦哀求之下，小姑子拿起了那把剪刀。

说实话，更加惨烈的场面我也见过不少，可是听完小姑子的讲述，我还是周身汗毛直立。如果是家用的剪刀，不一定能一次剪断，剪刀剪肉的感觉，这辈子她都不会忘掉。

小姑子一边哭一边讲完，她哥对我鞠了一躬，说了声"您费心"，便把她拉了出去。我回头看实习同学，小伙子小声来了一句："一剪梅？"

"嘴上积德，要是你家人躺那儿，你还能贫得出来吗？赶紧写病历！"

我呵斥了一声实习生，准备接下来的救治。

03

看得出来，小姑子非常担心她的嫂子，有些坐不住，不停地追问我，会不会有事。

我告诉她："如果当时在昌平那家医院及时救治，现在不会出这么多血。不过，像这样的伤，再严重一些的我们也接诊过，目前的主要问题是失血性休克，需要立刻输血，幸亏你们来的是我们医院，现在北京医院都比较缺血，去别的地方还真不一定有血。先把命保住，然后这个伤口需要肛肠外科来会诊，估计得手术了，以后的肛门功能就要看恢复了。"我补充了一句："以后不要因为什么男医生女医生的事再犹豫了，太荒唐了。"

在我还是一名医学生时，有一门必修课是"医学伦理学"，研究的就是各种各样的医疗、科研中的复杂关系，其中一章就是专门讲医生诊治异性患者的。如遇需解衣查体的环节时，现场必须有家属陪同或是一名与患者同性的其他医务人员陪同，而且现场必须有屏风、帘子等遮蔽物，以保护患者的隐私。

我有一个普外科的同事，他的专业是乳腺外科，每天出门诊接诊四十多人，每一个都得脱衣服，还得上手查体。

有次聚会，他喝多了，给我打了一个比方，说："咖啡厅的服务员每天都在冲咖啡，泡咖啡，你说他还喜欢咖啡吗？他看见咖啡就想吐。"

二十分钟过去，护士站来了电话："王医生，10床病人配血出来了，AB型，目前只有4个单位，申请吗？"

"申请，谢谢。"

我看了一下表，凌晨3点多，4个单位的血输完也就快天亮了。上班后，输血科会向血站申请新的配额。目前的状况，只要血能止住，通过输血、手术，李大姐就能化险为夷。

放下电话，我在电脑前查看李大姐刚来急诊时各种血液检查的结果，看第一眼，我的腰便不自觉地瞬间坐直了，整个人后背有些发毛。

问题有点严重，患者的凝血有问题。

"小李，去把刘副主任叫过来！"

04

刘副主任的个子高大，快步走来，边走边穿白大褂；后面的实习同学有点跟不上。

"主任您看这个。"

"血色素6克多，血压低，白细胞也升高，考虑合并感染，APTT①怎么这么高？有血液病病史吗？血止住了吗？先下病重吧。"

我急忙去问，她丈夫在急诊室外冒着寒风抽烟，听见医生叫，赶紧进来，回答道："好像是有，以前看过，糊里糊涂的，好像是有点毛病。大夫说得太复杂，我们记不住。"

刘副主任看一眼伤口处填塞的纱布，问道："纱布换了多长时间？"

"二十分钟。"

"完全没有止住，血又浸透了。血液的颜色也不像是动脉血。"刘副主任转而问李大姐："您平时有什么病吗？比如月经多，牙龈出血，膝盖碰撞之后肿一大块之类的。"

---

① 活化部分凝血活酶时间。

说到膝盖，李大姐急忙点头，说自己不敢干重体力活，磕磕碰碰就能肿上一大块。

刘副主任指示："初步判断是血液系统疾病，立刻申请血浆，请普外科、介入放射科赶紧过来会诊。我就在办公室，有事立刻叫我。接着用纱布塞住吧，没别的办法。"

时间紧张起来，十分钟内，普外科、介入放射科的医生裹着羽绒服，睡眼惺忪地到了。

顾不上客套，两位医生迅速来到病床边。

李大姐看看周围的众人，手又不自觉地压住了被角，挡住了普外科医生的手。

普外科老师很诧异："怎么了这是？"

我看出李大姐的顾虑，让实习生去忙别的，只剩我和两位会诊医生。普外科医生经过一番专科查体，又看了看血液报告，告知我们，手术不难，但是首先血色素太低，其次凝血障碍问题不解决，是无法达到手术条件的。

介入放射科医生的意见也是如此，这种严重的凝血障碍，无法耐受任何有创操作。

我将两个科室医生的意见告知家属，李大姐的丈夫就问了我们一句："现在怎么办？"

"现在只能期待输入新鲜血浆，补充足够的外源凝血因子，改善病人的凝血环境。同时输入血细胞改善失血性休克的糟糕情况，给后续治疗创造条件。"小姑子听得脸瞬间就白了，不知说些什么好，一直在自责地唉声叹气。

05

天终于亮了，李大姐头上挂着的4个单位红细胞已经输完，复查血常规，血色素掉到了4克，也就是说即使输入了如此之多的红细胞，失血的情况依然没有改善。

输血科打来电话，询问是否还有必要继续给予红细胞，治疗陷入了两难境地。

李大姐的情况越来越糟，现在谁把被子掀开她都毫无反应，睁眼时间短，闭眼时间长。主任指示，下病危，通知家属签病危通知书。

"王医生，快来。"护士大喊。

我迅速来到床边，护士说李大姐没有反应了。我拍拍她的双肩，毫无反应，瞳孔稍散大，血压测不出。"小李，推抢救车！"

小李是大五学生，刚实习不久，听到要推抢救车飞快跑了出去。可是抢救车就在护士站，小李不知跑哪里去了。转眼间，他推了一张病床疾驰而来，丝毫没有察觉护士诧异的目光。

护士长立刻跟了过来，大声训斥："让你推车你推床干吗？抢救车在那儿呢。把床推一边去！"抢救车其实与护士们的输液车很相似，里面准备着抢救常用的药品和器材。

"行了，赶快组织抢救。"我朝他们喊道。

李大姐的丈夫同意所有的抢救措施。

医护人员很快给李大姐完成气管插管，连接呼吸机，肾上腺素、多巴胺被持续泵入，机器和药物迅速发挥作用，血压测出来了——60/30毫米汞柱。

可是大量出血导致了多器官衰竭，如果出血得不到控制，这些手段不过是权宜之计。

我把李大姐的丈夫和小姑子叫到床边，这种时刻是最艰难的，要向家属做出最后一个通知，但作为医生，我不得不这样做。

"看看吧。还有谁？孩子呢？娘家人呢？"

监护仪上冷冰冰的绿色数字不停地闪烁，不时发出报警声，即使毫无医学常识的人也能意识到绿色的数字由大变小意味着什么。

丈夫握着李大姐的手，盯着监护仪，不停呼唤她的名字。小姑子已经崩溃了，因为哭声太大，被护士搀扶了出去。

早上7点30分，李大姐的呼吸、心跳停止。

8点，一切料理完毕，丈夫和小姑子领着李大姐走了。仅一个夜晚，一个生命逝去了。

医院熙熙攘攘，叫喊声、鸣笛声此起彼伏。

工人师傅们边修理昨夜破碎的玻璃，边议论昨天的那场大风。一切如常。食堂阿姨送来早饭，催促着夜班组早些休息。

死亡病历还需要整理。当填写到"死亡原因"这一栏时，我停下来沉默了许久。

"久病床前无孝子",可久病床前同样也没有慈父母,特别是这样一个没机会做心脏移植,天天住在医院也只能一步步走向死亡的患者。

第十七个故事

17

要房子,还是要儿子

第七夜
急诊科医生

"久病床前无孝子",可久病床前同样也没有慈父母,特别是这样一个没机会做心脏移植,天天住在医院也只能一步步走向死亡的患者。

01

遇到远哥夫妻是2014年6月初，那时我还在心内科轮转。

远哥个子不高，体形偏瘦，穿着病号服缩在病床上感觉很小。当年，内科住院部还没有扩建，心内科和肾内科的病房也没有分开，病房非常紧俏。病情不算太严重时，远哥就会被安排在多人间的大病房里。

大病房里住的都是些患心血管疾病或者肾病的患者，多是慢性病，而且被安排到这里的，相对来说病情不算太重。当时只有29岁的远哥，被裹挟在一群已经上了岁数的患者中，多少都显得有些扎眼。

多人间的病房非常嘈杂，大病房里住了不少慢性肾功衰的患者，都是要长期出入医院的。面对疾病长年累月对身体、精神、经济的多重打击，人难免会心生烦躁和沮丧。

每天早晨，我跟着上级医生到大病房查房，这些久病成医的慢病患者面对医生程序化的诸如"今天感觉怎么样，有没有哪里不舒服？"的发问，经常会冷着脸反馈："还不是就那样。"

虽然没直接抱怨不甚满意的疗效，可我能感觉得出他们隐忍不发的无奈和怨气。每每这时，带我的上级医生都会有些尴尬。

医疗技术是在不断进步，可医学始终有它的局限性，真正能够治好的病并没有多少种。很多慢性病，其实都只能改善部分临床症状，延缓疾病的进展而已。

和其他患者相比，远哥是大病房里的一股清流。每天查房时，即便不是他的管床医生和护士，他也会热络地打招呼，好像已经熟识了很久似的。他有个随身携带的小本，上面记录着他每日早晚的体重变化以及每天的出入量。

护士最喜欢他这样的患者，这样清晰的记录帮她们省下了很多的工作量。每次查房时，他都会掏出这个小本，向医生汇报他最新的情况。

有时候连主任都打趣他临床思维清晰。如果不是查房时他躺在病床上，穿着病号服，你真会觉得他是个工作认真积极的住院医生。

每每这时，远哥就会咧嘴直笑，像个刚被老师夸奖过的学生，那一口白牙与黝黑的皮肤形成鲜明的对比。每次看到这副笑脸时，我都不自觉地想起黑人牙膏。

C2

初见远哥时，他还不是我的带教老师的经管病人，刚到心内科时，我以为他得的是普通心肌炎，住不了多久就能出院的那种。所以比起周围那些罹患慢性病要长期住院的人，他显得格外轻松快活。

我到心内科没几天他就出院了，可十天不到，他就又回来住院了。这次我的带教老师成了他的主管医生，也是这次我才知道，远哥得的是扩张型心肌病（简称扩心病），已经出现了心力衰竭的症状。

远哥是半年多以前发现这个病的。从11月初降温开始，他就出现了咳嗽、咳痰、喘息的症状，一开始他没太在意，以为就是普通感冒。

那会儿他工作挺忙，还有个热恋的女友，都到谈婚论嫁的阶段了。他觉得自己身体素质不错，这么多年来没怎么生过病，就吃了些感冒药对付。

可症状不但迟迟不缓解，他还感觉自己一天比一天累。一开始觉得爬楼梯有些累，爬到四楼就要中途歇几回，后面更是发展到连在平地上走路都觉得费劲。他是销售经理，年底正是拼业绩的时候，觉得没那么多时间和精力上医院，最后还是在女友的不断催促下才上了趟医院。

医生给他安排了一些检查，然后语气凝重地对他说，超声提示他心脏的四个腔室都发生了离心性扩张，是典型的扩张型心肌病。那个医生还非常委婉地说，他还太年轻，建议赶紧上大医院再看看，看还有没有再好点的治疗方法。

他当时也有些发蒙，一直觉得可能就是感冒拖严重了而已，结果比他预想的要严重。他不学医，对"扩心病"这三个字没啥概念，只觉得就是一种心脏病而已。

在他的印象里，现代医学技术已经发展得很厉害了，很多心脏病的患者不都是做了手术就好了吗？他的亲戚里有老人因为冠心病安了支架，也有小孩因为先天性心脏病做了开胸手术，术后都健健康康地生活着。

他只是有些担心，觉得这个病可能要影响他接下去的工作甚至婚期安排了。

换了一家三甲医院，在医生耐心的解释下，他才知道这个疾病的严重性。很多疾病并不带"癌"字，可却同样让人感到绝望。

这次他知道了，"扩心病"这种发病原因不明的心肌病很难根治，而且他这种情况算晚期，已经出现心力衰竭了，预后很差，五年生存率只有50%，和一些恶性肿瘤相当。而且他左心室的射血分数只有28%[①]。

这个病早期还可以用药物改善症状，延缓疾病进展。而对很多终末期的扩心病患者，心脏已经扩张到特别大的时候，只能通过心脏移植来治疗。他现在还太年轻，医生建议他上北京看看，那边的心脏移植技术比较成熟。

知道这个消息后，他感觉好似晴天霹雳，和女友抱头痛哭了一场。之后，两人便到了北京阜外医院，那里有全国最好的心脏外科。得到的说法和之前一样，他这种情况只能考虑心脏移植。

[①] 健康人的不低于55%，小于35%的患者很容易出现严重的心律失常，从而猝死。

虽然北京的医生给出了治疗方案，可在某种程度上也像是判了他死刑。心脏移植费用太过高昂，当年这笔接近七位数的花销不是他这样的家庭可以承担得起的。而且术后长期吃抗排斥药也是一笔不小的花费。

更关键的是，国内有不少患者，他们的疾病都已经到了需要器官移植才能改善其恶劣的生存状况的地步。可器官来源太少，国人历来讲究一个入土为安的观念，鲜有家属愿意捐献出死者的器官。所以不少终末期"扩心病"的患者，在疾病中苦苦煎熬，至死也等不到一颗合适的心脏。

从北京回来后，远哥便断了心脏移植的念想。他做的是销售类工作，过去业绩好，自然很受老板的重视，可如今他的身体已经没办法适应高强度的工作，连正常生活都成了问题，老板便找了些理由，又给了一点遣散费，便让他离开了公司。

他刚知道得了"扩心病"的时候，第一反应是工作要被耽误了，婚期也要被延后了。后来工作是彻底停摆了，婚期却如约而至。女友庆庆知道他的情况，虽然父母极力反对，但她还是嫁给了他。

然而，工作压力的骤减和妻子的精心照料，并没有延缓疾病的进展。远哥已经变成心内科的"熟客"了，隔三岔五就要到医院来住着，做些强心、利尿的对症治疗，病情稍微好一点就回家歇着。

C3

我在心内科和肾内科各轮转三个月，由于两个科室的医生共用一个办公室，患者也都共用一层病房，等于我在这个病区总共待了半年的时间。这半年来，我亲历了远哥病情不断恶化的过程。

夏天的时候他的情况还好，每次查房，都能看到他那标志性的黑人牙膏代言人一样的笑容。

和他住一个房间的患者，慢性肾功衰的居多。查房的时候，经常能听到他笑着和"邻居"调侃：肾病患者一定不能缺水，肾脏怕旱，得了这个病要多喝水，小便出不去，得想办法利尿，但他的这个病相反，心脏恐水，怕涝，每天稍微多摄入一点水，就感觉更累更喘，医生每天要严格限制他的液体入量，他连稀饭都不敢多喝。

主任说他久病成医，把两种病的临床表现和主要治疗措施都表达清楚了，通俗易懂，他要是来干医生，还真是把好手。

远哥隔壁床的一个肾功衰的大哥一天三顿都要吃冬瓜，远哥看得出来，对方很讨厌冬瓜，每次吃的时候都皱着眉，一脸苦大仇深的样子。

远哥问对方为啥那么不爱吃冬瓜还要勉强，大哥叹了口气，说听说冬瓜利尿，比较适合他这种肾脏没啥功能的人吃。

远哥有些纳闷，说西瓜不是更利尿吗，而且对方又没糖尿病。大哥叹了口气，说西瓜太贵，一斤西瓜的钱可以买好几斤冬瓜了。他上有老下有小，没啥积蓄还得了一身病，就那点钱也是治到哪里就算哪里，靠吃西瓜排尿太奢侈了。

两人在交谈时，我恰好在病房给一个患者做胸腔闭式引流，听到大哥这话，我心里也是一酸。已是7月中旬，西瓜已经大量上市，一斤西瓜两块钱不到，可这已经变成因病返贫的患者眼里的"奢侈品"了。

我面前的这个正在做引流的患者是个60多岁的大爷，也是个心衰的，胸腔积了很多水，他没办法卧床休息，每天都是半靠在床头才得以勉强喘息。任何时候看到这个瘦骨嶙峋的老大爷，都感觉他像是刚跑完马拉松那样气喘吁吁的。

到了当天下午，我去大病房给一个新入院的患者采集病史，碰到有人扛了半袋子西瓜进病房。远哥看人来了，赶紧招呼病友吃瓜，说这瓜是他自己家里种的，今年种瓜的多，也卖不掉，干脆送病房里大家一块吃。

他刚说完这话，就拉下了床帘隔绝了病床两侧病友的视线，示意送瓜人走到床前，两人像在搞什么秘密交易一般。

对方明白他的意思，拿了钱就离开了病房。

04

这天是周末，远哥的妻子庆庆没有上班，一天都在病房里陪远哥。庆庆皮肤很白，人很瘦，穿着一件碎花连衣裙，看上去应该不到25岁，在病房里是一道亮丽的风景线。

她斜靠在丈夫的病床前，两人各腾出一只手握手机，另一只手一起划拉着屏幕。两人玩的是一款已经有些过时的"切水果"的游戏。

两人像一对归巢的小鸟一般亲密地依偎在一起，乐此不疲地玩着这样简单又重复的游戏。偶尔有成堆的水果连续出现，小两口兴奋得像找到了储存着巨额宝藏的入口，拼命地划拉着屏幕，生怕漏掉一个水果。那温馨快乐的模样，让沉郁的病房也跟着沾染了一些愉悦的氛围。

我又顺便看了上午做胸穿的老大爷，又放了几百毫升的胸腔积液，可好像并没有多大程度地缓解他艰难的处境。他明明吸着氧，一动不动地端坐在病床上，还是像被迫跑完整个马拉松一样，苟延残喘。

彼时的远哥还可以平卧，生活勉强还能自理，在医院里症状好点的时候，也会瞒着我们私下外出透透风或者买点东西。而此刻远哥和妻子亲密依偎的温情画面，有一瞬间让我产生了一种错觉，远哥得的好像只是普通肺炎，输个几天液便可以顺利出院，等待着他的，还有无限美好可期的未来。

可我知道，这个大爷的现状，就是远哥不久后的样子。

05

入秋后，天气很快转冷，各类呼吸道疾病开始增多了。由于呼吸道感染是心衰加重的重要诱因之一，远哥和很多呼吸科的老病人一样，稍一降温，病情便会复发加重，又得上医院。

而远哥的待遇也开始"升级"了，他不用住在先前的大病房了，被安排在护士站旁边的病房里，这是专门给科里的重病人安排的，方便观察病情变化和抢救。

抢救病房是由两个双人间的病房改的，因为要安置各类抢救设备，患者和陪护家属可用的空间有限。远哥的生活已经逐渐不能自理了，白天晚上都需要家属陪护。

起先能来陪护的家属还算多，白天的时候，他的父母、大姨都会轮番来陪护，晚上却只有他妻子在。晚上的陪护也是最辛苦的，在这样的病房里，患者和家属都没有隐私可言，一张窄小的折叠床翻个身都费劲。

一晚上各类仪器不住的报警声，患者因病痛此起彼伏的呻吟声，医生护士不断出入病房的声音，这些都会严重干扰陪护者的睡眠。

庆庆在一家保险公司当文员，每个工作日，她都要在7点多和远哥的父母做交接，匆匆洗把脸就要赶去上班。

一个多月的时间里，庆庆明显憔悴了。她比夏天的时候更瘦了，透过毛衣，都可以清晰地看到她的肩胛骨。白天工作，晚上陪护，这样的日子如果持续的时间不长，忍一忍也就过了，可远哥的情况不一样，这种慢性病最让人绝望的就是压根看不见头。

每次去查房，路过远哥的病床时，我都可以看到他父母的不耐烦。他母亲时不时就抱怨自己的命苦，就生了一个儿子，老了享不着儿子的福，还要来遭这种罪。

只要一出现新的费用单,父亲便会给远哥甩脸色,说肯定是他之前做销售工作,天天作践身体,要不怎么年纪轻轻的就得了这么个害惨全家人的病。

当着那么多外人的面,对着重病中的儿子,远哥的父母都会丝毫不加掩饰地抱怨指责,我不敢去想,四下无人时,他们对病重的儿子会有多么冷漠恶劣。

都说"久病床前无孝子",可久病床前同样也没有慈父母,特别是这样一个没机会做心脏移植,天天住在医院也只能一步步走向死亡的患者。在面对着巨大的经济压力和沉重的照料负担时,即便是至亲,可能也经不住考验。

病床上的远哥已经不像夏天那会儿,每天都热络地和医生护士打招呼了。他的肉体和精神都迅速地萎靡下去。他终日都挂着氧气管,身上二十四小时都绑着心电监护仪,他再也没法像几个月前那样瞒着我们偷溜出去放风了。

远哥每天都气喘吁吁地半仰在病床上,那副黑人牙膏代言人般的笑容也渐渐少了。我们知道,他实在是力不从心,就这么安静地仰躺着,都花了他大半的力气。

好在庆庆始终温柔耐心地陪伴在他的病床前。庆庆白天要上班,下班后一回到病房,两人相视一笑,好像一整天的疲累都在对方的眼神里消解掉了。

大姨也经常带些自己做的吃的来看望,可远哥吃不下什么东西。大姨看到这样的外甥心疼地抹泪,说医生讲这种病不能吃咸了,她就只放了一点盐,她自己也尝了下,味道太淡了确实不好吃。她还说外甥小时候到她家,她煮的饭菜他一次都要吃好几碗,怎么现在就只能吃这么点了。

远哥吃不下并不是大姨做得不好吃,他已经出现了全心衰竭的临床表现,大量血液瘀滞在胃肠道就会导致消化功能下降,稍微吃点东西就会感觉胀气、作呕。病情加重后,远哥那点为数不多的笑容,也只会出现在面对妻子和大姨的时候。

06

这天值班时,护士站边上的抢救病房里传来了争吵,那里的病人经不住太强的情绪刺激,上级医生让我赶紧去看一下。

是远哥的父母在和庆庆争吵。

公婆俩气势汹汹,全然不顾忌房间里住的都是病重的患者。特别是远哥的妈妈,指着儿媳的鼻子骂:"我还不知道你的那点心思,知道我儿子得了这个病还要上赶着结婚,还不就是等着这一天。这可是全款的房子,别以为你照顾了他几天,在他跟前天天吹耳旁风,他就把房子都给你了,那房子连房带装修的,现在得值五十万了,我就这么一个儿子,买房你一分钱都没出,就照顾他几天,就想把房子占了去,当我们是死人哪!"

远哥的父亲面对儿媳,倒不像妻子那般盛气凌人,只说:"照顾病人是辛苦,可从哪里找看护都要不了那么多钱。我辛辛苦苦养的儿子不能给我们养老送终,倒是我们要先白发人送黑发人。房子的事情你就不要想了,百善孝为先,这孩子的财产于情于理也是父母占大头。而且你还年轻,又没孩子,以后总会找到好人家的。没必要和两个老年丧子的人争房子。"

庆庆解释自己根本不是为了要房产才和远哥结婚的,是她爱这个人,更心疼他得了这个病,她也是独生女,当时父母那样反对,她爸爸甚至以断绝父女关系威胁她。如果当时自己惧怕了,后悔了,他日后该有多绝望。

"从北京回来,远哥万念俱灰,如果我当时也离开他了,他就什么都没有了。他是你们的孩子,可你们好好对待过他吗?他以前风光的时候,你们拿他当提款机,现在他病成这样,你们天天在病床前抱怨他给你们添麻烦。"庆庆边哭边说，一只手不住地抹眼泪，另一只手却紧紧地牵着丈夫。

公婆自然是不想偃旗息鼓，他们逼着儿子表态房子的事情。远哥的心功能已经越来越差，严重的肺淤血让他在终日吸氧的状态下还是处在缺氧的状态，他的脸是灰白色的，嘴唇也有些发绀。

父母的逼迫让他愤怒了，他用尽力气朝父母吼着，这房子是他自己买下的，父母没出过一分钱，凭啥跑来干预房子的事情。

这一吼耗尽了他这一天最后一点力气，他的心率一路飙升，脸色完全不像一个活人该有的样子，高流量的面罩吸氧也不能缓解他呼吸困难的症状了，他像一条被抛上岸的鱼，挣扎着不住喘息。

值班的医生护士都来了，远哥的情绪非常激动，这让他的症状更严重了，濒死的窒息感让他的面部剧烈地痉挛，他一只手紧紧地抓着妻子，另一只手死死地钳住枕头，像是被野兽生生撕扯的食草动物，喉咙里不住地发出所有人都听不懂的声音。

我们无奈地给他上了吗啡镇静，缓解窒息和心肌耗氧的情况，又给他上了无创呼吸机，在用了强心、利尿、扩血管的药物后，他的情况稍微好了些，可只要是他父母一开口，监护仪器上他的心率就会攀升上去。

远哥的病情太重，只能住CCU①了。和ICU一样，这里不让家属进去，这下也好，少了父母这个不稳定因素，远哥在里头也能清静些。

在庆庆的反复央求下，值班医生同意她在CCU里陪护一会儿。彼时远哥的情况稳定了些，不像先前那样徘徊在死亡边缘了。折腾了大半晚，远哥也已经疲劳到极点，他这个病早就无法躺平睡下了，他的床头是被抬起的，他挂着呼吸机的面罩，端坐在床上休息。

庆庆的两只手都和他的握在一起，把头轻依在远哥的颈窝，两个人就这么依偎着，像极了两个受尽了委屈却沉默不语的孩子。

---

① 冠心病监护治疗病房。

07

  天气更冷了，远哥的情况还在每况愈下。因为费用问题，他的父母不同意一直住在CCU里，远哥间断地从CCU里转出过几次。

  上次大闹一场后，远哥父母也不怎么现身了，照顾患者的重担全部落在了庆庆和大姨身上。小家庭的积蓄已经被掏空，庆庆不敢辞职。连续几个月的时间，她都是白天上班，晚上陪床。这样长期持续的消耗，让原本就瘦弱的庆庆出现了病态的倦容。

  可照顾患者的压力比先前更重了，远哥每天都要上无创呼吸机，每次吃饭的时候都需要把呼吸面罩临时取下一会儿，改用高流量鼻导管吸氧。可这仍然无法满足远哥对氧气的基础需要，无法顺畅呼吸让他吃每顿饭都像被人紧紧扼住了咽喉。

  我想起夏天遇到的那个因为心衰而出现胸腔积液的老人，他两个多月前就过世了，对他来说也算解脱了。现在即便卧床也像在跑马拉松的人换成了远哥，那永远无法消解的极度疲劳和窒息感，无时无刻不在凌迟着远哥，至死方休。

  之后，远哥又发过几次急性左心衰竭，每次症状都和那晚跟父母吵架后发病的情形类似。有一次抢救时，他抓着旁边一个医生的手，情绪激动地说着什么，虽然还套着呼吸面罩，但是勉强能听到他的发声："你们帮帮我，再想想办法，我不想死……"

  远哥父母大闹病房的原因是他们看到了儿子的遗嘱，他要把房子留给庆庆。因为结婚的事情，庆庆和父母闹得很僵。他不想自己死后，妻子连个住处都没有。他知道自己活不了多久，便写了遗嘱交代身后事，可这一天真要来了，濒死的恐惧和求生的渴望，让他无法毫无畏惧地面对死亡。

  12月下旬，远哥已经熬到了极限，这样活着太过痛苦，他也感到自己的

217

生命就快到头了，他不想继续待在医院了，他想在家里落下最后一口气。

这天晚上，庆庆和公婆再度爆发了争吵，还是因为房子。

远哥的父母反对将儿子接回去，庆庆急了，说丈夫就这么一点心愿了，为啥就不能依了他。在他们后续的争吵中，我听明白了老两口的意思：那还算新房，儿子媳妇没住几天，房价一天天见涨，小地方的人都沾亲带故的，发生点芝麻绿豆大的事都会传得到处都是，人死在家里多不吉利，这要是被别人知道，房子以后也要跟着折价了。

庆庆边哭边骂，说天底下怎么会有他们这样的父母，满脑子都是钱，丈夫大专毕业就出来挣钱了，生病之前从来没短过父母的钱，儿子还没死呢，就惦记着房子的事情，这人马上就不行了，要回趟自己的家都要被父母拦在外面。

这个柔弱的女子，即使在盛怒之中也骂不出一句脏话，像个被父母冤枉的孩子，被气得浑身哆嗦。

08

因为父母坚决反对出院，远哥终究没能如愿回家。

在吵完架之后的第三天上午，远哥的病情再度恶化。从早晨查房开始，他的心率就始终居高不下，无创呼吸机的氧浓度已经调节到最大，可还是无法改善他严重的呼吸衰竭，他的下肢也出现了大面积的瘀斑。主任查房时也叹了口气，说："应该就是今天了。"

临近午饭时分，远哥出现了意识丧失，心电监护仪上提示出现了室颤。他住在CCU里，所有措施一应俱全，抢救非常方便，胸外按压、电除颤、气管插管，虽然知道终末期的"扩心病"走到这步已经彻底没办法救治了，可人还在医院，家属也没说不治，这些有创性的抢救就还要执行。

庆庆就在门外，她今天请假了。

是我出去让她签的病危通知书和相关的抢救知情同意书，庆庆接过纸和笔，看都没看就把字签了，她看上去非常疲惫，神情麻木。这些天她已经签过太多这样的文书了。

是主任主持的这次抢救，一般来说，常规的心肺复苏超过半小时仍没有自主心跳和呼吸，就可以宣布临床死亡。可这半年来远哥反复住院，医生护士对他都有感情了，而且他还那么年轻，这场抢救持续了将近两个小时，所有参与按压的医生护士都按得胳膊发酸。

看着监护仪上的一条直线，主任再度叹了口气，让我们把该拔的拔了，该撤的撤了。CCU里还住着其他的重病人，可此刻却反常地安静，空气中隐隐约约可以闻到一股焦煳味。

抢救过程中，远哥出现了很多次室颤，不停的电除颤让他胸部的皮肤看上去有些轻微的烧灼痕迹。

两个多小时的抢救，已经有医生反复出去给庆庆说明情况，我想她应该是听懂了的，这样的抢救基本就是徒劳。现在我们要告诉她的，是远哥已经"死亡"的这个结果。

远哥的父母也来了，一家人先前并没有商量好具体的后事该如何安排，人不能一直放在CCU里，主任让我们连人带床地把他推到病房里的一个小单间暂时过渡。

老两口相互搀扶着，都有些站不稳，我们把他们安排在座椅上。两人在确定儿子已经死亡后放声大哭，说自己的命太苦了，就这一个儿子，还白发人送黑发人，往后的日子该怎么过啊，儿子走在前头了，以后连个给他们扶棺的人都没有。

看到丈夫被推出来，庆庆一言不发，就像牵线木偶一样跟在病床后面。把远哥送到了那个小单间后，我们便离开了病房。在关门的一瞬间，我听到庆庆爆发出不可遏制的恸哭，她还像过去那样，把头靠在丈夫的颈窝，肩膀剧烈地抖动，那瘦削的肩胛骨突兀地耸立着，像随时都要扎穿毛衣。

先前我们告诉她，远哥已经不治身亡时，她的沉默让我们以为她已经接受了，毕竟这个病拖了这么长时间，她是有心理准备的。

但我们也知道，面对亲人的死亡，活着的人是无法做好准备的。

那天下班，我从急诊科路过，在经过急诊科的预检分诊台时，看到救护车拉来一个老年患者，院前急救人员简洁地交代着病史：患者外甥今天过世了，她和外甥感情非常好，一时接受不了，人晕了过去，家属打了120，在车上的时候人就醒了，家人还是想带她来检查一下。

这个患者正是远哥的大姨。她已经清醒了，双眼就那么睁着，眨都不眨一下，那眼神如此空洞，看不出悲喜，可是眼角一直有泪珠滚落。

○○

远哥过世后的一周，我便离开这个病区去骨科轮转了。

再一次见到庆庆，是两年以后的事情。

有一天我在遛狗，一个路人问我要了联系方式，说她的朋友也养了一只同品种的狗狗，想配一窝小狗，让她帮忙找合适的养宠人。

两天之后，我见到了她的那个朋友，居然就是庆庆。两年没见，她看上去胖了很多，没了过去病态的苍白和消瘦。

因为不在医院里，我们没有医生和患者家属的身份限制，又都是同龄人，交谈起来都很自在，像熟识的老友一般。

在交谈中我得知，远哥的后事还没彻底办完，她的公婆就找上门了，他们还叫来很多亲戚助威，让她马上搬走，说这是儿子的婚前财产，现在儿子死了，这房子自然是他们老两口的。

庆庆怒了，告诉他们，丈夫立过遗嘱，指明这房子留给她了，这就是她和丈夫的小家，她不搬。

婆婆当场就怒了，各种不堪入耳的脏话张口就来，对着刚丧夫的庆庆各种羞辱，仿佛这个日夜照顾她儿子的人和她有着不共戴天的仇恨。

庆庆指了指自己的耳朵，已经过去两年了，可还是看得出耳垂那里开了个小叉，她说那就是她前婆婆搞的。对方说她老公都死了，头七还没过，她就戴耳环，戴给哪个男人看，霸占房子还要勾引其他男人。

庆庆当时都快气疯了，打了婆婆一耳光，可对方一上来就拽她的耳环，她的耳垂就是这么被撕裂的。

那耳环是庆庆和远哥刚恋爱的时候远哥送她的，平日里她不怎么戴，那些天里她戴着耳环纯属对亡夫的纪念。她不想搬离这个家，也是因为这个家里有他们一起生活过的气息，她的丈夫一直都是个非常好的人，她从来不后悔嫁给他。可那一刻，她被远哥的父母激怒了，和他们一起抓扯着，什么都不管不顾了。

知道远哥得了这个病，她想过让他卖房子，两人再想办法凑钱做心脏移植，钱没了，再挣就是。可远哥放弃了，说资金缺口太大，再说了心源哪里有那么容易等到，而且他又是独生子，背上太多债务，父母晚年更没着落。

那时的远哥还没想过庆庆会主动提结婚的事情，所以考虑的只有父母。可没想到，日后父母会这样对已经丧失了"价值"的儿子。

想到丈夫生命的后期，公婆的种种寒心作为，庆庆悲从中来，活了二十几年，她不知道原来自己可以那样癫狂，她一个人和那群上门的人撕扯着，居然也没有落下风。可后来她还是放弃了，不是因为她怕他们。

远哥的遗像就挂在客厅里，遗照是生病前一张证件照改的。他一照相就一脸严肃，摄影师怎么让他微笑都没用。那天碰巧庆庆也去了，对他做鬼脸，问他会不会永远爱她，远哥被她逗乐了，摄影师这才拍了一张他认为满意的证件照，那黑人牙膏代言人般的笑容就这样被永恒地保存了下来。

而此刻被挂在墙上的远哥，还是这样笑着，看着自己的父母和妻子在眼前上演的这出闹剧。

那一刻，庆庆心碎至极，大哭一场后，她用最快的速度搬离了那个家，除了随身衣物外，她只带走了那张遗像。她回了父母的家，母亲自然接纳了她，可和父亲始终还是隔着点什么，一有矛盾父亲就拿她结婚的事情冷嘲热讽。

又是两年后，我参加了庆庆的婚礼。婚礼上，庆庆笑得很灿烂，而这一次挽着她胳膊的，是一个身材健硕的男士，皮肤微黑，牙齿却白得不像话，笑起来很有感染力，很像黑人牙膏上印的那个头像。

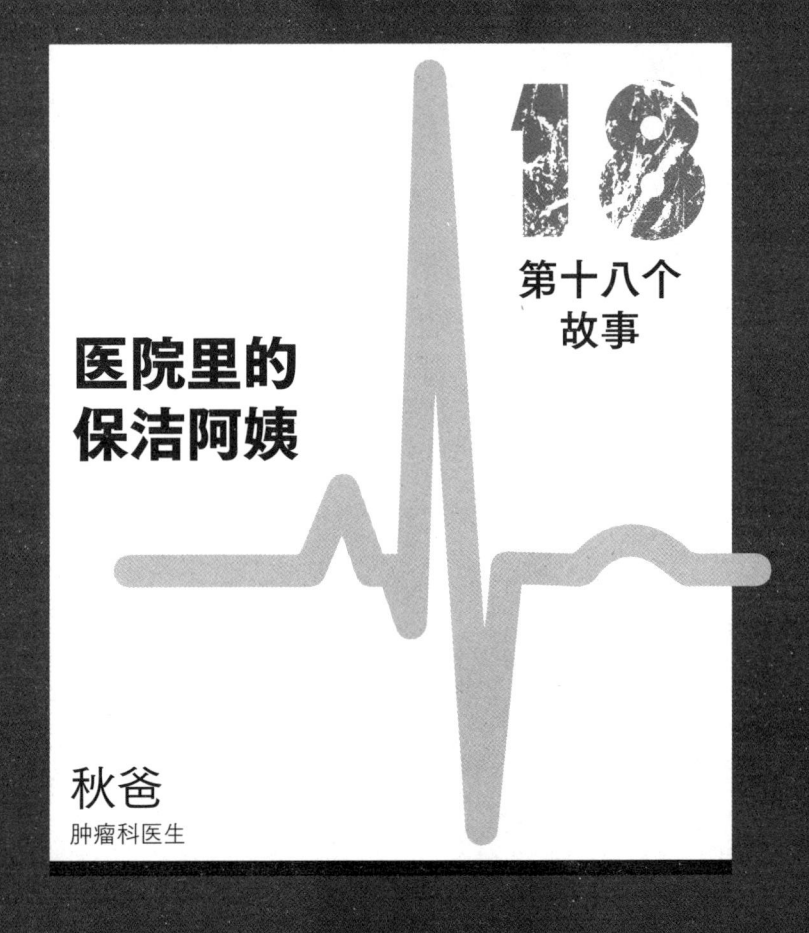

马阿姨叹口气说:"我自己什么病我知道,我花我自己的钱,不用他们的。"

第十八个故事

医院里的保洁阿姨

秋爸
肿瘤科医生

马阿姨叹口气说:"我自己什么病我知道,我花我自己的钱,不用他们的。"

01

我是一名肿瘤科医生，认识马阿姨，是在我研究生毕业来科室工作的那年，她是病房的保洁员。

我有抽烟的坏习惯。刚来新科室，值的第一个班很难熬，午饭后烟瘾大发，我四处寻找适合抽烟的场地，安全通道是个好地方，人少，通风。

推开防火门，眼前竟是一幅居家过日子的场景，马阿姨把楼道布置得像家一样。一张小毛毯可以席地而坐，窗台上摆满了盐、醋、辣椒，还有很多我叫不上名字的调料，每种调料一个小瓶，整齐地码在窗台。窗台下摆着一个5升的矿泉水瓶子，里面是清爽的腌菜。她正端着盆吃着什么，具体回忆不起来，总之那盆里闪着油亮的红色光芒。

马阿姨看我愣在门口，爽朗一笑，倒先开口了："医生是新来的吧？要抽烟是吧？抽吧抽吧。"我挺尴尬，医生抽烟好像是件十分不得体的事情，有点类似交警醉酒的感觉。后来想想，这里应该是全科抽烟医生的聚集地，马阿姨见多了。

马阿姨说她是四川人，在我们科室工作两年了，有好几个医生在这里抽烟，她都认识。那个腌菜叫四川泡菜，在她们那里家家户户都会做。

时间久了，慢慢熟络起来，我知道她儿子在职工食堂做饭，也是个爽快师傅，勺子从来不抖。他站稳脚跟后，介绍马阿姨来这边工作，在我们科做保洁，她告诉我，在病房每周工作六天，工资两千五百块，收集科室旧纸箱，还另有一些收入。

那时我还跟老婆两地分居，加班晚了经常在食堂打个饭凑合着在科里

225

吃。一次马阿姨打扫卫生推门进来,看见我在吃饭,朝我碗里瞅了瞅说:"小王医生啊,加班也不能这么凑合啊,这饭不好吃的,我儿子在食堂上班,那里的饭我都吃腻了。你慢点吃,等会儿。"说完她放下扫把,从科室冰箱里拿出那瓶泡菜:"来来来,尝尝泡菜,在我们四川没人用这种水瓶子泡,得用坛子。"他边说边给我夹菜:"别跟阿姨客气,快吃吧,不是啥好东西,敢吃姜吗?来来,再多来点包菜。"

我尝了一口,嚯,又脆又辣又有滋味。

太好吃了,四川人可真是会吃。

我开玩笑说:"你儿子在食堂,你们俩伙食费是不是就省出来了?我们老家有句话叫'厨子不偷,五谷不收'。"

"你可别跟阿姨开这种玩笑,工作来之不易啊。"

"开玩笑的,他在哪个口打饭?到时候多给我盛点。"

"你该减肥了,还是少吃点吧。"

C2

自从吃了马阿姨的泡菜,食堂的饭再也不能顺利下咽了,我便厚着脸皮常去找她蹭泡菜吃。

后来实在不好意思,我就准备自己做泡菜。我去超市买了大瓶装矿泉水、洋白菜、长豆角、嫩姜、尖椒、紫甘蓝等,把搜来的各种配料买全,还专门买了一瓶二锅头。回到宿舍开始准备制作时才发现,我一没时间,二没自理能力,担心这么多菜全毁了,于是我提着一大包东西去找马阿姨代为制作。

马阿姨笑得很大声,说我肯定做不成。

我说:"泡好了咱俩一人一半。"

马阿姨说:"都是你的,阿姨免费给你做。做这个得用之前的老汤。你也不会做,做不好会变质。这瓶酒你拿回去吧,其他的调料我留下了。"

生活被工作填得很满,多亏了马阿姨的泡菜,我虽工作忙,但体重却一点点地上去了。赶上课题结题,加上科里两位女医生生二胎,那段时间忙得我焦头烂额,忙到忽略了身边许多人和事。直到有一天,我和迎面走来的保洁打了个照面才发现,科室的保洁换人了——马阿姨不见了。

中午吃饭时,我问护士:"咱们保洁老马呢?"

护士告诉我:"别提了,马阿姨确诊大肠癌了,回老家了。真是想不通,你不就是搞肠癌的吗,找你给她看嘛,白吃了人家那么多泡菜。"

我得知后感到很是惭愧,我的专业恰巧是消化道肿瘤方向,结直肠癌是常见的恶性肿瘤。与西方国家不同,我国的结直肠癌发病率正逐年增加,如果没有手术机会,晚期结直肠癌患者所剩的寿命只能按月计算,一般是二三十个月。

那时我才发现,我连马阿姨的手机号都没有。

我又去食堂找她的儿子小赵,问了问情况。

小赵也很惭愧:"我妈前段时间上完厕所发现便池里有血,她跟我们谁都没说,时间长了受不了就在咱们消化科做了肠镜,结果出来说是结肠癌,人家医生还让拍CT,结果又发现肝上也有了。我们让她住院,她死活不住,跟我姐回老家了。"

"还是劝劝你妈,来吧,我给她找床。"

过了两个月,马阿姨终于来住院了。这次来,马阿姨瘦了,而且因为贫血,皮肤显得苍白,步子发飘,现在她肯定不能一个人把长长的走廊一天拖上两遍了。见到马阿姨后,我笑着说:"好久不见,去吧,45床,您知道在哪儿吧?"

马阿姨笑笑:"你说我知不知道?闭着眼我都能过去,你信不信?"

我赶紧说:"您不用闭着眼,走稳别摔了。以后也不用您干活了,让我服务您吧。"我说完后,马阿姨从行李里拿出一罐泡菜,我赶紧推托着不要。

马阿姨说:"谁说给你了?我要拿去放在冰箱里,大家一起吃。"

短暂寒暄后,接下来是询问病史。

马阿姨确诊后,家里人把她接回老家,回家之后在当地县医院开了一些止血的药,并没有规范地抗肿瘤治疗,谁知便血的情况并没有好转,体力也越来越差,小赵这才给老家打电话准备把老人接过来好好治治。马阿姨和我见过的很多患者一样,没症状的时候不接受正规治疗,走遍天下寻找偏方,甚至还有靠拜佛求神来治病的,等到症状出来了才来到医院。这时,很多人已经失去了最佳治疗时机。小赵还特别嘱咐我,千万不能告诉他妈得的是癌症,否则老人肯定不治了。

我实话告诉小赵:"瞒也瞒不住,马阿姨天天在科里待着,这些病人看多了。你还是慢慢给她渗透渗透,她自己配合,治疗才能顺利。"

03

因为是第一次正规治疗,为了能全面了解肿瘤全身扩散的情况,我给马阿姨安排了腹、盆腔增强磁共振,肺部CT,颅脑核磁,骨扫描,血常规,生化,肿瘤标志物,凝血功能等众多检查和化验。

各项检查结果一项一项回报,我在病历里写:马某,女性,56岁,初步诊断为乙状结肠中低分化腺癌IV期,肝转移。IV期也就是晚期,所幸马阿姨肝脏转移灶并不大,而且为单一病灶,抗肿瘤治疗有效后,存在做手术的机会。为了达到最好的治疗效果,我准备给马阿姨上"靶向治疗"。

这里涉及两个问题：一是为了寻找靶向治疗的"靶"，需要做基因检测，属于自费项目；二是如果找到了"靶"，精准的"箭"也不便宜。

这两个问题概括起来其实是一个问题，那就是钱。

我向小赵介绍了下一步的治疗方法和大概需要花的钱，小赵表示要跟家里人商量一下，家里还有一个姐姐。我问他："你姐做什么工作？"他说："在国外当保姆，给中国人带孩子。"听起来她也算是金牌月嫂，马阿姨的靶向治疗有门儿了。

我让小赵跟他姐姐打电话，商量下一步治疗的事，其实是钱的事。小赵问我："你说的那个基因检测和靶向治疗，大概需要准备多少钱？"

"基因检测咱们只查最关键的三个基因，具体多少钱，你得去病理科问，标本在他们那里，大几千吧。贵在后续的靶向治疗，两种靶向药都不便宜，你们是新农合，报销比例高不了。好好跟你姐商量商量，下一步具体怎么办。"

目前治疗恶性肿瘤的新药层出不穷，可新药价格高昂，最后很可能人财两空，医生也是两难，面对经济条件差的病人，往往建议他们量力而行。

第二天，小赵跑来告诉我，他妈不同意基因检测和靶向治疗，要用便宜的治疗方案。

查房的时候，我问马阿姨："您自己做主了？"

马阿姨叹口气说："我自己什么病我知道，我花我自己的钱，不用他们的。你说的那两种贵的药我用不起，我也不用新药，该怎么治怎么治吧。"

她顿了一下："我们一家都是打工的，命贱。"

我除了尊重她的意见，没有任何办法。

我说："那好吧，咱们上化疗。"

尽管目前各种先进的治疗方法不断涌现，但化疗仍然是治疗恶性肿瘤的基石。

一谈起化疗，一般病人往往会说："我宁可死也不化疗，我们村的谁谁本来好好的，化疗两次后就再没站起来。"化疗的副作用确实很大，但随着医疗技术的提高，化疗早已不会让病人"走着进来，躺着出去"了。还有很多病人家属会对医生说："化疗什么的我们不用，只要别让我妈受罪就行。"

这句话貌似很孝顺，但其实是最残酷的，比如肿瘤扼住气管，病人憋得脸红脖子粗，家属急得团团转，央求医生救救他妈，但别用化疗，这就像催着士兵立即上阵杀敌，但千万不能开枪。

这种情况，医生也就只能看着干着急了。

为了给马阿姨创造手术机会，和上级医师讨论后，我决定给她用密集型的两周化疗方案，也就是每两周化疗一次，边化疗边复查，如果存在手术机会及时转普外科。不上靶向药物，这种给手术创造机会的化疗效果会打折扣。

我只能暗自期望马阿姨是幸运的。

C4

很快，马阿姨的第一个疗程开始了。

为了安全有效地输液，护士给她置入了一根输液管，从肘部的贵要静脉直通心脏旁的上腔静脉。从这个通路输液，可以避免化疗药物对外周血管的刺激，以此避免日后可能会发生的血管炎或是化疗药物渗漏后造成的严重的化学性损伤。

"这个输液管不影响正常生活，打乒乓球、羽毛球都可以，但是不建议频繁地大力扣杀。"马阿姨说她不打球，只要能洗衣服、做饭就可以。

我继续说："阿姨，您这套化疗一期二十多个小时，其中一种药需要用微量泵持续往血管里泵四十六个小时。平时活动把泵挎在身上就可以，吃饭、上厕所都不影响。"马阿姨说："知道，知道，我见过。"

我说："您一定注意戴口罩、戴帽子，别碰凉的东西，像这种铁的输液架也不能碰。还有就是恶心、吐，或者拉肚子、便秘，别担心，我给您处理。总而言之，关注您自己的吃喝拉撒，不舒服告诉我。"

"行。吃喝拉撒，没想到，活成小娃娃了。"

吩咐一番后，我发现马阿姨居然没有家属陪着，赶紧说："您儿子呢？化疗期间必须有人陪。"

马阿姨说道："儿子陪着我，谁给你做饭啊？女儿在国外呢，回不来。"

"做饭那么多人，不缺他一个，总之化疗这两天必须陪着，实在不行就找个护工。"

护工一天的陪护费是两三百块。

马阿姨最后让她儿子请假了。

第一个周期的化疗，医生和病人都要提高警惕，人体是复杂的，同样的药物、同样的剂量用在不同人的身上，疗效和副反应会相差很多。

所幸没有发生严重的不良反应。

但马阿姨说自己总是恶心，干呕。

消化道反应几乎是各种化疗药物最常见的副反应，也是坊间流传比较广的副反应，恶心、呕吐最常见于女性，年轻的多于岁数大的，不喝酒的多于喝酒的，最严重的，化疗药物还没输，人就犯恶心。我见过最夸张的，那人是坐着车来住院的，刚进医院大门就开始难受，进病房就吐了。

这种被叫作"预期性呕吐"，需要加上一些抗抑郁药物才能缓解。马阿姨的症状不重，我给她加强了一些止吐药后，效果立竿见影。

我给马阿姨算账，像这样不用靶向药，每次住院检查、化验加上输液的钱，七七八八的也就是三四千，医保再报一些，她们家这种家庭是可以负担的。住院期间,我又提过一次要不要加上靶向药试一试,马阿姨还是拒绝。

就这样,两周一次的化疗,一期期地做下来,时间也过得很快,到了第一次复查的时间。

抽血化验的结果首先回报,血常规提示马阿姨的白细胞、中性粒细胞略有下降,判断是化疗药物造成骨髓造血功能下降导致的,数值在可以接受的范围,对症处理即可。肿瘤标志物的化验比较关键,动态观察这些指标的变化可以判断疾病好转或者恶化的情况,她这次的癌胚抗原水平比刚确诊的时候下降了很多,这是个好消息。

腹部核磁的结果,要到第二天才出来。

我把核磁图像调整好,叫主任一起看片子。主任看片子总让我想起围棋社大师教学的过程,学生围坐一圈,面前各摆一张棋盘,大师转着圈同时跟各位学生下棋,主任也一样,进办公室转一圈,看着各位医生电脑上的片子。

"这个病程进展太快换方案""这个效果不错继续化",有吃不准的再补充资料。有时向主任汇报病例,说名字他不一定记得住,但是比如一提"就是那个双肺转移、右胸腔积液满罐的",他一定能想起来。

马阿姨肝上的病灶缩小了。

这对晚期大肠癌来说,效果算不错。

于是主任决定,继续用原方案化疗三个周期后复查,再决定要不要手术。就这样,经过一次次的住院化疗,每次住大约五天,马阿姨的身体还扛得住,贫血也一点点好转,用她自己的话说就是"我们做活的人身体结实"。

和马阿姨一个病房的患者也是幸运的。

马阿姨了解这家医院的各个角落,住院、出院、结账、打饭,所有环节都门儿清,有了她的讲解我也省事了不少。最大的好处是去食堂打饭,小赵的大勺子每次都盛得满满的,我还和他开玩笑说,他是我减肥路上最大的敌人。

我时常会幻想，如果我们肿瘤内科医生可以用化疗药把肿瘤一直控制住该有多好，可这终究是幻想。马阿姨第二次复查结果并不理想。

肝转移灶没有继续缩小，如果再化疗下去，疾病发生恶化的可能性是有的，手术也存在难度。

因为马阿姨的肿瘤紧邻着一根大静脉。

接下来就要看外科的兄弟们了。

我将马阿姨的病历资料总结汇总，给普外科发会诊。外科一向雷厉风行，很快就给出了意见：手术难度大、风险高，但可以一试，结肠的原发灶和肝脏的转移灶同时切除。

像马阿姨这种晚期结肠癌，尽管已经出现转移，但通过规范的综合治疗是可以达到无瘤状态的，这对病人的生活质量和存活时间都有益处。

我将下一步手术的事告诉小赵，也让他准备好做手术的钱，这次住院花钱多。

小赵说："王医生，好消息直接告诉我妈吧。她听你的。钱不担心，我姐从国外回来了，那边疫情太严重，她不敢去了。"

手术很顺利，马阿姨手术完回老家休养了。

她告诉我，手术后的治疗她准备在当地做了，因为短期内无法工作，就不租房子浪费钱了。

出院前，她给科里的冰箱留了一大罐泡菜，还私下给我装了一小罐，并不忘嘱咐我减肥。

从马阿姨确诊癌症、化疗、手术、术后化疗一直到我写下这些文字，已经过去大约十六个月了，马阿姨仅需要靠一种口服化疗药来维持，恢复得不错。

如今，她又去工作了，做的还是保洁。

老张一脸苦涩地说:"临了时受了那么多罪,却没能挺过来,确实挺遗憾的。"

第十九个故事

19

我在ICU做护士的90天

初一
县城医院护士

老张一脸苦涩地说:"临了时受了那么多罪,却没能挺过来,确实挺遗憾的。"

01

2021年,我在ICU轮转了三个月,学习危重病人的护理。我对这个科室的最初印象,是昼夜运转的床旁监护仪、呼吸机、微量注射泵和血滤机,以及随时都可能响起的报警音。

刚到ICU的第一天,我便目睹了一个60岁阿姨的死亡。那时,我正和我的带教老师给一个昏迷的病人做气管切开护理。

手术室那边打来电话,大约半小时后要送一个剖腹探查术后的病人过来。

我们迅速准备好需要的东西,包括呼吸机、微量注射泵,以及镇静镇痛的药物。病人过来,我们所有人一起将其搬运到床上,正准备交接时,病人心率突然下降,呼吸也变得微弱。

我的带教老师马上推来了急救床以及除颤仪,随即便开始心肺复苏。按压下,病人开始出现室颤,除颤后仍不见恢复。

床旁的几人轮流按压,可依旧没有恢复循环的迹象。旁边的医生告诉主任,从抢救开始到现在,已经超过三十分钟。

我的带教老师依然在按压,主任让她可以停了。

那天,我们默默地帮病人拔下身上的针头以及所有的管子,为她擦净身子,叫了家属进来。

看见她肚子上那条才缝好的长长的疤,我在想,她或许从未想过自己进了手术室就再也醒不过来了。

送走那个病人后,我和老师一起整理床单元。她问我,才来就看到这种生离死别，害不害怕。

我说，不害怕，但是痛心，我第一次眼睁睁地看着一个人死亡。

带教老师是ICU里资历比较老的护士，那天下班换衣服时，她让我以后不要叫她"老师"，叫她"老张"就行。

我一脸不好意思地说："那怎么能行。"

她说自己是个活泼随性之人，叫"老师"多严肃。我被她逗笑了，经过一天的相处，我觉得她的确很活泼，但并不随性，尤其是对待病人。

自那之后，我便跟在老张屁股后面转了三个月。

02

隔天，老张被分去管理那几个植物人，我自然也跟着她一起。

老张告诉我，这几个都是老病号了，长年累月地住在里面，也不用什么特殊药物，只单纯做好饮食护理和生活护理就行。

他们因为住院时间比较长，所以出现了多重耐药菌感染。每个人的床尾都有一个架子，上面挂着隔离衣，为他们进行护理时，我们要穿上隔离衣，防止把病菌带到别处。

13床的老太太已经73岁了，在里面住了一年多。她有意识，但身子动不了，气管切开，里面放了一根金属管子辅助呼吸。进食全靠那根鼻饲管，早晚各一袋营养液，还有她儿子送来的汤。

每次我去给她鼻饲时，都会叫她一声"阿婆"，她会看着我，我便问她："冷不冷？"

她说不了话，只会摇头和点头。

那时，因为疫情，家属不能进来探视。所以每个病床上都安装了一个显示屏，家属在探视时连接显示屏便可跟病人说话。

阿婆的儿子是个律师，很有礼貌，每次送汤来都会笑着说一句："辛苦了，谢谢你们。"他每天探视都会跟阿婆说很多话，可阿婆一句话都不能回应他。

那天，我跟老张帮她翻身擦洗时发现她大腿上有抓痕，有的地方皮肤都被抓破了。老张拉起她的手，叫我拿指甲刀把她的指甲剪掉。弄完之后，又从抽屉里拿了两根约束带把她的手固定起来。

老张说，这里的病人不同于普通病人，进来后我们就要对他负责。病人的一切吃喝拉撒都是靠我们，他们动不了，也说不了话，在这里，我们不只是一名医护人员，更多的时候，我们像保姆一样，做事情要凭良心。

老张为他们擦洗完后，会帮他们在身上涂满身体乳。跟着她做完这些，我感觉腰都快直不起来了，只想找个地方坐一下。

我后来问过老张："等将来有一天你老了，你会选插着管子维持生命还是安然地离开？"

老张说："如果可以选择的话，我想与这个世界好好地告个别，体面地离开。"

03

夜班那天，老张让我多吃点东西再去上班，因为她的夜班从来都不平静。我当时还想，哪儿有那么邪乎。

前半夜还好，后半夜我们一起上班的四个人就没停过脚。

先是老张管的一个病人因为持续血滤，变得非常烦躁。血滤机一直报警，我们只好给他四肢都用上约束带，还用床单固定了他的胸腹部，防止他坐起。

慢慢地，他才安静下来。

没过多久，急诊科那边打来电话，有一个车祸重伤的病人，救护车已经出去接了，等一下要转入ICU。

老张连同搭班的两位老师都欲哭无泪，老张转过身来对我说："你看吧，她们给我取了个外号，叫'救援队队长'，今天晚上就让你见识一下人世间的险恶。"

我平时一到这个点就犯困，可这时却没有一点困意。

等了一个多小时，凌晨2点37分，病人终于被送上来了，我们也忙碌起来。那是个19岁的小伙子，和几个朋友喝完酒独自骑摩托车回家，结果撞到了路灯上。

救护车赶到时，人已经快不行了，医护给他做了基础生命支持后便迅速赶回医院。在急诊科进行了气管插管，留置尿管。

因为车祸比较严重，我们初步诊断他存在脑出血、肝破裂、脾破裂以及全身多处骨折的情况。这种情况，本应该立即走绿色通道送往手术室，但创伤极其严重，他已不具备手术指征。

老张让我给他放置胃管，因为嘴里面还有一根气管插管，这并不好操作，最后，老张亲自上手。

我掀开被子看了一下，他的身上到处都有擦伤，指甲里还有一些泥土和遗留的树叶，不知道事发当时是怎么撞上去的。

我问老张："不做手术还有希望吗？"

老张告诉我："他这个样子根本上不了手术台，送来ICU也只是给家属最后的一点慰藉。"

暂时安顿好了他，我跟老张出去嘱咐家属买所需用品。

外面的女人瘫坐在地，听见老张叫家属时，旁边的男人拉起她走进谈话间。

老张还没说话，她便拉住了老张的手，说道："医生，我儿子没什么事吧？你们一定要救救他，他才19岁。"

我能感受到，她说话时已经语无伦次了。

老张没有拉开她的手，轻声说道："目前暂时平稳，具体的病情等一下医生会出来告诉你们，我是管他的护士，出来交代你们需要买些什么东西，另外，还要告知一下ICU住院病人的具体事宜。"

拿出那张注意事项告知书给他们签字时，我看到了那个男人手正在发抖，签的字都有些歪斜。

签完后，他们又退出去静静地等待。

C4

老张轻叹了一声，说道："虽然见多了这种场面，可每次都还是会替他们惋惜，更恨自己无能为力。"

我回答道："人这一生不是生离就是死别，只是或早或晚而已。"

老张拍了我一下："怎么小小年纪就老气横秋的，你这样可不行。"

我苦笑了一下。

熬了一夜，护士站对面那个挂钟的时针终于指向了7点，老张让我把病人尿袋里的尿全部倒完，然后统计护理记录单上的出入量。

7点30分下一班人来接班，小刘老师一进来便眼观八方。

最后她走到老张面前说道："我今天一早起来就在想，老张有没有收病人，果不其然，救援队队长不是白叫的。"

老张给了她一个白眼，叫她准备好就可以交接病人了。

交接到那个19岁小伙子时，小刘扒开他的眼睛看了看，说道："瞳孔都散大了。"又看了一眼床头卡："才19岁。"

老张说，送来的时候就已经这样了，家属不想放弃。

那天，交完班出来时，已经9点40分了。我看见那个小伙子的父母依旧在门口守着。女人坐在椅子上，双目空洞，男人则躺在上面，似乎很疲惫。

他们或许在想，要是能拿自己的命换回儿子的命也好。可生死面前，没人是宠儿。

休息了两天之后，我们又继续下一轮班。出院了两个，又新入了三个。在ICU里，出院就意味着家属已经放弃治疗。

那个19岁的小伙子还在，我走过去看了一眼，面部肿大，眼周淤血，已经看不出他原来的面目。

05

下午，我给15床病人做气管切开处护理，取套管内的金属管时，他出现了严重的呛咳，痰液直接喷到了我的隔离衣上。

我放缓了动作，轻轻取下管子，清理干净里面的痰液，放在水里煮沸消毒。

看着他的样子，我其实很心疼，因为我对他做的一切操作他都没有意识。他今年53岁，已经在这里住了两年。

两年前，他脑出血做完手术后便转到了ICU，从此，再也没能醒过来。他老婆曾把他转到市里的三甲医院治疗，但仍然没有任何效果，最后又回到了这里。

老张说他以前在银行里工作，家里经济条件还可以。但他长时间住在ICU里，家里几乎花光了所有的钱。

那天，我看见了他老婆，也是50岁上下的年纪，头发已花白，看上去像是已经60岁出头的样子。

她拿了一袋护理垫和三包湿纸巾过来，还问了我其他的东西够不够用，我告诉她暂时不需要其他的。

之后，她便坐到显示屏前和老公说话。

我正给隔壁床的病人喂药，听到她说："你要赶紧好起来，等你好了我就带你回家，你已经两年没回过家了。"

当时，我恍惚了一下，若是他不出事，他们或许也是幸福的夫妻，过着平凡的生活。

可现在，他毫无意识，长时间卧床，肌肉萎缩，双下肢僵硬不能屈曲，我不知道他老婆看着他这个样子，内心该有多难过。

熬了一周后，那个19岁小伙子的父母找到主治医生谈话，说要把他接回家。我知道，他们已经接受了儿子再也救不回来的事实。

走的那天，他母亲坚持带气管插管回去，她说，想让儿子在最后一刻感受家的温暖。老张详细地告诉了他们到时候怎么拔出管子。

救护车送他们回去，呼吸气囊按了一路。或许离开呼吸机那一刻他便已死去，又或许是路途中去的。这时，已经没人关心这个问题了，我们更愿意相信他坚持到了最后一刻，感受到了家的温暖。

06

小伙子没走多久，他住过的床位便来了新的病人。一个85岁的老太太，家属要求不做任何侵入性操作，如果情况不好直接放弃抢救。

老太太是从消化内科转过来的，之前在那边是儿子和儿媳照顾。因为下半身瘫痪，她已经在床上躺了五年多。

当时来的时候，她还在不停地咒骂儿子和儿媳。

老张帮她打留置针，因为全身水肿，打了好几针都没打进去，最后终于在手肘上方打进去了。

可住院时间太长，接受的治疗太多，她双手到处是针眼，液体输进去后就顺着针眼流出，浸湿了床单和被子。

换了干净的床单，我用护理垫把她输液的手包裹起来。老张说，这样下去也不是办法，便和主治医生商量进行深静脉穿刺。

打电话叫家属过来时，家属严词拒绝，不肯在同意书上签字。后来，主任亲自出去跟他沟通，他才同意。

穿了深静脉，便可以用镇静药物。前面几天，老太太不是在骂儿子、儿媳就是在骂我们，还一直在哼唧，不停歇一刻。

隔天，又是夜班，过来接班时，我发现15床已经空了。我问小刘老师，病人去哪里了。

小刘老师告诉我，今天下午就出院了，他老婆想把他接回家自己照顾。

我心想，要照顾一个气管切开的植物人谈何容易，随时随地都要守在旁边。翻身、擦大便这些都是最基本的，还要及时吸痰。

他老婆也已经上了年纪，又如何能做到二十四小时不眠不休地照顾。

才三天不到，护士长便过来跟我们说15床已经不在了。他老婆打电话过来询问医院还需不需要办理什么手续。

老张感叹，或许这样也好，对他和他的家属来说算是一种解脱吧。

工作还要继续，85岁的老太太这两天病情持续恶化，氧饱和度下降。家属拒绝侵入性操作，所以只能给她上无创呼吸机。

两天后，她还是走了，一家子全都来了，接她回家。

07

4月底的那周，是我在ICU的最后一周。那时，我已经独立管理那几个植物人，有时，老张也会让我尝试照顾重症患者，但她依然在一旁指导我。

那天，已经快到下班时间了，ICU又收了一个心肌梗死还合并多种基础疾病的病人。91岁，情况非常严重，收在7床。安排好病人后，下班时间已到，老张让我先走，她还要写记录。

我没走，坐在电脑前等她。等她弄完，我们出医院时，已经是晚上的8点50分了。

老张带我去吃了烧烤，我们聊了一路，不知何时起，我已经喜欢上了这个科室。虽然每天都可能会看到生离死别，但有时看着病人挺过危险期转入普通科室，我内心真的感到无比欣喜。

隔天，那个91岁的老人已经插了管连接呼吸机，因为有肾病，又进行了血滤。

上夜班的老师说，她们忙碌了一夜，又收病人，又忙抢救。

中午时，主任告诉我们，7床等一下可能要做介入手术，现在要等麻醉科那边过来评估。

两个方案可供家属选择：一个是继续在ICU保守治疗，或许还能坚持几天；另一个是做介入，但因为老人的身体状况，很可能下不了手术台。

家属商量之后，还是决定做手术。

本来，这台介入手术可以不用全麻，但因为他插了管，所以最终还是需要麻醉医生在一旁观察。

我和老张一起送他去手术室，跟那边做好交接后就回来了。

大约过了一个小时，手术室打来电话，让过去一个人配合抢救，那边人手不够。因为是老张管的病人，挂了电话老张便赶过去了。

后来，那个病人没有再回到ICU。老张说，她和手术室的护士轮流对他进行心肺复苏，心脏起搏器放进去那刻，他心率有所回升，但最后还是没什么效果。

医生出去找家属谈话，家属也表示理解。最后，老张帮他拔出了股静脉上的血液透析管，那是昨天夜里才置的管。

等待工作人员来接时，老张拿起被子，盖在了老人身上。

回来时，老张一脸苦涩地说："临了时受了那么多罪，却没能挺过来，确实挺遗憾的。"

其实住进这里的人，大多数都是如此。最好的结果是好转进入普通病房；其次是九死一生，身上插满管子维持生命，家属还有一点念想；最坏的就是付出了一切仍然无法挽回生命，落得个人财两空。

离开ICU的那天，我对老张说："感谢你这三个月以来对我的照顾，其实还挺舍不得离开这里的。"

老张也有不舍，或许她不想让我太难过，故意装得一副风轻云淡的样子："千里长席，终有一散，我不希望以后在上班的时候看见你。"

因为我即将回到手术室的岗位上，便回复了她一句："我也不想上班时看见你，下班的时候见见就可以了。"

房子卖了,你们到时住哪儿?娃儿落地了,没了妈难道还要没了家?

**想再多
看你一眼**

20
第二十个
故事

第七夜
急诊科医生

房子卖了,你们到时住哪儿?娃儿落地了,没了妈难道还要没了家?

01

几年前，我在产科轮转的时候，遇到了一个非常特殊的患者。和其他科室不太一样，来产科入住的大多数人都只是普通孕妇，她们来医院只是为了生产或者保胎，从某种意义上来说，她们称不上患者。可是她却不一样。

她也是孕妇，怀孕有24周了，属于妊娠中期，可是我看到她的入院证上还填着"肝癌伴肝内多发转移"这一突兀的诊断。

轮转产科期间，虽然科室没有安排独立管床，但是一般的医患沟通也是交给我们这些轮转的医生去做的。可眼下，我多少有些犹豫。

医院里从来都不缺各类年轻的绝症患者，工作久了我也没空伤春悲秋。可她才25岁，这是她第一次怀孕，原本她该满心欢喜地等待新生命的到来，却晴空霹雳般接到这样的噩耗。同样亟待"处理"的，还有她肚里的孩子。

因为肝癌对母子俩的威胁都很大，胎儿只有24周，是很难等到足月分娩的。

我原本以为，这样的医患沟通注定是艰难的。可是在和她正面接触的那一刻，我发现，她和我想象中的不太一样。她的面颊、四肢都很消瘦，因为肿瘤，腹围却明显比正常的妊娠周数要大一圈。和周围那些面庞丰润、精气神十足的孕妇相比，她确实要显得憔悴许多，不过那双眼睛却还是精气十足，完全没有一个绝症患者眼里特有的灰暗和颓废。

站在她旁边小心伺候的是个50多岁的妇人，看着一脸忧心忡忡，却又极度耐心体贴的模样，便知道是这姑娘的亲妈无疑了。在产科工作一阵，不用家属特别说明，医生很容易就可以从一些细节里分得出产妇的亲妈和婆婆。

大部分的癌症患者都不是第一个知道自己病情的。家属往往隐瞒病情，最后实在瞒不下去了，再选择向患者本人摊牌。能被瞒住的，大多数都是老年人。姑娘只有25岁，她应该在家属和医生的欲言又止中猜到了自己的病情。

"怎么发现这个病的？"

为了不让这次谈话那么沉重，我索性在她床边的凳子上坐了下来，试图拉近一些距离。我不确定她对自己的病情了解到哪个程度，所以也是小心试探，并揣摩着她可能的打算。

她之前可能没怎么和临床医生有过太多接触，看得出她有些紧张，两只手不自觉地绞着被单，偶尔会和我对视一下，但很快又盯着自己的手指。"医生……"她的母亲打断道，勉强挤出一丝笑容，冲我努力眨了眨眼，"前两天做彩超，医生说孩子发育有些问题，我们就是来引产的。她没什么毛病，就是有点营养不良，贫血也重。我们住过来，顺便也输点营养液，再输点血，给她调理一下。"

"我都知道了。家里人一直没和我说，但是我看到彩超单上写的考虑肝CA，我知道那是啥意思，就是癌呗。"她的语气很轻松。

她的妈妈有些尴尬，不再说话，从袋子里翻出一个苹果来削皮。大概是心事太重，她削得很慢，果皮断了好几次，直到露出的果肉有些发黄了，她才着急削下一块，递到女儿嘴里。

"哎呀，你也别有那么大负担，现在得癌症的人多得很，医疗条件又比以前好多了。只要发现得早，治疗及时，还是有好多人治好的，和正常人一样生活。"她的妈妈一边宽慰着她，一边继续冲我使劲眨眼。

一时间，我没想好怎么接话。癌也分为很多种，是有一些癌症的预后相当不错，比如说甲状腺癌或者绒毛膜癌，很多患者单纯经过手术、化疗等常规治疗手段就可以完全达到临床治愈。可肝癌不一样，和胰腺癌一样，它称得上癌中之王，预后非常差，且五年内生存率非常低。

当然，这些也还不是我们这次谈话的主要内容，她现在入住到产科，我们需要直面的，除了她的肿瘤，还有她腹中胎儿的命运。

02

其实在上级医生安排我来和她谈话之前，科室的医生们已经对她的疾病做了讨论。

她的影像学检查提示，肝脏多处的肿块都伴有静脉曲张，这也意味着，随时都有可能出现门脉高压引起的消化道大出血，而且这些肿瘤也随时有自发性破裂出血的可能，无论哪一条，都可以在短时间就迅速置她于死地。好在她的肝功能尚可，凝血功能也还将就，科室商议后，给出的建议还是先尽快终止妊娠。

可这个胎儿才24周，按当年教科书上的标准，这样的胎龄可以被定义成流产儿或者无生机儿。虽然这些年也有不少胎龄和体重均极低的新生儿存活的报道，但这并不能作为常规案例推广。胎龄越小，体重越低，死亡率就越高。

即使勉强保下来，新生儿患有脑瘫、脓毒血症、肺炎、脑室出血等各类风险和并发症的概率也是成倍地升高，救治的难度太大，而高额的花费也足以劝退很多普通的家庭。

所以所谓"终止妊娠"，就是建议她直接引产。

这个话题我还没有正式提到，可听她妈妈的意思，也是要把这个来得不是时候的胎儿打掉，给自己的女儿争取一点治疗时间。

可是，毕竟还是得征求患者本人的意见。

接下来的谈话，我没有刻意去问她本人的打算，而是选了一些相对轻松的话题聊天。慢慢地，她也放开了一些，不似先前那般拘谨。在闲谈间，我对她也多了一些了解。

她家里的条件并不宽裕，高中毕业就进厂里工作了，还要供妹妹读书，业余的时间就在淘宝上做些小生意补贴家用。前些年，她谈了个男朋友，两人收入都不高，但一直节约惯了，虽然两方父母都没帮上什么忙，但也在房价大幅上涨前按揭买了房结了婚，年初她又查出怀孕了，眼看着一切都在往好的方向发展。

怀孕后，她在医院定期做产检，每次产检，也都没发现什么异常。只是从这两个月开始，她发现自己的体重不增反降，每天都感觉有些恶心、厌油、精神萎靡，起初她一直当是妊娠反应，也没重视。直到最近，她经常出现上腹疼痛，腹围增大得有些夸张了，才被她妈妈逼着来医院做系统检查，发现了这个病。

在国内，绝大部分的肝癌都是由病毒性肝炎或者长期大量饮酒导致，可是她没有病毒性肝炎，也从不喝酒，甚至连家族病史都没有。我们也推测，她这么年轻就得了这个病，或许和早些年在化工厂工作，长期接触亚硝胺类化工原料有关。

听到这里，我有些替她惋惜。肝脏上没有神经，很多肝癌早期都没什么明显症状，加上妊娠期也会出现恶心、厌油、腹部膨隆等表现，更加容易漏诊。她做了好几次产检，都没有哪个医生想着给她的肝脏顺便一起做个彩超。

聊了一会儿后，还是她先把话题转移到这个孩子身上："孩子还在我肚子里，现在肚子里又长了肿瘤，这个癌症不会传染给孩子吧。"

她有些顾忌，但顾忌的对象却不是自己。

"不会。"

"那我就放心了。"

在得知癌细胞不会直接传染给胎儿后，她明显比先前放松了很多，那表情像是获得大赦一样。和正常的孕妇一样，翻来覆去的，她提到的只有孩子的事情，她自己的病，倒是没怎么过问。接下来的治疗方案，她也一点不关心。

我决定试图转移这次谈话中她关心的重点，也就不再闲聊，强行说到了重点。

我直接说："在妊娠期间，由于母体内分泌增强，加之胎盘分泌大量的HCG[①]、雌激素等，这些都可以加速癌细胞的生长繁殖，会加重病情并促使疾病恶化。胎儿现在还小，各方面发育都不成熟，现在勉强剖出来也很难存活。"

"那就先不剖出来，在我肚子里先养着。把孩子养大一点再剖出来，我肚子里虽然有瘤，但孩子待在里面也比硬剖出来养不活强。"

她的语气和表情都很平淡。

"给你说了，不要了，先治病。"见她完全没意识到疾病的风险，她的妈妈有些着急，"你这孩子咋这么死脑筋呢，我们都联系到肿瘤医院了，等孩子一打，就赶紧转过去。后面还得接着做治疗呢！"她的妈妈已经开始带着哭腔。

"妈，这些天我就没闲过！你们以为我什么都不知道，其实我都想过了，不打算治了。我查过了，这个病没得治，花钱拖时间而已。"

她的态度明确，我不好再说什么。

我只能将病人和家属的分歧转达给上级医生。没多久，她的娘家人、婆家人陆续都来了医生办公室，两家人的态度都很明确，不要孩子，先给大人治病，她丈夫的态度尤其坚决，就算卖房子，也要先给老婆把病治了。

都说医院是世态炎凉、人性善恶的修罗场，那产科更是集结地。在产科的这些日子，我们见多了那些满心欢喜地围着新生儿转，却将疲惫不堪的产

---

① 人绒毛膜促性腺激素。

妇晾在一边的家属，多少都为这个不幸患癌的姑娘感到些许欣慰。

虽然家属一致要求不要孩子，但患者本人完全有自主决定能力，在两方的胶着中，我们也不好给出接下来的治疗方案，只能给她做一些营养支持措施，同时加强支持治疗。

03

接下来的日子，每天早晨去查房，我都看到她平静地端坐在床上，看一些育儿书籍。

有时候，她还放一些音乐给未出生的孩子做胎教。她的身体以肉眼可见的速度一天天衰败下去，可那双眼睛却始终看不出任何绝望和颓废，甚至还像很多普通孕妇一样，摸着肚皮，感受到胎动时也会流露出喜悦和希冀。

然而，这样的僵持并没有维持太久。

有一天夜里值班，我听到病房里传来激烈的争吵，听出是她的声音，便前往她所在的病房。在吵闹间，我听出了她妈妈的意思，他们一家人还是决意先不要这个孩子，要选择对她更好的方案，引产后去做介入治疗缩小瘤体，想办法买靶向药。他们一家人也开始筹划着卖房，考虑有机会了，就给她做肝移植。

她的妈妈哭红了眼："医生都说了，就算现在硬剖出来不死，也要在保温箱住着，花个十几二十万都没个准，说不定还落个人财两空。"

"所以我不治了，医药费留着给娃儿用，娃儿肯定拖不到预产期。"她回答得倒也干脆。

"你要我跪地求你吗？从小都那么听话，咋越大了就越不懂事呢！全家人都求你了还不成，这娃儿硬生下来不也是一辈子没妈！"

说到"一辈子没妈",这位母亲意识到自己戳中了女儿的痛处,赶紧住口了。

"你要救你的娃儿,我就得杀了自己的娃儿吗?!"她冲母亲吼道。

这些天以来,那是我第一次看到她哭。

"我才做了四维彩超,都能看到娃儿的脸了,哪个能说不要就不要了!医生每天来做胎心监测的时候你们不也都在场吗?那是个活人的心,你们怎么就能当这娃儿不存在的!"

末了,她几乎是声嘶力竭,发了狠话:"你们谁再让我打了这娃儿,我就从楼上跳下去!"

在她的强烈坚持下,她的家属终于断了念想。

接下来的日子,家属们都和她一起等着这个孩子在她的身体里孕育。可这也是一场冒险,胎儿在生长,肿瘤也在生长。她的腹围增长得很快,腹部膨隆得像一只鼓气的河豚,腹壁静脉曲张得愈发夸张,像只巨型的蜘蛛匍匐在她的腹部。与她硕大的腹部形成鲜明对比的,是她日益枯瘦的四肢,肿瘤和胎儿都在消耗她。

有次查房时,碰巧遇到她有胎动,她的腹壁被撑得很薄,胎动明显,她欢欣雀跃地叫着,让病房的医生和家属也来瞧瞧,看她还未出生的孩子有多么活泼好动。也是在那天,她在家属的搀扶下,到医生办公室里签署特殊沟通。

在医生们反复向她强调,肝癌结节破溃以及静脉曲张破裂都有可能导致大出血,随时危及母子俩的生命,建议及时终止妊娠,并积极治疗肿瘤相关疾病后,她淡然地写下:要求继续妊娠,只予以基本保肝、营养支持等对症治疗,后果自负。

"不再想想吗?"我的上级医生再次提醒她。

积极治疗的话,再怎么样都比这么干等着好些。她的丈夫见医生在这个时刻都还在劝导,像又看到了一丝希望,便又趁热打铁:"我们也在肿瘤医院问了，还能吃靶向药，也可以做介入，进行免疫治疗什么的。实在不行，不是还可以换肝的吗，钱没了能再挣，人在就好。"

她笑得无比超脱又释然："我看了那个米兰标准，换肝也得符合条件啊，我肝上全是肿瘤，小的那个都超过3厘米了，你们就省省心，别打那房子的主意了。房子卖了，你们到时住哪儿？娃儿落地了，没了妈难道还要没了家？"

我们诧异于她还查了肝移植的米兰标准，看样子，这些天她也下足了功夫去了解自己的病情和治疗方法。做出这样的选择，并不是一腔孤勇的意气用事，的确是她深思熟虑后的选择。

不过这个米兰标准是有些过时的，国内的肝移植标准可以放宽很多。但是肝移植对她家人来说也的确只是一个美好愿景，因为合适的肝源太少，而且费用太高。就连她老公刚才提到的那几种保守治疗方案，也无一例外都很烧钱。

接下来，她竟像交代遗言一样："娃儿肯定挺不到足月生产，后面肯定还得花不少钱，我这个病也就别折腾了，把全家都搭进去就为了多换个一年半载的，划不来。往后这个钱都得用在刀刃上。"她虽然年轻，也没在这个节骨眼去考验亲情和爱情的浓稠度，只是尽可能给自己的家人和未出生的孩子做了性价比最高的安排。

既然如此，我们也尊重她的选择。

04

之后每次查房，我们都能感觉得出她的焦虑。她也是在"赌"，如果肿瘤比胎儿长得更"苗壮"，或者她的病情发生变化，母子俩可能都保不住。

28周，在产科是个很特别的时间节点，因为28周后出生的早产儿通常具备良好的呼吸能力，存活概率较大。而她的情况也快到了极限，实在不适合继续妊娠。在多科室协同会诊后，科室决定给她做剖宫产取出孩子。

因为产妇的特殊性，参与那台手术的都是各个科室的大拿，我只能在一旁观摩。

麻醉起效后，产科主任用最快的速度将一个皱巴巴的皮肤青紫的女婴从她的子宫中取了出来。这个和肿瘤共生的新生儿只有1100克重，正常体重的三分之一。新生儿监护室的主任和护士立即用吸引器将其口鼻内的分泌物吸净，又反复弹了几次脚底，婴儿才发出微弱的啼哭声，而她还被固定在手术台上，婴儿已经取出，被切开的腹壁和子宫还需要逐层缝合。

这台手术，给每个人都带来极大的震撼。

刚出生的婴儿，特别是这种早产儿，身上都混合着血迹、羊水、胎脂，大抵都是丑陋的，她在看到自己的孩子时，眼里蓄满了泪水。

在手术前，她就和科室医生说，术后还是回产科住着，产科的病房布置得温馨，而且是医院里唯一充满喜庆的地方，待在这里能轻松些，比待在肿瘤科互相比惨等死强，而且在这里住这么久了，和医生护士也都熟络了。

而和我们预料的一样，她身体的各项指标在产后出现了迅速恶化，肿瘤生长得非常迅速，开始压迫胆道，她整个人都变得愈发枯黄。

我们知道，她所剩的时间越来越少了。

精神好一点时，她会让家属推着到在另一栋楼的新生儿监护室去，听管床医生讲讲孩子的现状。万幸的是，听新生儿监护室那边说，她的孩子状况还不算太差，那些最可怕的并发症没有尽数发生在这个让她冒死保下来的孩子身上。

而她一天比一天虚弱和衰竭，慢慢地，已经完全下不来床。由于出现了肝性脑病，她昏睡的时间也越来越长，偶尔醒着的时候，家属就会给她看手机里女儿的视频——都是新生儿监护室的护士专门录下来发给她的。

早些时候，她还会对视频里浑身绑着各类仪器的女儿笑，每天给女儿加油打气。

到了最后，她的丈夫整日地把手机放在她的眼前，她却几乎终日耷拉着眼皮。

死亡，一天比一天接近，没有奇迹发生。

一天中午，她在家属和护士的协助下，在床上排便，长期卧床导致她排便非常费力。那天排便后，她忽然满头大汗，痛楚难当，那会儿她已经说不了话，只是把手放在腹部。监护仪上，她的血压急速下降，心率也跟着下降，应家属的要求，科室没再进行徒劳的有创抢救。根据她的病情和表现来看，应该是肝脏上的肿块破裂导致的大出血，让她迅速进入休克状态。

所幸的是，她最后走得不算太痛苦。

她的女儿，在新生儿监护室并没有住太久，恢复得相当不错，不过这些，她也没机会看到了。

我给老李换了最后一次药，看着老李的胸部一起一伏。我知道，这还是老李，生命还没有翻篇。

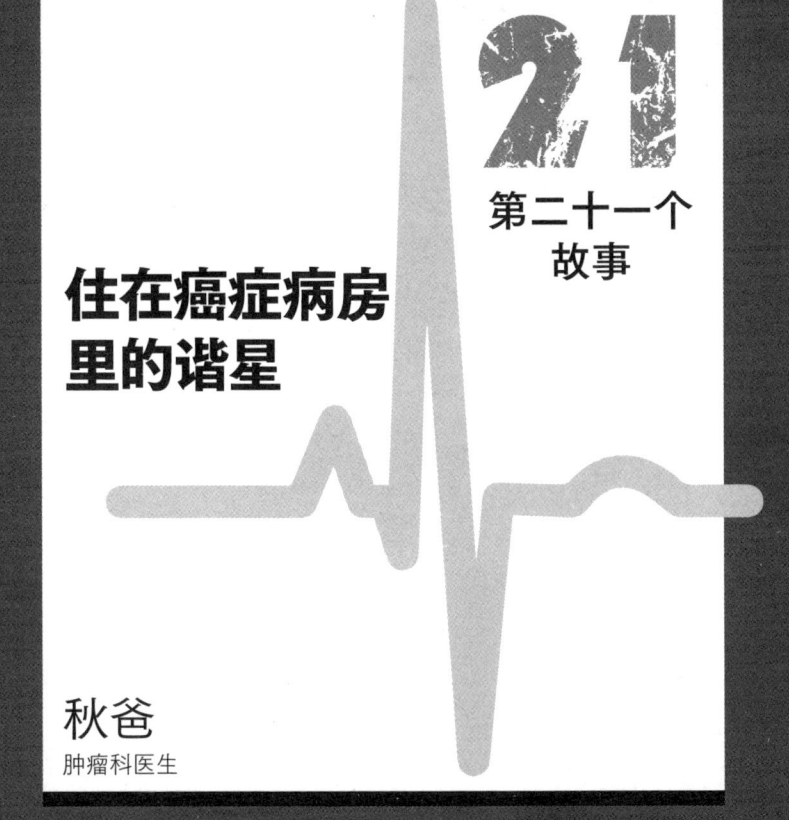

21

第二十一个故事

住在癌症病房里的谐星

秋爸
肿瘤科医生

我给老李换了最后一次药，看着老李的胸部一起一伏。我知道，这还是老李，生命还没有翻篇。

01

老李是我参加工作接收的第一个病人,得的是肺腺癌晚期,确诊时60岁,他退休的第一年。

第一次见面,老李没给我留下什么印象,倒是他老婆风风火火的。询问病史时,老李总是插不上话,都是他老婆在讲,讲也讲不到重点,絮絮叨叨没完没了。

我问老李:"你抽烟吗?"老李说抽一点。话音刚落,老李的老婆几乎跳了起来:"抽一点?一天到晚烟就没离过手,天天乌烟瘴气的。"

旁边病床的病人家属也开始说起自己老公抽烟的事,你一句我一句,我这个医生都插不进去嘴。

肺癌的病因目前来讲,研究得相对清楚,吸烟是一项重要的致病因素,也正是因为这个,肺癌患者与其他癌症患者比起来,总是承受一份额外的压力,仿佛得别的癌是命不好,而得肺癌是"罪有应得"。

一阵剧烈的咳嗽,结束了两位家属的啰唆,老李的爱人急忙拿出水杯递上水,老李边咳边摆手。

我在病历上写下:李某,60岁,右肺腺癌,多发淋巴结转移、肝转移、骨转移。老李比较幸运,可以应用一种叫作易瑞沙的靶向药。我告诉老李把烟戒了,回家吃靶向药,每个月拍CT,定期复查。

肺腺癌的病人如若存在基因突变,可以进行靶向治疗,这种治疗利用基因检测寻找肿瘤的"靶",用靶向药中精准射击的"箭"攻击癌细胞。

半年后,老李自己来了。

他走进办公室跟我打招呼，说老婆在家带孙子，家里人手不够。

老李胖了些，他戒了半年烟，饭量大了很多。这在肿瘤科医生看来是件好事。还有就是他起了一身疹子，这也是一件好事，说明靶向药在起作用。

复查的项目一项一项报出结果，我竟然有些紧张。老李毕竟是我的第一个病人。

不幸的是，肿瘤不仅长大了，还转移到了另一侧的肺上。晚上值班，9点多，我在办公室写病历，老李来问白天检查的结果。

我问他家里人明天能不能来一趟，可能需要输液，身边不能没人。

老李对他需要占用家里一个人手很愧疚，反复说自己一个人也能行，再不行找个护工。

"还是叫家里来人吧，病情得跟你们交代一下。"

说到这儿，老李不倔了，也不问检查结果，给儿子打电话，说是大夫让来一趟，其他什么也没说。

面对肿瘤病人，有一个很重要的沟通方式就是"你先回病房吧"，医生更多的是把坏消息告诉家属，由家属决定是否跟病人说。我的老师是这样，传到我这儿，自然也是这么说。

第二天，老李的儿子从外地坐高铁赶到医院，我向他告知病情，他爸爸的病恶化了，靶向药耐药了。

当下面临两个选择：一个是直接上化疗，需要每隔三个周住一次院来输化疗液体；另一个就是用更新一代的靶向药，国内没有，得去香港或者美国买，一个月的费用是5万，全自费，效果比化疗好一些，病人受罪少。

他儿子犹豫了一会儿，说回去商量一下，并特意让我瞒着他爸。

按我的经验，商量一下的结果都是用不起，用得起的一般不商量。

第二天，他儿子告诉我，他们决定化疗，但是希望化疗的液体用进口的，在他们的能力范围内，尽量让老人少受罪。

02

化疗的前一天，老李有些得意地告诉我，他特意解了一次大便，给自己的水杯配了一根吸管，准备一整天都不下床，为化疗做准备。

我有些哭笑不得，跟他说，如今的化疗不再是走着进去，躺着出来了，而是会根据体重计算药物剂量，疗效和副作用把握得还算精确，基本不会有什么特别严重的反应。老李脸上的得意还在，但明显神情紧张起来，干笑了好几声。

查房时，为了缓解老李紧张的情绪，我笑着问他酒量怎么样。他说，上班的时候每天喝酒，每次一斤多，有时候带着任务，喝得更多，退休了少一点。

"少一点是多少？"

"半斤吧。"

"半斤多少度的？"

老李笑了，说自己喜欢喝高度的。我告诉他酒量大的人，化疗的时候不容易吐，好事。

快下班了，老李来办公室找我，问第二天化疗能不能早点开始，这样儿子能早点回去。我告诉他，这期化疗已经结束了，再观察两天，就可以回家了。

老李挺惊讶的，说还没什么感觉就结束了。我告诉他别急，会有感觉的。

聊了几句，老李问我，他的肿瘤是不是长了。我说："你别想这个，好好输液就行了。"

"其实我都知道，隔壁床病友告诉我了，说只要是治疗药一改，就是瘤子长了，换几次方案人也就差不多了。他已经换三次了，现在人都下不了

263

床。CT报告上都写了，我是右肺癌，现在左肺上也有了。我儿子也不告诉我，你也别告诉他我知道，这样挺好。"

这样你瞒我瞒的戏码，医院每天都在上演。我答应他，让他松了一口气。

随着化疗一期一期地进行，老李的肿瘤暂时控制住了，转移一侧的肺部肿物，CT显示已经找不到，但化疗的副作用也随着药物浓度的积累逐渐显现出来。

首先是瘦，老李体重轻了五十斤，他总是自嘲：每个季度都得买一身小一码的衣服，多花多少钱，幸亏自己活不了几个季度。

还有就是食欲下降，平时吃饭用大碗，现在吃饭换小碗，老李说他跟他3岁的孙子比赛吃面条，经常是他孙子赢。

化疗药物最常见的不良反应就是骨髓的抑制，就是常说的白细胞低、免疫力下降。老李久病成医，学会了看血常规的化验单，一发烧或者浑身没劲，意味着白细胞又低了，就赶紧去医院打针。

后来，看别人化疗掉头发，老李也剃了个光头。

我告诉他："你用的药不掉头发。"老李反应过来，骂了句脏话，说："剃了也还好，在家逗孙子好用，一摘帽子就是光头强。"

就这样，老李每隔两三周来一次北京，持续了大概一年。治疗期间，肿瘤时大时小，化疗方案也更换了两次，效果却始终不好。

长期的化疗毕竟是一笔极大的开销，老李的身体也日渐瘦弱。渐渐地，他从可以坐高铁来，到需要买卧铺了。

03

与老李同期确诊的还有一位张大爷,两人化疗周期相同,被安排在同一个病房。他俩经常同时来住院,时间长了,便成了朋友。

老张患的是小细胞肺癌,是肺癌中恶性程度最高的一种,平均存活时间不足十个月。

因为老张写得一手好毛笔字,获得过河北省某县级市书法比赛一等奖。老李经常揶揄地叫他"书法大师"。老张则叫老李"局长",其实老李可能科长都不到。两人插科打诨,老张也被老李带得笑呵呵的。

一次查房,一进门我就看见老李在切土豆,我笑着问他:"不喝酒改吃土豆了?要在病房里做饭可不行啊。"

老李指了指老张:"哪儿的话啊。你看大师那胳膊,肿成啥了,用土豆片敷敷就好。"

我有些哭笑不得。化疗药物刺激血管,加上大量输液导致的静脉回流受阻,老张右前臂出现严重的肿胀,但那是不可避免的,土豆片能有什么用。

第二天,我去看老张,他的胳膊依然是肿的,仅仅是针眼的位置,淤血略有消散。看来老李的"土豆疗法"不太管用。

我想了一下,还是对老张说:"有好转,接着贴吧。"

老李非常得意:"看看,土法子比他们这大医院也不差。"

老张兴致也很高:"嘿,这招好用啊,一块钱就把病治了。"

一期化疗结束,老张化疗反应比较重,躺床上一天没动弹。我对老张说:"您昨天抽血的结果出来了,白细胞下降得比较厉害,要靠打针把白细胞升上来,打完针可能会腰疼,发热,这都是正常反应,不要害怕,以后吃升白细胞的药就行了。"

老李满病房晃悠,刚好走到他的床边,说:"升白药不管用,你这么办，你买红皮花生，别吃花生仁，把花生皮留下泡水喝，保准管用。"

老张看向我，意思是等待一个医生的认可。这又难住我了，我不知道怎么回答，只好说："管不管用问李老师吧，花生皮泡水饭前喝，饭后再吃两粒升白药，这样肯定效果更好，土洋结合嘛！"

老张听完拿出一个小本子，认真做起了笔记。老李指着本子又说："还有，炖鸽子汤，小火慢炖，也能长白细胞。哎呀，不用记，都在脑子里呢。"

我不知道花生皮和鸽子汤是老李开给老张的安慰剂，还是确有其事，但老李不知道，癌细胞已经转移到老张的脑部，肿瘤不会再给这些"留在脑子里的东西"留太多位置。

那段时间，老李经常带着老张在走廊"嘎啦嘎啦"地盘核桃，或者在病房里锻炼身体。病房不大，他俩就走到尽头，再转身往回走。

夜间查房时，我经常逮住他俩在房间里偷偷喝酒。

老张每次都很紧张，像考试作弊的学生被抓了现行，而老李非常淡定："王医生啊，我们老哥俩也活不了多久了，喝一杯就少一杯啊。来这儿化疗不就是为了多活几天，多活几天不就是为了痛快痛快啊。"

老李说的没错，但我还是建议他们不要再喝，至少要改喝啤酒。

没过多久，老张就不再来北京了。

我和老李默契地都没有再提此事，只是从那以后，老李再也没偷偷喝过酒。

04

老张走后没多久，有一天，护士跑过来说："21床不好了！"

我赶忙跟护士一路小跑到病房，仪器上的血压、心率都降得飞快，我立刻大喊："推抢救车，家属往外走！"

护士拉上帘子，我开始准备抢救："多巴胺泵开满，推一支肾上腺素，电除颤给我拿过来。"

"医生，他们家不同意有创抢救。"

"那就用药，多巴胺、肾上腺素反复推。"抢救持续半个多小时，21床的家属叫我出去，哽咽着说："算了，让他走吧。"

我表示理解，有创治疗只是徒增病人的痛苦。监护仪上的数字逐渐变成0，21床的病人走了。

我帮21床的病人把插在胸腔和腹腔的引流管取出，护士把输液针拔掉，用酒精将病人身上的污物擦干净。不一会儿，几个太平间的工作人员推着车，穿着一身黑西装，动作娴熟，将病人整理妥当，再盖上一层雪白单子，推走了。

紧接着，保洁员打扫消毒。不到一个小时，21床洁净如新。

老李是20床，抢救21床病人时就在隔壁输液。据说他吓得瑟瑟发抖，自己拔针跑了出去。

后来老李找我，说他等到那时候也不想往嘴里插管子。我同意了。

2018年的夏天，一天值班时，主任告诉我，晚上会来一个急诊的病人，有事打电话。

我到急诊室才知道病人是老李。他高烧不退一周，救护车跑了五百公里拉到我们医院，因为等不及排队住院，直接进了急诊监护室。

"双肺广泛感染，体温39.5度，白细胞几乎降到0。"

我把老李带回肿瘤科，住进重症病房，三种最强的抗生素被同时大剂量应用，不让家属探望，每天只能隔着玻璃打半小时电话。

那几天，我们交完班，三个负责主治老李的医生就会围上去看他早晨的化验单。到了第十天，老李的白细胞终于上来了点，仅存的免疫力配合上抗生素，终于让老李的烧退了。

这十天内，家属二十四小时轮班，都快扛不住了。病房外面留人，不让进也不让走，大医院还不让打地铺，老李的儿子就在窗台上铺个坐垫，住了十天。

各位主任反复向家属交代病情：老李很危险，白细胞上不来，感染控制不住，人说没就没。

我妈曾经跟我抱怨："你们医生挺过分的，总把病往重里说，出了事就没你们的责任了。"我觉得她说得有道理，但也不全对，老李病危病重的通知书都签了无数遍，确实是说没就没。

治疗结束后，老李渐渐好转。有一天我查房，他问我："我能不能提前签个字啊，不然等我昏迷了，就没法签了，我不插管。"

我安慰他："你有授权委托人，你昏迷了，你儿子替你签。"

老李很坚持："万一那时候，我儿子非让我插咋办？"

这个问题难住我了，授权委托就是为了在病人意识不清的时候，有人能来签字做决定。当时的我确实还不懂，就说："这是不是得请律师啊？"

老李也说："可能是。"然后叹了一口气。

C5

从层流病房出来后，老李下不来床，精神也萎靡不振，每天只能躺在床上输液。

多次化疗后，老李的血管条件很差，输液很慢。到第二天了，前一天的液还没输完。

输液的那段时间，老李的家里来了许多我以前没见过的亲戚朋友，其中一个是老李的女儿，在爱尔兰工作。她话语权很高，反复询问病情，讲话喜欢用反问句，经常弄得我哑口无言。

后来，她干脆只跟主任讲话，指示我们一定要用最好的药，坚持要做有创抢救，老李最害怕的气管插管也要做。

此时老李已经深度昏迷两天，家属还在为是否插管争论不休。最后是老李的老婆发了火，才将此事平息。她早就没有我第一次见到时的矍铄，眼神也空洞洞的。

病情发展到这一步，已经无力回天。我想起老李是河南人，要回老家安葬，这样才可以进祖坟。

于是我叫来老李的儿子："我得跟你说件事，北京市的规定，人死了不经有关部门批准是不允许出京的，原则上是要在北京火化的，我不知道你们家的习俗，必须跟你说清楚。"

他儿子表示明白，立刻联系救护车，准备赶往河南老家。

我给老李换了最后一次药，看着老李的胸部一起一伏。我知道，这还是老李，生命还没有翻篇。

临上车时，我将氧气袋充得满满的，嘱咐家属一定要把液体举得高一些。我又认真检查监护仪、氧气管、输液接头，询问救护车上的设备是否齐全，车上是否有医生陪同，是不是走高速，走高速要几个小时。

一切流程结束后，我跟老李的儿子一起将老李抬上救护车。这次并不吃力，老李瘦得皮包骨头，没有了人形。

我又送了老李几个口罩，在老李的耳边说了一声再见。从此，我再也没有见过他。

老赵发出"咝咝"的声音,过了许久,反驳地"啧"了一声,认真地说:"这个我没忘。"

22 第二十二个故事

我们都要好好活

唐闻生
救护车跟车护士

老赵发出"咝咝"的声音,过了许久,反驳地"啧"了一声,认真地说:"这个我没忘。"

01

2021年2月,处在"见习护士"阶段的我,轮转到了急诊科,负责急救出车工作。

"3",是我的跟车代号。

三个月,我共出车753次,有效出车681次。

直击一线,很多场景令我难忘。我曾因为三个不幸落水溺亡的孩子悲痛到无法工作,也曾因为一个老人被亲生儿子虐待身亡而感到愤怒。

有人说,急诊科是这个世界最慌张、最绝望的地方,这个地方聚集了人间疾苦,见证了太多生命的终结。

但最令我念念不忘的,恰恰是一个温馨的故事。

我们这个五线小城镇,老龄人群在人口中所占比例极高。

县城周边的村镇已然变成一个个"老人村"。

2021年3月底,我出了一趟车,距离县城七公里,是一个主要种植山药的小村庄,患者是一位71岁的孤寡老人。

老人早上起床突发急性脑血栓,运动中枢受损,造成对侧偏瘫,无法自由行动。

拨打120的人次日去找老人借农务用具,才发现他躺在床下一动不动,裤子被褪去了一截。

本来他以为老人已经去世了,着急忙慌地给亲属打电话。老人这时却醒了过来,听到有人正通知别人说他"死了",声嘶力竭地骂了一句。

救护车到达后,老人正被一位中年人照看着。他一天一夜水米未进仍精

273

神抖擞，倚在门上对一旁的中年人说话，不时努嘴抽两口中年人手中的烟。

我们将老人移至车上，老人的话也不停，说他姓赵，"咬牙切齿"地讲述发病缘由：同村的人挖山药洞挖穿了交界处的土埂，老赵认为自己的田地水土流失严重，跟对方吵了起来。双方互不相让，据理力争，几乎要打起来，最后被人阻拦才不了了之。

老赵回家后越想越气，觉得自己吃了两个亏，从吃饭骂到睡觉。第二天起床时，老赵发现自己身体无法动弹，以为还在梦里，碰到了鬼压床，情急之下从床上滚了下去。

老赵躺在担架上，头斜着，眼睛死死盯着中年人，一连串骂了十多句脏话："都说要爱护老人，他狗日的目无尊长！"后又一抻脖子，眼睛望着车顶，想了想，突然又认真地询问那中年男子："狗给我喂了吗？"

02

老赵躺了一天一夜，排泄物已经凝固，一股铁锈味道的臭味扑面而来。

到达医院后，同事欲将老赵的衣物处理掉，老赵眼睛一瞪执意不肯，固执地让中年人带回去，说是让与他吵架的那个人亲手清洗，以此赔礼道歉。

中年人为老赵办理手续时，我们才知道，他并非老赵的直系亲属，而是拐了好几个弯的侄子。

老赵是本地人，曾经有过一段婚姻，妻子是湖北人。中年离婚后，前妻带着儿子回了湖北，到湖北后组建了新家庭。

老赵脾气执拗，性格暴躁，前妻怀孕时他远在济南打工，认为前妻的出走原因涉及道德层面，不肯接受孩子是自己的亲生骨肉。孩子走时也仅有2岁，对老赵没有一丁点印象，照老赵侄子的话说："拢共喊了没几声爸爸。"

至今，除了户口问题有所交流，孩子和前妻跟老赵一点联系也没有。

2019年，国家扶贫政策惠及当地，老赵低保户、贫困户两样全占，政府政策落实，为老赵翻修了土屋。除了四亩地外，每月还能领到六百元的补贴。

因老赵没有直系亲属，村委会联合政策，指派一个远房侄子照顾老赵，老赵死后，其全部资产归该责任人所有。

好在侄子跟老赵对得上脾气，也对老赵很好，情如父子，常常偷摸将老赵的"黄山"烟换成"白将军"烟。

侄子姓陈，我们都叫他陈哥。陈哥为人憨厚，50多岁，在县城的一家厂子上班，已经有了孙子。

赵老头性格偏执，倒也可爱，一辈子没住过院，第一次住院觉得是个新鲜事，就让陈哥从家里拿出一本老旧的电话簿，挨个与之前认识的朋友和工友打电话。

电话簿常年放在潮湿的地方，墨水受潮，字体被晕染，1变成两个1，老赵全部按上去，出现了16个数字的电话号码。

陈哥和声和气地解释，老赵不听，跟提示音聊天，聊了两句发现不对，骂句脏话将手机摔到一旁，勃然大怒："听说过鸡生蛋，知了生知了，没听说过电话号生电话号！"

同事们觉得这老头有趣，围着嘻嘻直笑，陈哥哭笑不得，按照准确格式拨打过去，但接听的仍是普通话标准的播音腔[①]。

陈哥为了让老赵有人炫耀煞费苦心，照着电话簿一个一个拨打，终于有了接通的，陈哥询问两句，忽然逃出了病房，皱着眉头对我同事轻声说："死完了[②]。"

---

① 空号居多。
② 指电话簿上的那些人。

03

　　这事陈哥没跟老赵提，老赵就当作一时兴致，很快就忘了。

　　住院没几天，老赵在病房交了不少朋友，虽然老头性格暴躁，但就理论事，擅长以自己的毕生经验为别人解疑答惑。

　　身体动弹有困难，老赵的脑子可灵活敏捷，他为人分析事情喜欢一层一层往里盘，从一件事说到另一件事，再从另一件事说到下一件事。

　　最后说到国家："现在政府对咱多地道啊！我一个没用的老头子，国家都给我盖房，给我钱，住院还给我报销。我是没啥用了，你们得扛起大旗啊！"

　　不过老赵身体硬朗，病情倒不重，抽烟喝酒算附加因素，主要还是因为生气。医生让他住院观察几天，老赵闲不住，跟病友聊完，又跌跌撞撞地找护士站的同事聊。

　　同事们对这个脾气倔强、爱发牢骚、偏小孩子气的老头十分喜欢。

　　不过从他住院以来，也就陈哥一人来看望。

　　有时陈哥到病房探望，老赵哈哈一笑，先是骂两句脏话，接着头往上仰，眼珠转动两下，再低头一脸严肃地问："狗喂了吗？"

　　后来陈哥便拍狗的视频给老赵看，老赵一脸宠溺地看着手机，嘴边脏话不断："这个畜生吃得还挺香，一点也不想我。"

　　老赵身体恢复迅速，身子骨硬朗得不像这个年龄段的老人，临近出院，老赵却总谎称这里疼，那里不舒服，同事吓唬老赵要给他打针，老赵便如有神助，瞬间康复了。

　　病房新转来病友，老赵就跟其家人唠家常，攀亲戚，郑重其事地拍拍胸脯保证："没大事，这里的医生可厉害啦！死人都能给你救活！"

　　老赵的小心机并没有推迟出院日期，办理出院手续那天，老赵的表情还有些失魂落魄，皱着眉头微微叹气。我当时正交夜班路过病房，看到老爷子的模样感到疑惑，陈哥神秘地冲我眨眨眼，小声说道："别搭理他，装二流子呢。"

同事帮忙收拾东西，老赵提议为护士们唱首歌："一首朱之文唱过的《滚滚长江东逝水》。"

此歌副歌部分的音调极高，老赵跑调跑得跟长江水似的。

唱到高潮，老赵戛然而止，解释道："下次再说吧，狗饿了。"

虽然急着回家喂狗，他还不忘要了同事一个电话号码，数了数，确定是11位后满意地说道："我以后常来！"

老陈后来倒的确与我同事保持着密切的联系，有一天同事收到一张图片外加一条语音消息，图片里是一只黑色小狗，点开消息，老赵的爽朗声音传来："闺女，看俺嘞狗！"

04

2021年五一节过后，我有几位同事休假，打算趁机去探望一下老赵。我因补班无法一同前去，便买了几箱牛奶、八宝粥，托他们带去。

五月份，天气正适宜，不冷不热，农作物也尚未成熟。同事们到达后，老赵的家门敞着，但四处找不到人。打听一圈，才在村里的娱乐室找到了老赵。

老赵正跟另一个大爷聊天，见到同事们先是一愣，马上就哈哈大笑着站起来，怯生生地踩住了地上的烟头，敬了个礼。

有同事看到了老赵的小动作，嗔怪地埋怨了两句，老赵脸色一变，大声地抗议着说："我没抽！我戒烟啦！"

一旁的大爷嘲笑地说："戒个龟孙。"

老赵瞪了大爷一眼，一脸正气地昂着头喊："我咋没戒，我戒俩小时了！"

同事们哈哈大笑。

老赵的家很干净，各地方都布置得服服帖帖，屋里虽然是土砖路，但地上毫无尘土，十分整洁，还能看到柳条扫把扫过的印子。

老赵说自从出了上次的意外，陈哥每两天就来一次，帮着打扫打扫卫生，说说话，有时是孙女来。

因为老赵的习惯动作是敬礼，有同事问他是否当过兵，老赵说没有。敬礼的习惯是早几年他在城里当保安，管理停车场时养成的。虽然是大城市，但见到的人素质参差不齐，遇到素质好的，脸上有笑脸的，他不收钱，直接开杆，还摆个笑脸，遇见素质差的则反之。

对这种行为，老赵一点也不觉得不妥，反而很自豪："都是出来打工的，谁尊重我，我就尊重谁。别看我老了，脑子可灵着呢！"

上次的意外给老赵造成的影响不小，虽然身体正常，但手脚出现了时强时弱的颤抖，有时还会感到手脚无力。医生说这是后遗症，再加上老赵的年纪，越往后这种情况会越严重。

也因此，老赵干不了农活，把地租了出去。闲着没事，又无法骑车，只能每天满村溜达，晚上到村民家看两集电视剧。

老赵的狗叫"黑子"，继承了老赵的脾气，见有生人就大吼大叫，熟悉了又很乖巧地任人抚摸。

同事们去老赵家是下午，已经吃过了午饭，离晚饭又还早。坐了一会儿，说了些话，同事们起身要走，老赵不肯，十分坚持。他想留同事们吃饭，说自己年轻时干过厨师，青椒烧鸡做得一绝。

同事们还在拒绝时，老赵已经风风火火地出门买材料了，临走时还把门给锁上了。大概等了半小时，沮丧的老赵拎着一袋零食走了进来，他气呼呼地说:"好巧不巧!鸡卖完了!"

同事们七嘴八舌地说:"没事没事,下次我们还来……"

老赵把零食递给同事,音量又降得很小:"简单吃点吧,不知道我还有没有下次了。"

喧闹的气氛一下静了下去,同事们无话,低着头,"吧嗒吧嗒"吃着零食。老赵仔细扫了一圈,疑惑地问:"还有两个闺女呢?"

"两个闺女"是我和给老赵留手机号的护士李阳,那天我们都补班。当时我正在休息室里坐着,只见李阳急匆匆地跑进来,把手机递给我,说了句"小老头"。

原本不拘小节的老赵在电话里却没了火气,他喏嚅半天,说的都是"工作咋样""身体咋样"。我同样问他,他只一直说:"好好好……"

直到要挂电话的时候,老赵才说:"下次你们一起来,我给你们烧鸡吃!"

05

2021年12月,我轮换到儿科实习,工作很忙,有时一连两个周都不能休息。事情一多,时间一长,老赵的面孔一点一点从我脑海中消退,很快我就把他给忘了。

直到有一次下乡打疫苗,碰到了老赵的侄子陈哥,才了解到老赵最近发生了什么。

陈哥说老赵前段时间进了一趟派出所,原因是把隔壁庄上的一条狗给偷了。

狗是土狗,不值钱,但那家人养了好多年,尤其小孩子对狗已经有了感情，找了几天，最终在老赵家的厨房里找到了。

一开始那家人就有来问过老赵，但老赵说不知道，直到唤狗时听到狗叫，几人破门而进，把老赵抓了个"人赃并获"。

那家人气不过，把老赵扭送到了派出所。一开始大家都以为老赵想要杀狗吃，但再看那狗，明显胖了不少，毛发也比之前柔顺了许多。而且警方问话时老赵一直强调狗是自己的狗，大家才发现老赵出了些问题。

"黑子"是2021年6月份去世的，被车撞死的，车跑了，留下一地狼藉。老赵发现时已经是转天清晨，有村民说他掉了几滴泪，到地里把狗埋了，呆站了一上午。

老赵也从那之后，变得很不清醒。

有几次陈哥给老赵送饭，发现水龙头还开着，蚊香一烧就是一板，老赵身上还沾满了泥。有时老赵还扛着一把锄头要下地，把玉米秸当野草给锄了。

陈哥看情况不对，带着老赵到医院检查，说是老年痴呆症。

当时两个人对这结论都感到难以置信，身板这么硬朗，能跑能跳的，怎么会得这种病？老赵破口大骂了医生一顿，出了医院就忘了事，站着回想："我是什么毛病来着？"

直到老赵偷狗事件发生，陈哥不敢再让老赵自己一个人待着，便把老赵接到家里住。陈哥问了医生，医生说这是老年痴呆症的典型病象，小脑萎缩导致的认知紊乱和行为失调。

起初老赵发病有规律，每隔几天或每到一个时间段，在正常情况下认识人，也认识事，脾气虽有减弱，但仍有锐气；在发病的情况下话说过就忘，对人没有印象，倒是能想起几年前的经历，还认为自己是一名保安。

那天结束后，我跟着陈哥去了他家，陈哥家里不大，平房，只有三间卧室。老赵搬来后，陈哥特地挪出一间采光好的卧室给老赵住，还在院子里养了很多花。

我刚进院子，就看到老赵坐在堂屋门口，眼神呆滞地看着还未开花的水仙。他瘦了不少，原本就单薄的身板如今更加骨瘦嶙峋，就好像一副骨头架子顶着一张皮一样。

陈哥在身后说："这老头越来越严重了，有时候好几天都清醒不过来，醒的时间也很短，饭不爱吃，倒是没把抽烟给忘了。"

我走过去，用手晃了晃老赵的眼睛，没有一丝反应，我大声地说："老头，你还认识我吗？"

老赵身子往后一挪，一脸嫌弃地看着我，也大声地说道："你喊那么大声干啥？我又不聋！"

我转头看向陈哥，陈哥说："确实不聋，就是听不清你说啥。"

我又问："你认识我吗？"

老赵瞥了我一眼，摇摇头："你是谁呀？"

接着就像切换电视台一样，他又望向了水仙。

陈哥把我喊进屋里，给我倒了杯水，他说给老赵吃药了，之前吃得少，现在是越来越多，情况反而越来越坏。

老赵的清醒情况也时好时差。有一天晚上，陈哥睡得正香，忽然听到院子里有唤狗的声音。走出去一看，是老赵。当时老赵知道陈哥是谁，说话也清楚，陈哥出了几道算术题，老赵也对答如流。陈哥又让老赵从1数到100，把老赵惹烦了，破口大骂起来。陈哥笑了，知道老赵清醒了。

陈哥问老赵干吗呢，老赵说找"黑子"。陈哥明白，老赵还是迷糊的，但这已经是最好的程度了。

说了一会儿，单位打电话过来，有突发情况，要我回医院一趟。我刚迈出堂屋门，老赵忽然站了起来，腰杆挺得很直，给我敬了一个礼。

我吓了一跳，试探地问："你记得我啦？"

老赵举起的手落了下去，腰杆也一瞬间弯了下去，眼里的光悄然而逝。他慢吞吞地坐到椅子上，不发一句，沉静地盯着如他一样的水仙花。

06

  2022年1月,我们邻省遭遇疫情反扑,因我县就与邻省挨着,本着防疫要求及原则,全县所有医院都开始了紧张且紧急的防疫工作。

  这期间,我作为前线人员之一,搬到了工作场地——县城边界,协同队伍进行外来人员检测及劝返工作。

  李阳留在了医院,她得知老赵的病情后,经常找陈哥聊天,观察老赵的情况。

  老赵的病情越来越严重,他结束了短暂的放空期,思维变得愈加混乱,经常趁家人不注意就出走,陈哥光拜托我们本地的救援队寻人就寻了三次。

  临出发时,我和李阳及几位同事去看望了老赵一趟,他的动作比上次多了不少,见到有客人进来,他虽然听不清我们在说什么,但会从屋里拿出马扎分给我们。

  陈哥让他去烧水,他很听话地去了,走到半路又愣在原地,逐一看看众人,眼神就像刚睡醒的孩子。

  陈哥说,老赵的病情是一个阶段一个阶段的,刚开始他虽然不记事,但短暂的命令他还是能听清的;后来他只坐着,像冥想一样,要说个几遍才能想起人;现在一发病,刚跟他说了一堆,说完,他只记住了最后一句,再过一会儿,最后一句也想不起来了。

  老赵对"黑子"有执念,几次出走的目的都是找狗。陈哥给他讨了一只跟"黑子"外表相像的小黑狗,老赵有时会把它当作"黑子",有时又会当成"黑子"的朋友。

  但老赵还是找准了出门的机会,去找狗。

  陈哥的妻子想把老赵送到养老院,陈哥找人问过,费用政府会给报销一部分,另一部分从补贴里拿,正好够。即便不谈钱,日子也会恢复平静。

但最后陈哥觉得养老院人多，附近又出现了疫情，不安全，还是把老赵留在了家里。

老赵唯一分得清的是烟，他抽烟认牌子，如果抽的不是自己喜欢的烟，就会闹脾气，有时因为烟一生气，还会迎来短暂的清醒。

有天我换完班，回到宿舍后接到李阳的电话，她说老头今天清醒了，还记得当初进医院的事，就是性子变钝了，没有了往日的激情，不再侃侃而谈，眼里的光很微弱。

陈哥的妻子拿出一个镜子给老赵，他看了半天，磨蹭着下巴上的胡子，纳闷地蹦出一句："狗日的。"

我听后哈哈直笑，笑着说："老头还是挺讨喜的。"

李阳则担忧地叹口气，说："我看老头的手抖得更厉害了，困住他也不是个啥好办法，人不走动，只会越来越坏。"

我苦笑一声："咱们说的这些，陈哥也明白，但人家也需要生活，不可能面面俱到，能做到这种程度，已经很不错了。"

李阳沉默一会儿，调整成了欢快的情绪，说今天下午她跟老赵说了这事，让老赵清醒的时候带着狗出去溜达溜达，老赵用一副"你没事吧"的表情打量她一眼，说："那是我遛狗，还是狗遛我啊？"

我勉强笑了几声，听得出李阳不想因为这事影响到我的心情。但只要在意，就必然会受其影响。

2022年1月中旬，我结束了前线工作，得到三天的休息。

回医院报到后，我喊李阳抽出一天空，去看望一下老赵，也顺带帮着陈哥家里打扫打扫。李阳联系好陈哥，找了一天调休，第二天便和我一同前去。

那天恰好是周六，家里人都在，我们什么活都没干，反而跟着蹭了一顿饭。

吃完饭，我看老赵的精神状态还不错，就提议我和李阳带着老赵去外面走走。

陈哥的家在村庄的后面，出了门就是一片开阔的庄稼地。遥望四周，无边无际，瞬间觉得心胸都宽阔了许多。

老赵跟着我们走了一段，猛然拍了下大腿，焦急地说："哎呀！我忘了浇地了！"

李阳笑笑："你早把地租出去了。"

老赵挠了挠头，顿悟般"哦"了一声："忘了。"

我说："你啥事都忘了。"

李阳在一旁跟着："就是就是，你还说给我们炖鸡呢！"

老赵发出"呲呲"的声音，过了许久，反驳地"啧"了一声，认真地说："这个我没忘。"

07

陈哥的孙子上三年级，放寒假后，陈哥让孙子做作业时捎带着老赵一起，也会让孙子充当老师，给老赵出些简单的算术题。为了提高老赵的积极性，他还让全家老小一同上阵，弄了几场抢答比赛，对待老赵就像对待一个小孩子一样。

邻省经过短暂的清零后，又发现了几例病例，临近过年，不可马虎，我加入了防疫小组，忙得心力交瘁，医院、外环两边跑。

工作一忙，遇到的人一多，一开始还跟着我们探望老赵的同事慢慢都退出了，还在坚持的只剩下我和李阳。

那段时间李阳虽然没有参与防疫工作，但也刚进入轮换期，手上工作很多，有次还累到崩溃大哭，没有时间再去看望老赵。

老赵倒是没有忘记我们。

老赵清醒时，陈哥让老赵鹦鹉学语般给我们发几句语音，基本上都是一些身体问候，工作问候，等等。有次我和李阳在微信上聊天，打趣地说老赵只说这些客套话，连一句想我们都不说。

李阳说那是陈哥不让说，他知道我们工作忙，老赵说了这话，陈哥怕我们耽误工作去看老赵。

我还没回复，李阳又打了一句话过来："虽然没直接说，但发的这些语音，不就是在说'想你了'吗。"

看到这一句，我感到心里暖暖的。

因为我的工作问题，陈哥基本上都是和李阳聊，李阳再筛选出重要的总结给我。有一次我异想天开，和李阳说等之后工作不忙了，找几天时间带着老赵出去旅游。

李阳也很激动，跟着我把国内旅游景点说了个遍，甚至还说到了国外的。说到最后，李阳又兴奋地说要带着老赵去见他的儿子。

这个提议把我们两个人都兴奋惨了，我们一拍即合，我去研究路线，李阳去找陈哥要老赵孩子的联系方式。然而，还没等我把第一站的路线研究出来，李阳就宣布了一个坏消息："儿子不认老赵。"

陈哥说，按照法律，即使老赵的儿子不跟老赵生活在一起，也有赡养义务。但老赵儿子没有入老赵的户口，并没有可以证明两人是父子关系的证据。

多年前老赵的儿子因为某些事想要把户口迁回来，但老赵不肯，这事就更没有余地了。

老赵的前妻早早去世，老赵的儿子也有了家庭，在湖北落地生根。老赵刚开始发病时，陈哥就联系了老赵的儿子，老赵儿子思索了半天才说："你说我回不回去？"

陈哥说："看你。"老赵儿子沉默良久，最终选择了"不"。自此，两人也就彻底斩断了干系。

陈哥说，人人都有难事，老赵儿子发展得也不是很好，况且还有家庭。两个人本就没有感情，哪怕血缘关系，也拯救不了两条早已错开的轨道。

我听后心乱如麻，草草结束了对话，脑海里一直出现老赵寻狗的画面。时近半夜，脑子仍是乱糟糟的，怎么睡都睡不着，这时手机亮了，是李阳，她说："第一站去南京吧！"

我回了一句："好！"

2022年的春节我是在医院里度过的。我早已习惯，越是休假，医院就越是忙碌。

大年初三，我正在前台录入信息，有位同事提着一个包装袋进来，对我说："有你的外卖，保安说是有人给你和李阳点的，我帮你放休息室了。"

当时我以为是男朋友点的，并没放在心上，处理完工作回到休息室，问了男朋友一句，男朋友却说没有。再看饭盒的包装，两份米饭，一份菜，没有任何外卖单。

打开饭盒，一份青椒炒鸡赫然出现在面前。

我抿住嘴巴，鼻子像被人打了一拳，眼泪止不住地流了下来。

我连忙打电话喊来李阳，李阳看到后也为之一愣，她震惊地看着我，我用哭泣肯定了她的想法。

那是我吃过的最好吃的青椒炒鸡。

鸡肉软烂，青椒清香，粉条爽口，色香味俱全。吃完，李阳还将剩下的汤汁打包，说晚上要用汤汁煮面。

从陈哥家到我们医院有着近六公里的路程，老赵无法骑车，甚至连认路都是问题。

我们先给老赵打了电话，接电话的是陈哥的孙子，李阳焦急地问："你老爷爷回家了吗?！"

"在家啦！"

我们两人松了口气，陈哥的孙子说陈哥走亲戚去了，家里就剩他和老赵。

李阳又让老赵接电话，老赵的精神状态尚好，声音听着很得意："好吃不？"

李阳声音哽咽："你做的？你咋送来的？"

老赵骄傲地"哼"了一声："我就说我没忘吧！好吃不！"

李阳已经在抽泣了，我忙说："好吃！特别好吃！"

老赵"哦"了一声，隔了一会儿，他的声音变得软弱无力，喃喃地说："我要去邻居家看电视去啦……"

初六，我跟李阳休息，连亲戚也没走，睡醒就直奔陈哥家。

陈哥正要去走亲戚，见我们来了，又留下陪我们喝了杯茶。我们说到前几天的事，几欲落泪，但陈哥却哈哈大笑起来，一旁的家人也忍俊不禁。

我们看得纳闷，陈哥指着正趴在沙发上玩手机的孙子："你问他。"

原来，那天陈家人出门走亲戚，老赵清醒了过来，想起了炒鸡这事。他知道就在离村不远的地方有个饭店过年也在营业，还给外送。小孙子新买了辆山地车，又是最好的人选。

我们感慨人性伟大时，并不知道这份青椒炒鸡只是一份平平无奇的外卖。

李阳假装抱怨："白花我那么多眼泪了，我吃我妈做的饭都没这么激动过。"

众人又是一齐大笑，陈哥说："你别看他这样了，心眼子还不少呢！"

老赵还是坐在原来的位置，阳光倾洒而下，他面前的水仙已经开花了。

我看到，他低着头，正在偷笑。

等我跑到那块农业作业的区域时,佟叔已经被找到了。他其实哪儿也没去,就蹲在背坡的小溪边,那地方刚好是护工站位的视线死角。

23

第二十三个故事

精神病院里的钉子户

老段
心理治疗师

等我跑到那块农业作业的区域时，佟叔已经被找到了。他其实哪儿也没去，就蹲在背坡的小溪边，那地方刚好是护工站位的视线死角。

01

杜哥捏着那群"钉子户"资料找到我时,我就知道,肯定是主任又在催他:"把能出院的病人抓紧安排出院,找不到家属的找社区,找警察,找救助站,腾腾病房准备过年了!"

得益于本地的医保政策和财政补贴,很多病人都是长年累月地住在这里,住得越久越难出院,新病人源源不断地被送进来,使得床位总是处于爆满状态。

为了避免由于病人过多带来的安全隐患,每隔一段时间,这种场景都要上演一次。过端午,过中秋,过国庆,甚至是清明节,就像是店家趁节日搞活动,主任总是逮住每个节日,催我们联系家属把能出院的病人送回去。

杜哥在科室待了很多年,每隔一段时间就要把手里的病人筛一次,剩下的都是些"钉子户"。我扫了一眼他手里的名单,部分是没有家属、社区管的,还有被疾病纠缠至今仍不符合出院标准的,或者是身上背了刑事案件不能出院的。

我接过名单,把有可能联系到家属的几个名字圈出来,圈到最后一个的时候,杜哥拦住我说:"不用给他家里打电话了,他本人不愿意出院的。"

名单上的最后一个人,是佟叔。

佟叔今年50岁出头,浓眉大眼,依稀能看出来当年的俊朗。这些年渐渐发福有了小肚腩,没事的时候喜欢打着减肥的幌子,在病区的走廊溜达,帮查房的医生找找人,给干活的护士提提东西,跟新来的病人聊聊天,日子过得好不惬意。

这样的人，不愿出院似乎也合情合理。杜哥不再多说，我便不再问。只是心里忍不住嘀咕，治疗的目的，本就是让这些精神病人回归社会，参与正常的生活工作。哪有人真把这里当作家的。

打了一圈电话，接听者寥寥无几，答应过来看看情况再决定要不要接出院的只有一个。杜哥对这个结果毫不意外，并且叫我对这根独苗也不要抱太大希望，因为这位病人的直系亲属都不在了，答应来看看情况的是他隔辈的表侄女，有自己的家庭和工作，就算接出去也是过来办个手续，无法长期看顾他，督促他吃药工作，一旦停药或者出现其他特殊情况，该病人再次入院只是时间问题。

翻着手里的病历，杜哥感叹道："你以为为什么这么多病人出不去？不要太苛责家属，大家都不容易。"

办公室另外一位医生顺嘴接话："是啊，谁都不容易，还有些地方的相关政策没那么完善，病人滞留的问题倒是不多，大多是因为经济问题，病人在发病急性期，一般也就住院几天被家属接走，没有经过像样的系统治疗，病情复发得快，反复入院出院，消磨病人的信心及家属的耐心，之后再无消息。最后以各种方式出现在新闻上，加重社会对精神障碍患者的偏见，形成恶性循环。"

基于此，我再次把目标放在佟叔的身上。

02

晚上，难得一个清闲的夜班，我跟着杜哥晃悠到病房。佟叔看到我们，乐呵呵地打招呼："这么晚还过来，今天晚上不忙吗？"

杜哥脸上的笑以肉眼可见的速度垮下来，毕竟他在我们眼里是出了名的"旺"，科室百分之七十的出入院、抢救记录都是他创下的，并且还要时不时被迫更新病人名单。

佟叔作为科室的老人，跟我们的关系比一般病人亲近得多，常常听我们在背后吐槽杜哥是"旺旺大礼包"的标杆选手，所以完全不觉得这是在戳人肺管子，还乐呵呵地把手里刚买的两瓶饮料往我们手上塞："值班很累吧，请你们喝饮料！"

我所在的科室比较特殊，大部分都是康复期的病人，他们多数能自己照顾自己，甚至能在专人带领下，帮忙运营医院内的小卖部，参与院内洗衣房的收拣工作，从而获取一些基本报酬，这也算是康复训练的一个项目。

佟叔从不参与院内的这些训练，但是跟负责这些工作的病人的关系维持得都很好，时不时会购买一些允许自己保管的零食和饮料。

他把东西递过来的时候，我其实有些蒙，对长期住院的病人来说，有零食是一件很不容易的事，不仅仅是因为经济问题，还因为各项医学评估，能通过这些评估的人基本都出院了，并且院内有规定，不能收病人的任何东西。我摆手拒绝并表示感谢："谢谢你愿意请我们喝饮料啊，不过我们有规定……"

佟叔不待我说完，把饮料强行塞给我，一溜烟就跑了，边跑边有些不满地嘟囔："说请你就请你，瞎客气什么！"

杜哥拿着手里的饮料，一脸严肃地朝我晃了晃说："拿着吧，我也是受贿人，不会去告发你的！"

"可是……"

差不多逛完整个病区，杜哥背过身往回走，边走边说："瞧把你吓的，你倔不过他的，那家伙我早几年前就领教过了！你后天上班顺路给他带点×蛋糕店的蛋糕，他喜欢吃那个，医院内买不到。"

"哦，好的。"

第二天，交完班后，我越想越觉得不妥，便特意绕道去了杜哥说的那家蛋糕店，买了一些蛋糕回了科室想给佟叔。平日里，他总在走廊晃荡，随便

293

喊一声都会答应，我却找了大半个病区都没找到他。其他病人告诉我，他正在自己的房间教新分配的室友叠被子。

科室为鼓励病人生活自理，每个房间根据布局不同，一般住五到八个人，设立一名舍长，每天早上有专人检查卫生情况并进行评比打分，每个月评分最高的寝室，将会在月底有一百元奖励，用于全寝室购买零食或水果。启动资金一般源于科室手工费——就是从一些工厂接简单的手工组装，按劳分配后，剩下的钱会储备在科室的资金库里，供康复训练使用。

佟叔是他们房间的舍长，以前他嫌弃室友做得不好不干净，干脆所有内务全包，连续评了好几个月的"最佳寝室"，后来被发现了，负责检查的护士批评他并且告诉了杜哥，杜哥给他讲科室设立这些规矩的意义，说得格外严肃。

佟叔自己琢磨了几天，开始跟在负责培训新病人折被子刷牙洗脸的护士后面问东问西，然后回去训练加入他房间的新病人。我们总觉得他是在嫌弃护士培训得太慢，影响到"最佳寝室"的评比，他从不承认，总说自己是乐于助人。

我到门口的时候，佟叔好像正在发火："你是猪脑子吗？我都说了要先……"看到我，佟叔先是一愣，然后有些尴尬地解释："你怎么来了，我……这人也太笨了些！"

很多病人因为长期生病，生活懒散惯了很难改变，所以培训新病人是一个很磨人的活计，只要不过分，我们一般都不会随意干涉。我把手里的蛋糕递给佟叔："喏，请你的！"

佟叔接过去，打开一看就想扔回来："不要不要，我不吃！"

"请你就请你，瞎客气什么！"我拿他的话回他，然后也飞快地转身走了，他在背后有些气急地喊道："请什么请，你钱多啊！自己攒着啊！"

旁边的病人和其他医生护士都被逗乐了，跟着一起打趣："佟叔可是有钱人，每年卖地分的钱比你工资还多呢！"

03

  据不可考据的消息，佟叔村子里近些年每年都有分红，大概是卖地或者土地出租，每年分钱直接打到个人账户。佟叔这些年一直在住院，医保的特殊病种报销了大部分的医药费，个人开支很少，留在账户里的钱也越来越多。

  前几年，佟叔的妹妹还在国内的时候，隔段时间会带他母亲一起过来看看他。后来母亲逝世，他妹妹出国，旁系亲属每年会受委托给他存一大笔生活费，但是很少有人再过来看他了。

  "那他为什么不出院呢？他妹妹还在国内时，有钱有家属，生活又能自理。"我不明所以。

  杜哥说："出啊，怎么没出院，那时候我刚来科室没多久，大年三十给他办的出院，大年初二他就自己跑到科室门口要求住院。"

  "因为病情波动？"我问。

  "波动个锤子！他说家里人都怕他嫌他，回家一个人住，大年三十连个一起吃饭的人都没有。说是怕他吓到孩子，大年初一连个拜年的人都没有，过年没一点意思，还不如医院热闹。"

  "佟叔有子女？"

  "没有孩子来看过他，事情过去太久了，原话不记得了，反正大概就是这个意思吧。"杜哥有点不想再说下去。

  我犹豫了一会儿，还是忍不住说："杜哥，你还记得前几年那个官司吗？也是个精神障碍患者，恢复状况良好，生活自理，但是家属不愿意接出院，官司打了好几年还是败了，最后是通过司法鉴定，患者被评定为具有完全民事行为能力，才出院的。"

  "我知道这个新闻，也一直关注这方面的消息，但是你要清楚，在现在这个大环境下，这可能是全国仅有的一例。先不说佟叔是自己不愿意出院的，也不说其他操作上的难度，就评定'具有完全民事行为能力'这个门槛，不是谁都能够达到的。如果真的绕开监护人，以医院鉴定结果作为出入院的唯一要求，那病人的权益如何保证？这涉及的问题只会更多，也更难。"

杜哥说起几年前的一件事，医院因为康复项目受到市局嘉奖，院内当即决定打造特色康复科，追加了很多人力、物力及经济方面的支持，其中就包括把医院对面的地租下来，开展农业作业，当然会有专门的护士、护工负责。

因为是在院外操作，让哪些病人参与，怎么保证病人的安全，如何解决诸如私逃、病人报酬分配等问题成为当时头等重要的事。

据杜哥回忆，第一年的病人名单拟定，大家都很重视，最终拟定的七个人，其他六个都是反复斟酌讨论定下来的，只有佟叔是所有科室成员一致同意的。

科室全员讨论的时候发现，似乎找不到比佟叔更适合的人选。

"佟叔很引人注目啦，不用担心安全问题。"

"佟叔家人都不在国内，他自己都说回去没地方去，不然也不会大年初二就自己回来了！"

"佟叔常常吹嘘自己以前锄地、施肥是一把好手，他最合适了！"

"佟叔在病人心中威信很高的，由他做牵头人，剩下参与的病人也更好管理。"

后来几年，其他病人由于出院换了一拨又一拨，只有佟叔每年到特定的时候就会参与农活。据当时负责这个项目的护工说，佟叔对这个事很上心，从播种到最后跟着护工到医院门口摆摊卖菜，都要全程参与。

有时候碰到自己科室的医生护士去买，佟叔就格外高兴，娴熟地称菜找钱后还会多给一些。当时的佟叔还没小肚腩，浓眉大眼乐呵呵摆摊的样子，一度成为医院大门口的一道风景。

到了今年的农业作业，依旧有佟叔。由于原来负责这个项目的护工快退休了，科室另外选拔了一个护工负责此事，新护工对各项事务还不是很熟练，但有佟叔帮衬着，也能勉强应付。

一天，我在办公室看病历，护士急匆匆地跑过来："佟叔做完农业作业后，人不见了！"

我们当即启动应急方案，除去留守的几个护士、护工及一个医生，其余都去院外找人。

当天的农业作业，护士因为有事提前带其他病人回去，嘱咐护工带着佟叔把最后一点收尾再回来，佟叔应了一声，走到更远一点的背坡洗手。新来的护工不知道是没听清还是一眼看过去发现没人，以为佟叔也跟着护士回去了，就抖抖身上的黄泥回了科室。

直到不知是哪个病人问了一句"佟叔去哪儿了"，那个护工的脸瞬间就白了，冲到农业作业的区域，一眼看过去空无一人，他慌了神，这时才急忙给科室打电话汇报。

等我跑到那块农业作业的区域时，佟叔已经被找到了。他其实哪儿也没去，就蹲在背坡的小溪边，那地方刚好是护工站位的视线死角。

小溪下边是一整片绿得发黄的水稻地，护工站在他旁边大声骂着什么，他也不说话，看到我来了突然笑了一下，指着那片水稻说："你看它们长得多好，就跟我家的一模一样！"

我突然模模糊糊地意识到，对佟叔来说，像以前那样锄地、施肥，然后除虫，看着农作物长大，更像是一种精神寄托，可能只有在这种时候，他才更像是在家里，过生病之前的生活。

我笑呵呵地问佟叔："你就真没想过跑？"

"也不是没想跑，住了好些年都记不得路啦，就算是跑回家，我一个脑子都坏掉的人，又能干什么啊？留在这里，起码我还被人叫佟叔呢！" 回

297

去的路上,佟叔笑呵呵地跟我说。

04

周一晨会,主任讲了半小时,意思就一个:"要过年了,大家都抓紧点,能出院的想想办法让他们出,给春节值班的医生护士缓解一下压力。"

晨会后,大家跟在主任后面去病房查房,相互交流进度。

我落在队伍后面,别组的医生戳了戳我问道:"哎,你们组那根独苗苗出了没有啊?"

"那个的家属说家里老人病倒了,孩子又要上学,一时半会儿抽不出空来,倒是上个月新来的出了几个。你们呢?"

"我们组这个月出了一个住了十年的,走时刚好赶上饭点,一群人在她身后挥手,大声嘱咐她回去好好吃药,就连有轻度发育迟滞的小西也跟在面大声嚷嚷:要好好吃饭睡觉,要跟在医院表现得一样好。我眼泪都差点出来。"

"十年了,可以啊,怎么找到家属的?"

"他们社区整理资料库翻到的,是她的亲妹妹,目前也是独居,刚好接出去做个伴。"

"那挺好的,哪个社区啊?我也回去翻翻。"

那个医生刚说完社区的名字,我的手机震了一下,是杜哥发来的语音:"你一会儿有空的话,帮忙去保安室拿个快递,佟叔家属寄过来的!你检查一下,没问题再拿给他!"

下午从保安室把东西领回来,我打开看,是一些耐放食物及一双防滑的棉拖鞋,收件人写的是杜哥,寄件人的名字写的是"老佟"。

"谁寄的？"我一边把东西重新打包好，一边发微信问杜哥。

"他一个拐了好几个弯的什么亲戚，这几年都是这样。按照惯例，年前寄点东西，年后才会有人来给他存零用钱。"

隔了好一会儿，我又收到一条消息："我上个月就联系过这个家属了，还是说不方便接出院，你多上点心。"

是上点心关注佟叔的情绪，还是上点心再催促家属来办理出院？我不知道，也没再问。

按照惯例，病人家属带过来的零食，当天吃不完一般都会被锁起来，放在食品柜里，第二天专人定时派发。我去的时候，恰巧佟叔正在帮助护士派发零食，我把东西递给他，他以为是我又给他买了什么，一下子跳开，双手举高道："拿走拿走，我不要……"

"你想什么呢，家属寄过来的，你不要？"我注意着佟叔的反应。

他愣了一下，连忙点头："要要要，当然要，我就说这几天也该到了！"接过东西，佟叔立即打开抓出一把饼干，递给周围的人："尝尝，尝尝，我家里人寄过来的呢！"

"谢谢佟叔！""谢谢大老板！"，病人围在佟叔旁边，或倚靠在窗户旁，此起彼伏的感谢和调侃充斥在房间，就像是提前过年一样，甚至有年轻人趁机吹了声口哨，被护士瞪一眼就不敢吹了。

病人们压低声音讨论着，哪个口味的饼干好吃，哪个口味的奶糖更甜。佟叔在病房转了一圈，手里的一大袋零食所剩无几，他捏着那双棕褐色的防滑拖鞋，嘴里嚼着牛奶糖，笑呵呵地站到我旁边，不再说话。

夕阳从窗户边落进来，暖洋洋的，这样的日子似乎也很惬意。

299

全民故事计划

其实，每个人的故事都惊心动魄

寻找每个有故事的人，发现打动人心的真实故事。
用真实故事，记录中国当下的日常风貌。

特约监制/吴又　特约策划/蒲末释　文案编辑/小白　营销编辑/李泽　新媒体运营/陈磊　插图绘制/伟达